KB178417

세상과 세월의
틈새길을 걷다

세상과 세월의 틈새길을 걷다

인쇄 2014년 2월 10일 | 발행 2014년 2월 15일

지은이 · 송순태
펴낸이 · 한봉숙
펴낸곳 · 푸른사상사
주간 · 맹문재 | 편집 · 지순이 | 교정 · 김재호, 김소영

등록 제2－2876호
주소 서울시 중구 충무로 29(초동) 아시아미디어타워 502호
대표전화 02) 2268－8706~7 | 팩시밀리 02) 2268－8708
이메일 prun21c@hanmail.net
홈페이지 www.prun21c.com

ISBN 979－11－308－0138－4 03810
값 16,000원

이 도서의 국립중앙도서관 출판시도서목록(CIP)은 서지정보유통지원시스템 홈페이지(http://seoji.nl.go.kr)와 국가자료공동목록시스템(http://www.nl.go.kr/kolisnet)에서 이용하실 수 있습니다.(CIP제어번호: CIP2014003400)

송·순·태·시·에·세·이

세상과 세월의 틈새길을 걷다

이 책을 내면서

해외에 나와서 사는 사람의 민족 생각과 사람살이 생각

사람들 사이, 혹은 공동체들 사이에서 일어나는 문제들은 그 당사자들보다는 한 걸음 물러나 있는 국외자들이 바라보는 견해가 더 올바를 수 있습니다. 문제의 당사자들은 자신의 이해관계가 얽혀 있기 때문에 사건을 바르게 보기가 여간 어렵지 않기 때문입니다. 그런가 하면 국외자의 시선은 그 문제에 대한 당사자들의 깊은 마음을 헤아리기가 힘들어 피상적이고 건조한 해석을 할 위험이 있습니다. 그런 면에서 보면 비록 국외자 위치에 있으면서도 그 당사자들과 가족이고 형제가 되는 사람이라면 전혀 관계가 없는 국외자보다는 그나마 좀 더 깊이 있는 견해를 나눌 수 있을 것입니다.

여기에 수록한 글들은 해외에 나와서 살고 있는 동족 한 사람으로서 북한 고아들을 지원하는 심부름으로 남북한을 오가며 우리 겨레의 현실 문제에 대하여 체험하고 느낀 생각들을 솔직한 심정으로 쓴 것입니다. 어쩌면 이런 글이 국내외 독자들에게 우리 민족의 현실을 가늠하는 데 도움이 되리라 생각합니다. 하지만 이 글들은 미주 한국일보에 매달 한 편씩, 6년 동안 기고한 글이어서 시간상 간격이 있어 현재성이 떨어집니다. 또 신문 칼럼의 지면관계로 긴 글을 쓸 수 없었기 때문에 토막진 글들이 되었습니다. 그러나 지난 일이라고 해서 낡은 이야기가 아니고, 또 토막글이라고 해서 의미 없는 것은 아닐 것입니다.

글들의 편편 사이에 해외 시인으로서 저자가 써 온 시를 한 편씩 넣어서 서정의 쉼터를 제공하였습니다. 에세이가 우리 현실에 대한 딱딱하고 토막진 담론이라면, 시는 우리의 속마음에 고인 따뜻한 정서를 나누는 교감의 자리가 될 수 있을 것입니다.

6년 동안 지면을 할애하여 준 미주 한국일보에 감사드리고, 각 편마다 꼼꼼히 읽고 문장에 도움을 준 익명의 시인 한 분과 원고 교열에 도움을 준 아내에게 고맙습니다. 아울러 천재화가 내 손녀 김선유의 4, 5살 때 그림을 시와 에세이 사이에 넣어 또 하나의 그림시가 되어주어 고맙습니다.

모쪼록 이 글들이 피를 나눈 동족으로서 동시대를 살아가는 우리 모두에게 위안과 격려가 되었으면 좋겠습니다.

워싱턴 주 밴쿠버에서
저자 씀

| 차례 |

화반〈Sonu Amelia Kim / 2003년생〉

2. 북의 고아들에게 가는 아픈 길

3. 신앙, 그 아프고 행복한 길

나〈Sonu Amelia Kim / 2003년생〉

4. 바다 건너로 보이는 조국이라는 땅

5. 세상과 세월의 틈새길을 걷다

할머니집〈Sonu Amelia Kim 2007 / 4세〉

무화과나무에는 푸른 열매가 익었고
포도나무는 꽃을 피워 향기를 토하는구나
나의 사랑, 나의 어여쁜 자여
일어나서 함께 가자

아가서
2장 13절

1

서정, 그 여울에 놓인 징검다리

송순태 시와 에세이

가등

한 번 주어진 자리
그것으로 족하였다

둘 아닌
하나의 불
하나의 뜻
하나의 열매

그리하여
어두울수록 빛나는
지상의 별이 되어

아빠와 나<Sonu Amelia Kim 2008 / 5세>

가로등을 보고 있으면 그 휘청한 키에 단순한 구조가 참 외로울 거라는 생각하게 됩니다. 어찌 보면 나무보다 그 입지가 더 외로워 보였습니다. 오직 하나의 목적을 위하여 서 있습니다. 하지만 밤이 깊으면 그 외로움이 별처럼 빛납니다. 어쩌면 하늘의 별보다 더 우리 가까이 있는 별이라고 하겠습니다. 그렇게 빈곤한 입지에서 외롭게 서 있지만 이 세상의 어둠을 밝히는 사람들도 있습니다.

사는 일은
조각 시간들을 바느질하는 것

정원 씨에게

동부가 지금 9시 30분의 오전 시간이라면, 여기 서부 워싱턴 주는 지금이 6시 30분, 잘 자고 일어난 이른 아침 시간입니다. 시간 차이는 있지만, 이 하루가 우리 삶에서 좋은 날이 되기를 바랍니다.

대학 입시를 앞둔 고교생 아들 뒷바라지와 주부로서의 가사 일들, 그리고 남편의 비즈니스를 튼튼이 도와야 하는 삶이 너무 바쁘고 고달프다는, 그래서 책 한 페이지 똑똑하게 읽을 수가 없다는 정원 씨의 메일을 읽었습니다. 거기에는 이민살이를 살아가는 40대 주부의 고달픈 삶이 엿보여 저를 연민에 젖게 하였습니다.

지금은 은퇴하고 지내는 사람으로서 제 경험에 비추어보면, 우리가 살아가는 데 사용하는 시간이란 것은 바다처럼 무량하게 우리에게 주어지는 게 아니었습니다. 마치 아주 굴곡이 심한 산곡에서 돌 틈으로 스미듯이 흐르는 실개천 같은 것이었습니다. 이런 실개천에서는 그 물에 세수 한 번 하기도 힘이 들지요. 조금씩 흘러내리는 물을 손바닥으로 소중하게 받아 모아야 겨우 얼굴에 물칠을 할 수 있습니다. 더구나 그 물을 모아서 식용수로 쓰고, 빨래를 하고, 목욕까지 하기에는 여간 감질나지 않는 실개천의 물! 그 경우가 우리에게 주어지는 시간이라는 것과 같았습니다. 그래서 우리는 시간을 시간답게 붙잡아 쓰기가 여간 어렵지 않습니다. 그 자투리 시간들을 하찮게 여기고 무심코 흘려보내다 보면 아무런 성취도 없이 하루가 가고, 일 년이 가고, 한 생애가 갑니다.

그러나 그런 시간일지라도 그 시간에 뭔가를 이룩해 내는 사람들도 있습니다. 그들은 끈질기게 그 자투리 시간을 이어서 그것으로 자기가 원했던 것을 성취해 냅니다. 그런 사람들은 세상에서 읽을 만한 책을 저술하기도 하고, 회사를 성공적으로 키워내는가 하면, 또 직장생활을 하면서 야간에 공부하여 학위를 받아내기도 합니다. 그것은 우리와 다른 넉넉한 시간이 그들에게 주어진 게 아니고, 우리가 무심하게 흘려보낸 자투리 시간들을 허비하지 않고 쓸모 있게 사용한 결과들입니다.

시간을 사용하는 것은 마치 조각 천으로 이불을 만드는 것과 같습니다. 저는 어린 시절, 전후의 가난했던 이웃 누나들이 손바닥보다 작은 조각 천을 모아서 바느질로 이어 붙여 이불을 만드는 걸 보았습니다. "햐! 저걸 언제 다 이어 이불이 되겠누!" 하고 저는 그 누나들을 답답하고 한심하게 생각했습니다. 그러나 불과 며칠 사이에 이웃 누나들은 이불 한 채를 쓱 만들어 내었습니다. 그것도 손쉽고 단순한 패턴의 이불을 만드는 게 아니라 복잡한 무늬와 장식을 넣은 멋있는 이불을 완성해 내는 것이었습니다.

저는 최근에야 철이 들면서, 시간을 사용하는 것은 그렇게 자투리 조각 천으로 이불을 만드는 것과 같다는 것을 알았습니다. 감질나게 주어지는 시간들… 그 빈약한 실개천 같고, 손바닥보다 작은 조각 천 같은 시간들, 시간이란 본래 그런 것이었습니다. 그리고 나의 삶이란 그 조각 시간으로 성취하여 내는 나만의 고유한 작품이었습니다.

정원 씨!

오랜만에 쓰는 메일에서 잔소리가 많았습니다. 하지만 바쁘다 바쁘다 하면서 아무것도 이루어 내지 못한 채 은퇴한 제 자신의 한 생애가 못내 아쉬워서, 제 스스로에게 말해 보는 푸념인지도 모르겠습니다. 그리고 정원 씨처럼 아직은 삶의 시간이 남아 있는 사람들에게 간절하게 들려주고 싶은 이야기이기도 합니다.

정원 씨에게는 뭔가를 성취하실 수 있는 시간들이 아직 더 있습니다. 몹시 바쁘다는 그 호소가 바로 아직 쓸 시간이 있다는 증거입니다. 저녁식사 후에 TV 앞에서 소비하는 시간을 이용해 커뮤니티 칼리지에 나가서 자기가 원하는 전문 분야의 야간 강의를 듣는다든가, 아니면 작정한 스케줄에 따라 삶의 의미를 더해 주는 책을 조금씩이라도 읽어 나간다든가, 아니면 그 시간에 가까운 운동 장소에 나가 풀어지는 몸매를 가꿀 수도 있을 것입니다.

시간의 정체를 잘 알고 쓸모 있게 사용하는 사람만이 삶의 석양 앞에서 미소 지을 수 있습니다.

지금 동부는 한창 활동하는 시간이겠군요. 좋은 하루, 알찬 시간 보내시기를 바랍니다.

봄의 점령지에서

금년, 봄이 오는 전선에서는 겨울의 마지막 저항으로 그 공방이 매우 치열하였습니다.

필자가 살고 있는 오리건 주와 워싱턴 주가 만나는 곳, 콜롬비아 강변의 도시 밴쿠버 시에도 4월이면 분명히 봄의 계절인데도 이상기온으로 날씨가 풀리지 않고 늦추위와 강우 군단의 저항이 심했습니다. 4월이 다 가는데도 때로는 눈보라가 기습을 하는가 하면, 때 아닌 찬 서리가 하얗게 야습을 하기도 하였습니다. 우리 집 마당 어귀에 있는 어린 벚꽃나무가 봄의 전령에 포섭되어 섣불리 꽃망울을 틔웠다가 다시 몰아닥친 눈비의 반격에 속수무책으로 떨다 제대로 만개의 절정도 없이 낙화하여야 하는 전란을 당했습니다.

어디 계절뿐이겠습니까! 북한의 전쟁위협으로 세계가 어수선하던 판에 보스턴의 마라톤 현장에서 일어난 폭발물 테러 사건과 미국 텍사스 주 웨스트의 비료공장에서 일어난 대형 폭발 사건은 우리 마음의 기온을 썰렁하게 만들었습니다. 보스턴 테러범 형제를 체포하는 과정에서 보스턴 시가지가 전쟁터로 변했고, 경관들이 희생되었다는 소식, 그리고 텍사스의 비료공장 폭발로 14명이 숨지고 200여 명이 다쳤다는 소식에 사람들의 마음에서까지 진군하던 봄 군단은 한참 멀리 퇴군해야 하였습니다. 그뿐이겠습니까, 중국의 남서부 쓰촨성에서 일어난 강도 7.0도의 지진으로 사망자와 실종자가 200여 명이 넘고 부상자가 1만여 명을 넘어섰다는 소식이 날아들었습니다. 이쯤 되니까 정말 금년 "4월은" 너무 "잔인한 달"이었고, 봄은 "시절이 하 수상하여 올동말동 하여라"였습니다. 날씨와 기온이 봄의 진군을 어렵게 하였고, 각종 사건들이 사람들의 마음에 봄을 맞이할 여유를 가지기 힘들게 하였습니다.

하지만 봄의 지상군들은 해일처럼 왔습니다. 진군하여 오는 봄을 막을 군대는 아무 곳에도 없었습니다. 아무리 계절의 기온이 변덕을 부려도, 아무리 세상 일들이 하 수상하여도, 봄은 어김없이 화사하고 따뜻하게 진군하여 온 것입니다.

필자의 거주지, 워싱턴 밴쿠버 시에서는 마치 야간 전선의 하늘에 포화가 터지듯이 천지에 화려한 꽃들이 폭발(?)하고 있습니다. 벚꽃이 한 차례 폭발하였고, 뒤이어 튤립과 철쭉이 폭발하여 마을 곳곳의 지면을 찬란하게 물들이며 접수하여 버렸습니다. 하늘 높이 솟아 울창한 침엽수의 검은 숲에도 침엽수들과 키를 비기는 활엽수들이 연초록 잎사귀들을 쉴 새 없이 터뜨려대는가 하면, 그 사이 사이로 거대한 꽃나무들이 하얀색, 연분홍색, 진홍색 꽃들을 파상적으로 터뜨려 워싱턴 주의 숲 속에서 저항하던 겨울군은 어찌해 볼 도리 없이 지리멸렬하고 말았습니다. 화약 냄새처럼 꽃향기들이 마을 곳곳에 스며들고 있습니다. 수상한 시절로 마음이 얼어붙어 있던 시민들은 봄의 진군과 겨울의 패주를 보면서 비로소 모두들 얼굴에 꽃처럼 아름다운 미소를 띠기 시작하였습니다. 사람들은 저마다 자진하여 봄의 포로가 되고, 자기 마음까지 봄의 점령지로 내어주었습니다. 그리고 모두들 봄의 달콤한 선전에 포섭되어 기대하지도 못했던 행복감으로 대취하고 말았습니다. 봄은 어린이들에게 무지갯빛 동화의 세계를 안겨주고, 젊은이들에게는 꿈과 설렘을 갖게 하고, 나이 든 이들에게는 추억으로 미소 짓도록 선포합니다. 봄의 점령지에서 이 아름다운 계엄령을 거부할 수 있는 사람은 아무도 없습니다.

드디어 무르익은 봄, 5월이 왔습니다. 사람들은 이제 무거운 겨울 외투를 벗듯이 어수선했던 사건들의 위협과 추위에서 여유 있게 벗어나고 있습니다. 보스턴과 텍사스의 테러의 공포도 아물어가고, 봄이 주는 해방과 자유를 누립니다. 이상기온과 지진의 무서움에서 벗어나 봄의 온화한 삶을 살아내려고 합니다. 이제는 봄의 시민으로 확실하게 정착하고 달콤한 사랑을 이웃 간에 나눌 것입니다.

오늘은 겨울이 패주하고 봄의 점령지가 된 워싱턴 밴쿠버의 꽃소식을 전합니다.

젊은이거나 늙은이거나 모두 미소 짓는, 아! 여기는 향기로운 꿈이 번지는 봄의 점령지입니다.

아침 비

지난밤 뒤척이던 생각이 짙은 구름이 되었겠지
그러다 동틀 녘에는 비 되고 말았겠지
창밖 자욱히 내리는 빗속에서 빌딩들도 떠다니고
가로수 잎새들은 빨이 젖은 채 울고 있다
아침 비로 울고 나면 이 짙은 생각 가실 수 있다는 것인지
저렇게 아침 눈물 흘리면
보고 싶은 사연도 눈멀어질 수 있다는 것인지
하염없이 아침 빗방울들 제 몸을 던져 오고 있다.
누군들 오랜 그리움에서 제 몸을 던지고 싶지 않으리

무지개〈Sonu Amelia Kim 2008 / 5세〉

새벽잠에서 깨어나면서 창밖으로 빗소리를 들을 때가 있습니다. 그런 아침이면 까닭 없이 마음이 가라앉습니다. 그리고 오래 이불 속에서 누워 그 빗소리를 오래 듣고 싶어집니다. 지난밤 누군가를 속절없이 그리워하는 마음이 있었다면 마치 하늘도 그 슬픔을 이해하여 주는 듯하여, 삭은 감정이 빗물 되어 가슴을 적시기도 합니다.

그러고 보면 아침 빗소리는 우리로 하여금 그 하루를 참으로 착한 마음으로 시작하게 하여 줍니다.

깨끗한 행복

조선조에 선비 장혼이라는 사람이 있습니다. 그가 쓴 「평생지(平生志－평생의 소원)」라는 글에는 청복(깨끗한 복) 여덟 가지가 소개되고 있는데 참 인상적이어서 여기에 소개합니다.

* 첫째, 내가 태평시대에 태어났으니 이는 복이다.
* 둘째, 서울에 살게 되어 복이다.
* 셋째, 요행히 선비 축에 끼었으니 다행이고,
* 넷째, 문자를 대충 이해하였으니 고마운 일이다.
* 다섯째, 산수가 아름다운 곳에 집을 두었으니 좋았고,
* 여섯째, 꽃과 나무 천 그루를 가졌으니 복이고,
* 일곱째, 마음에 맞는 벗을 얻었으니 이 또한 복이고,
* 여덟째, 좋은 책을 소장하게 되어 기쁘다.

장혼(張混)은 조선조 후기, 중인 출신의 문학자였습니다. 대대로 서울에 살았지만 중인이라는 신분 때문에 사대부로 살지는 못한 것 같습니다. 그는 글 솜씨에 이어서 도서의 편집과 출판 감각에도 뛰어나

1790년부터 교서관(校書館) 사준(司準)으로 재직하면서 서책의 교정과 출판에 종사하였다고 합니다. 또 그는 조선 선조 때부터 시작된 중인 출신의 하급관리와 평민들에 의하여 이루어진 여항문학(閭巷文學)을 이끌었는데, 그 60년 성과를 결집한 『풍요속선(風謠續選)』도 그가 편찬과 간행을 주도하였다고 합니다.

그는 그의 글에서 옥류동 골짜기에 집을 지어 시사의 동인들과 즐겼다고는 하지만 그의 개인적인 삶은 빈곤하였음이 분명합니다. 그런 중에도 지금까지 남아 있는 몇 권의 자료집에 있는 그의 글 중에 「평생지」라는 글은 그가 선비로서 세속에 휩쓸리지 않고 깨끗하게 살아가려는 선비정신을 군더더기 없는 문장으로 잘 보여주고 있어 수필문학의 백미를 맛보게 합니다. 그리고 거기에 첨부된 여덟 가지 청복은 오늘의 사람들에게도 신선한 감동과 공감을 안겨주고 있습니다. 이 정도의 행복이라면 크게 발버둥치지 않아도 누릴 수 있겠다는 생각이 먼저 머릿속에 들어옵니다. 그리고 오늘의 치열한 경쟁사회에서 삶의 현장을 피곤하게 살아가는 사람들의 마음에 청량한 바람 한 자락을 불어넣어 줍니다.

하지만 다시 뒤집어 보면 장혼이 그 청복 여덟 가지를 누렸다고 보기가 어렵습니다. 그가 살던 조선 후기는 국권이 쇠약해지면서 잦은 외침으로 그가 첫째 복으로 제시한 태평성대가 결코 아니었습니다. 탐관오리가 판을 치던 그 당시, 서울에서 살면서 사대부 축에 끼이지도 못했던, 그러나 문학적 감수성과 제대로 된 가치관을 가진 사람으로서 느끼던 사회적 불행감을 짐작해 볼 수 있습니다. 따라서 제대로 된 사람들은 낙향하여 살았는데, 그런 시대에 바른 정신을 가진 그에게 서울 생활이 행복감을 주었다고 보기 힘듭니다. 게다가 옥류동 골짜기로 밀려난 삶은 풍류를 즐기기보다는 곤궁한 삶이 괴로웠을 것으로 볼 수 있습니다. 그런 그에게 진정한 친구 한 사람 두기도 힘들었을 것입니다. 그러고 보면, 장혼이 그런 청복을 누린 것이 아니라 그런 청복을 간절하게 원했다고 보아야 하겠습니다. 그가 혼탁한 세상에서 그나마 숨을 쉴 수 있었던 길은 깨끗한 행복을 꿈꾸는 일이 아니었을까요?

이 글을 쓰면서 태평양을 건너온 우리 교민들의 삶을 생각합니다. 모두 저마다 고국을 떠나면서 "행복의 목표" 한 가지씩 가지고 왔을 것입니다. 그러나 미국 땅의 삶이라는 것이 결코 호락호락하지 않았습니다. 이민 1세들이 감내해야 했던 삶은 성취의 생활이 아니라 생존을 위한 발버둥이었고, 성공과 실패를 반복하는 쓰라림이었습니다. 우리는 그렇게 이민의 삶을 살았고, 오늘은 2세, 3세들에게 배턴을 넘겨주고 있습니다. 이런 때, 장혼이 가졌던 청복 여덟 가지는 우리에게 새로운 의미로 다가옵니다. 우리가 가졌던 삶의 목표, 그것은 정말 올바른 것이었고 성취할 가치를 지닌 것이었을까요? 좀 바꾸어서 생각해 봅니다. 우리가 타국살이에서 무엇인가를 성취하여 왔다면 그것은 진정 우리의 최종적인 행복으로 계산할 수 있는 것일까요? 어쩌면 부질없는 신기루 같은 게 아니었을까요?

인간이 진정 행복해질 수 있는 것, 그것은 물질적인 치부도 아니고, 세속적인 출세도 아니고, 번쩍이는 명예도 아닐 것입니다. 그 모든 것을 초월하여 인간이 최종적으로 소중하게 간직해야 할 깨끗한 행복이 무엇인가를 장혼은 우리에게 이야기해 주고 있습니다.

가을의 팡세

사람들 곁에서 좀 비켜나 있으면 사람이 훨씬 더 잘 보인다고 말한 분이 있습니다. 그 말은 당사자들의 이해관계에서 떠나 있는 옆 사람이 보다 사람을 바르게 볼 수 있다는 말로 이해됩니다. 그러나 이 말에는 인간적인 온기가 없습니다. 사람이 사람을 정확하게 바라본다는 말에는 싸늘한 관찰의 의미가 있을 뿐입니다.

누군가 고독하고 고통스러운 처지에 빠져본 사람이라야 사람의 가치를 제대로 알게 된다고 말한다면 그 말이 훨씬 더 따뜻하고 좋습니다. 그 말에는 사람이 관찰의 대상이 아니라 사랑의 대상, 혹은 그리움의 대상으로 파악되고 있기 때문입니다.

사람에게 가장 소중한 것은 역시 사람입니다. 가을에는 그 사실이 더 절실해 옵니다.

▼

처음에 그는 하나의 타인이었을 뿐이었습니다. 그러나 내가 그를 그립다고 말했을 때 그는 내 안에 들어와 따뜻한 사랑이 되었습니다. 사랑의 인식은 모든 존재의 어머니였습니다.

▼

출애굽한 이스라엘은 가나안 변경에 두 번 도달했습니다. 첫 번째 도달은 40일 만에 시나이반도를 가로질러왔을 때입니다. 그들은 하나님의 기적과 보호 속에서 가나안을 향하여 단숨에 온 것입니다. 그러나 그 가나안은 그들이 그리던 땅이 아니었습니다. 시나이반도와 크게 다르지 않은 메마르고 거친 땅이었습니다. 그들은 충격과 실망 속에서 가나안을 "거민을 삼키는 땅"이라고 규정하고 절규했습니다. 환상은 언제나 실체를 평가절하시킵니다.

이스라엘은 돌이켜 다시 광야로 나가서 40년을 헤매고 다니게 됩니다. 그 긴 기간은 그들이 환상을 버리는 세월이었습니다. 그리고 그들이 다시 가나안 변경에 이르렀을 때, 그들은 비로소 가나안을 "젖과 꿀이 흐르는 땅"으로 바라보게 됩니다. 그리고 그 가나안을 획득하기 위하여 싸워 나갔습니다.

동일한 가나안 땅이 어떤 환상, 어떤 가치관으로 바라보느냐에 따라 "거민을 삼키는 땅"으로 보이기도 하고, "젖과 꿀이 흐르는 땅"으로 평가되기도 했던 것입니다. 40년의 떠돌이 삶을 통해서 그들이 다시 찾아온 그 땅은 현실적인 조건보다는 하나님께서 그들에게 부여하는 땅이란 그들 스스로가 젖과 꿀이 흐르게 해야 할 땅이라는 의미적인 진실을 가진 땅이라는 것을 비로소 깨달을 수 있었던 것입니다. 마침내 가나안은 하나님의 허락이 성취되어 그곳에서 예수 그리스도께서 탄생하시고, 인류의 구원이 시작되는 땅이 되었습니다. 하나님과 사람이 만나고 진정한 인간의 가치가 선언되는 땅, 거기가 분명 젖과 꿀이 흐르는 땅이었던 것입니다.

그리스도인들이 천국을 환상적인 어떤 곳으로 이해해서는 안 되는 이유를 출애굽의 역사가 보여주고 있습니다. 하늘나라는 단순히 아름답고 안락한 장소가 아닙니다. 하늘나라는 먼저 하나님과 사람이 함께 있는 곳이고, 다음으로 사람이 사람답게 신뢰하고 사랑하고 반기는 곳입니다. 이 천국은 하나님의 뜻으로 사람이 평가되고, 하나님의 사랑으로 사람이 서로 존중되는 곳입니다. 사람을 진정한 이웃으로 보는 사람들이 하나님과 함께 있는 곳, 거기가 천국이었습니다.

우리가 생애의 가을에 서면 생각이 많이 달라집니다. 먼저 동시대를 살아가는 사람에 대한 평가가 달라집니다. 지금 우리가 지구촌의 여기저기에서 동료 인간이 겪고 있는 고통과 질병과 가난을 내 자신의 고통으로 느껴지는 때가 있습니다. 우리가 내 이웃의 고통을 함께 느낄 때, 우리는 가나안의 변경에 서게 되고, 그 천국이 제대로 우리 속에서 시작된다고 하겠습니다. 우리가 인간가족으로서 그 모든 불행과 싸워 함께 이겨나가려고 노력할 때, 하나님의 나라는 우리에게로 와서 천국이 될 것입니다. 천국은 나무가 옷을 벗는 가을의 변경에서 시작됩니다.

▼

“가야 할 때가 언제인가를 분명히 알고 가는 이의 뒷모습은 얼마나 아름다운가”로 시작되는 이형기 씨의 시는 봄철의 낙화를 대상으로 한 시이지만 그 시의 끝은 가을에 닿아 있습니다. “격정을 인내한 나의 사랑은 지고… 결별이 이룩한 축복에 쌓여 내 청춘은 꽃답게 죽는다”에서 “머지않아 열매 맺는 가을을 향하여… 헤어지자… 나의 사랑 나의 결별, 샘터에 물이 고이듯 성숙하는 내 영혼의 맑은 눈”이라는 시어에 이르기까지 이형기 씨의 시에는 자기를 버림으로 마침내 자기를 얻어내는 사람들의 아름다운 가을이 있습니다.

안경을 닦으면서

자꾸 흐려지고 퇴색하여 가는 세상을 깨끗하게 닦아내고 싶다
자주 구름이 끼고 빗방울 자국이 많은 마음도 말끔히 닦고 싶다
자꾸 늙어 가는 생각, 낡아지는 의식의 잎새들도
신선하게 닦아주고 싶다
무엇보다도 자꾸 둔해지는 내 감성의 창을 정성껏 닦아서
멀리 있어도 그리운 얼굴 하나
환히 바라보고 싶다 닦아낸 내 안의 속속들이에
아프도록 정갈한 그리움, 맑게 배어들이고 싶다

엄마와 나〈Sonu Amelia Kim 2008 / 5세〉

보이는 것이 흐려질 때는 습관적으로 안경을 벗어서 닦곤 합니다. 안경이 잘못되기나 한 것처럼 말입니다. 그러다가 문득 세상은 눈으로 보는 것이 아니고 마음으로 보는 것이라는 생각이 들곤합니다. 마음이 깨끗하면 세상이 투명하게 보일거라는 생각을 합니다. 정말 자주 닦아야 할 곳은 우리의 마음이 아닐까 생각해 봅니다.

은퇴의 삶을 묻는 이에게

이 선생! 가을입니다. 벌써 가을입니다.

이 선생도 이미 은퇴 준비를 하신다는 대목의 편지를 읽으면서 저는 갑자기 그 편지지가 낙엽색으로 물들기 시작하는 것을 보았습니다. 그렇군요, 이 선생도 벌써 가을의 문턱에 가까이 이르러 오셨군요. 하지만 이 선생! 제가 몇 년 먼저 은퇴를 했다고 해서 이 선생이 저에게 은퇴 준비의 가이드를 요청하신다는 것은 저를 한참 부끄럽게 합니다. 이 선생 같이 박식한 분에게 만약 제가 어떤 가이드를 드리려 한다면 가을 들녘의 코스모스가 먼저 고개를 흔들며 웃을 것입니다. 하지만 은퇴생활에 들면서 제 자신이 느꼈던 짙은 후회감 몇 가지는 고백할 수 있습니다. 그게 이 선생에게 무슨 도움이 되겠습니까마는…….

먼저 제가 은퇴에 들어서면서 가장 절실하게 느낀 것은 신앙이었습니다. 나에게 주어진 시간이 얼마 남지 않았다는 것, 그나마 그 남은 시간마저 한쪽 끝이 자꾸 풀어져 사라지고 있다는 것을 느끼게 되고, 그리고 사라지는 시간의 저쪽에 신기루처럼 영원의 피안이 얼비칠 때,

저는 그제야 우리에게 왜 신앙이 그처럼 절실한 것이었는가를 깨달아 가게 되었습니다. 만약에 제가 지난 생애에 신앙생활을 해 오지 않았다면 지금이라도 진정한 마음으로 신의 손길을 잡았을 것입니다. 시간의 지평에 서서 영원의 피안이 희미해지고, 확실하게 바라볼 수 없다면 우리가 살아온 삶이란 얼마나 서글픈 것이겠습니까? 그런데도 고백하건대 저는 깊은 신앙이란 어떤 것인지 배우는 중에 있습니다.

다음으로 저는 평소에 더 많이 공부하지 못한 것이 많이 후회스러웠고 안타까웠습니다. 사람이 천 가지 삶을 한꺼번에 살아낼 수는 없는 것이지만, 마음과 정신으로 우리가 사는 세계를 보다 많이 이해하고 공감할 수 있다면 얼마나 좋겠습니까? 이 선생도 느끼고 계시겠지만 내가 몸담아왔던 지구의 삶에는 다양한 세계가 있습니다. 정치의 세계가 있는가 하면 경제의 세계가 있고, 예술의 세계, 철학의 세계, 과학의 세계, 역사의 세계가 있었습니다. 그리고 그 세계들은 또 다양한 위성 세계를 가지고 있었습니다. 예술의 세계만 보더라도 그 안에는 또 음악의 세계, 문학의 세계, 회화의 세계, 무용의 세계 등이 있었습니다. 그러고 보면 우리가 살아온 세계는 너무나 다양하고 많은 세계가 펼쳐져 있었습니다. 마치 관광여행을 떠나듯이 저는 이 다양한 세계를 이해하고 섭렵해 보고 싶습니다. 그래서 졸지 않고 책을 계속 읽을 수 있고, 폭넓은 지식, 깊은 이해로 이 모든 세계를 공부할 수 있다면 얼마나 좋으랴 싶습니다. 하지만 저는 공부하는 일에 너무 게을렀습니다.

또 저는 사랑하기를 게을리 했던 일이 후회스럽습니다. 제가 태어난 가문이나 시대, 그리고 사회가 그다지 넉넉하지 못했기 때문일까요? 사람을 사랑하고 자연을 사랑하는 일에 저는 인색하고 서툴었다는 것을 고백합니다. 나를 스쳐간 수많은 사람들은 모두 어떤 면에서건 다 고마운 분이었고, 내가 살아오도록 공간을 제공해 준 자연은 더 없이 아름답고 소중한 것이었습니다. 지금이라도 저는 사람과 자연을 사랑하는 일에 게으르지 않으려 합니다.

또 저는 나누는 일에 소심했음을 고백합니다. 한사코 소유하고 독점하려 했던 지난날의 삶이 얼마나 부끄럽고 못난 것이었는가를, 그리고 얼마나 고독하고 추위에 떨었던가를 알게 되었습니다. 우리의 삶은 실제로 나눌수록 부요해지고 따뜻해진다는 것을 좀 더 일찍 깨달아야 했습니다. 어찌 물질뿐이겠습니까? 이해를 나누고, 위안을 나누고, 기쁨을 나누고, 격려를 나누어야 했습니다. 그것은 내 자신이 따뜻해지고 부요해지는 길이었습니다. 하지만 지금 저는 많이 늦었다는 후회감에 싸여 있습니다.

끝으로 저는 청결 연습이 참 많이 필요했었다는 것을 절실히 느낍니다. 내 삶의 터를 깨끗하게 마무리하기 위하여 내가 살아온 공간의 청결, 관계와 거래의 청결, 의식과 사상의 청결, 그리고 먹고 마시는 일의 청결이 필요하다는 것을 이제사 절실하게 깨닫습니다. 과감하게 욕심을 버리고 내 삶의 짐을 줄여가다가 마침내 정결한 모습으로 영원의 경계선을 넘어갈 수 있다면 얼마나 고맙고 아름답겠습니까?

이 선생! 여기 저의 다섯 가지 후회를 고백 드립니다.
부디 당신의 은퇴의 삶, 생애의 가을은 아름답기를…….

가을 편지

이 선생!

지금 여기 10월의 워싱턴 밴쿠버 시간은 아직 어둠이 채 가시지 않은 이른 아침입니다. 잠이 깨어 서재로 들어와 앉았는데 어디선지 물 흐르는 소리가 들리는 것 같아서 귀를 기울여보니까 창밖에 비가 내리고 있습니다. 조용한 시간이라서 이층 지붕에 내린 빗물이 홈통을 타고 흐르는 소리가 마치 산골의 작은 옹달샘이 흘러내리는 것처럼 들립니다. 아주 조용조용히 내리는 빗발인데도 꽤 촉촉하게 내리는 모양입니다.

여기는 계절을 건기와 우기로 나누기도 합니다. 4월부터 봄이 시작되면 비가 사라지고 여름 동안은 청명한 날씨가 계속됩니다. 그러다가 10월쯤 가을이 되면 시작되는 비가 겨울 내내 거의 매일 부슬부슬 내립니다. 오늘 아침에는 여름의 건기가 끝나고 오랜만에 우기가 시작되는 가을 첫비가 내리니까 빗소리를 듣는 마음도 푸근하게 젖어듭니다. 여명이 트면서 창밖으로 멀리 침엽수 숲이 비안개 속에 잠겨 있는 게 보입니다. 거대한 침엽수의 끝이 안개 위로 뾰족뾰족 솟아 있는 게 마치 동화 속의 세계처럼 아름다워 보입니다.

변화하는 계절을 생각하다 보니까, 문득 한국의 10월은 참 복이 많은 달이다 싶습니다. 벽에 걸린 고국에서 온 달력을 보니 추석에, 개천절에, 한글날이 있는가 하면, 그외에도 5일이 세계 한인의 날, 8일이 재향군인의 날, 10일이 임산부의 날, 15일이 체육의 날, 17일이 문화의 날, 21일이 경찰의 날, 27일이 저축의 날, 28일이 교육의 날 등 기념일들이 10월 한 달에 몰려 있습니다. 미국인들도 12일에 정식 국경일인 콜럼버스의 날(Columbus Day)이 있고, 캐나다에는 같은 날에 추수감사절(Thanksgiving Day)이, 그리고 31일에 어린이들이 좋아하는 할로윈(Halloween)이 있습니다.

이렇게 많은 기념일이 몰려 있는 것은 좋은 기후, 아름다운 풍광, 풍요로운 수확이 있어 사람들의 마음이 가장 넉넉하고 여유로워지는 때이고, 그래서 겨울이 오기 전에 공동체의 삶을 확인하고 싶은 것이 아닐까 싶습니다. 옛날 농경시대 같으면 이때가 제일 좋을 때였습니다. 땀 흘려 노력한 대가가 수확이라는 기쁨으로 돌아오는 때이니까요. 무엇인가를 이루고 또 그 결과를 얻는 일은 그 결과의 양중을 떠나서 그 사람에게 소중한 체험이고 마음 뿌듯한 기쁨일 것입니다. 그런 점을 가장 많이 느끼는 때가 10월이리라 싶습니다.

그보다도 10월은 한 해의 마지막을 예감하는 조락의 계절이기도 합니다. 이 가을이 다 가버리기 전에 자기 삶에 무엇인가 매듭을 짓고, 자기 확인을 해 보고, 겨울을 맞이하고 싶은 게 사람들의 마음인지도 모르겠습니다. 어쩌면 또 10월은 우리 삶의 중량이 제대로 느껴지는 계절이기도 합니다. 나이 든 분들은 인생의 겨울을 생각하게 되고, 젊은 분들은 자기 생애의 수지계산을 맞추어보는, 그리고 마음이 가을 하늘만큼이나 깊어져 그 속으로 떨어지는 자기 실존의 무게를 느끼는 때이기도 할 것입니다. 그래서 10월은 풍요로운 것만이 아니라 아프고, 고독하고, 스산하고, 짙은 추억과 한스러움과 그리움에 한기가 드는 계절이기도 한 것입니다. 우리 모두 이 지구라는 혹성에 잠시 기탁하여 살다가 이별을 고하고, 신이 마련하여주신 미지의 세계로 낙엽처럼 떠나야 하는 그 숙명적 예감이 찬바람으로 우리의 가슴 밑바닥을 쓸고 가는 계절이기 때문이지요.

그러나 죽음이 있기에 오늘의 삶이 소중하듯이, 떠나야 하기 때문에 이 지구의 삶은 더 아름다운 것입니다. 사랑과 미움, 이해와 갈등, 행복과 고난에서 벗어날 수 없는 우리의 삶이지만 그래서 더 아름답게 무늬 지고, 그래서 더 절실해지는 우리의 삶입니다. 누구에게나 이 가을이 오듯이 누구에게나 이 지구를 떠날 때가 다가오고 있습니다. 헤어질 때를 생각해서 미움보다는 사랑을, 갈등보다는 이해를, 고통보다는 평화를 우리 생애 속에 더 많은 무늬로 챙겨 넣고 싶습니다. 이런 생각이 우리의 일상에 배어들 때 그제야 이 가을은 꽃보다 더 아름다운 단풍의 계절이 되겠지요.

이제 아침 상념에서 벗어나 이 선생에게 쓰는 편지를 마감해야 하겠습니다.

수많은 기념일이 몰려 있는 10월의 아침에 그만큼 넉넉한 마음으로 아버지이고, 어머니이고, 형이고, 누나이고, 동생이고, 이웃이고, 연인인, 당신을 생각합니다. 그립습니다.

환절기에 건강 단속을…… 그리고 좋은 가을 누리시기를…….

달팽이

연약하고 부드러운 육신으로 세상을 쓰다듬으면서
이곳저곳으로 집을 옮긴다

어차피 내 영혼이 깃들일 곳은 내 육신뿐이 듯이
내 육신이 잠시 깃들일 곳이 이 거친 세상뿐이라면
너무 욕심내지 않고, 너무 성급하지 않게
아끼는 사람을 사랑하듯이
걸어야 할 길을 안아 들이면서
오늘도 어느 맑은 풀포기 아래로 집을 옮긴다

사는 냄새 짙은 곳, 축축한 이슬이 눈물로 맺히는 곳
내 비좁은 삶의 집 한 채 옮겨
거기 살아야지 단 한 번 사는 날들을
잘 살아야지 까만 더듬이를 지팡이 삼아서
부드럽게 쓰다듬으며 이 거친 세상을
몸 붙여 잘 건너야지

짧은 한 생애, 또 그 많았던 추억을 안아 들이면서
이승의 밤과 낮을 사랑하면서
부드럽게 간절하게 마음 붙여 걸으면서

내 생일 케이크 / 그려서 오려 붙이기
〈Sonu Amelia Kim 2008 / 5세〉

달팽이를 들여다보고 있으면 그 몸이 한없이 부드럽다는 것을 새삼 알게 됩니다. 더군다나 그 몸에서 나오는 맑은 체액이 그 몸을 지표면에 밀착시켜 주고 있는 것을 봅니다. 비록 거치른 흙바닥이든지 혹은 성긴 껍질의 나무줄기든지, 혹은 아스팔트 뜨거운 표면이든지, 마치 사랑의 손길처럼 부드럽게 쓰다듬으며 갑니다. 자기가 걸어야 할 길은 정성을 다해서 걷습니다.

해질녘

바닷속으로 몸을 던지는 태양, 그 장엄한 일몰은 언제 보아도 벅찬 감동입니다. 무소불위의 기세로 작열하던 태양도 늦은 오후가 되면 서쪽 하늘에 마지막 스스로를 태우는 불덩이로 걸리고, 그 낙하하는 태양을 맞이하기 위하여 바다는 붉고 뜨겁게 들끓으며 수평선에서부터 황금빛 길을 내놓습니다. 하여 마침내 태양이 수평선에 몸을 누이면 하늘과 바다는 온통 붉은 용암처럼 맞닿아 일렁이다가 끝내 타고난 숯불처럼 사그라집니다.

캘리포니아의 태평양 연안은 어디에서나 흔히 수평선에 지는 일몰을 볼 수 있습니다. 하지만 샌디에이고에 있는 Sunset Cliffs라는 곳에서 만나는 일몰은 그중에서도 일품이라 하겠습니다. 미국 서부의 북쪽 끝에서 남으로 뻗어 내리는 5번 프리웨이를 타고 꼬박 2, 3일은 달려 내려가야 남쪽 끝에 있는 도시, 샌디에이고가 나타납니다. 그 샌디에이고의 중심지로 접어들기 전에 8번 도로 Kumeyaay Highway를 만나 오른쪽으로 돌아들면 Sunset Cliffs Blvd.라는 길이 되고, 샌디에이고 항구를 외곽으로 감싸주는 반도(peninsula)로 들어서게 됩니다. 그리고 곧이어서 깎아지른 해변이 나타나고 열린 바다를 볼 수 있는 전망대들이 군데군데 있습니다.

해질녘, 여기에 차를 멈추면 사막을 건너온 뜨거운 태양이 서녘 하늘을 붉게 태우며 수평선 너머로 서서히 몸을 던져 자결하는 자연현상의 일대 장관을 만날 수 있습니다. 더구나 지구의 위도상으로 하와이와 비슷한 위치의 샌디에이고 태평양은 적도에 가까워 훈훈하게 불어오는 바닷바람을 가슴에 안으면서 일몰을 바라보는 이곳의 일몰은 거대한 해탈의 감동이기도 하고, 또 속절없는 몰각(沒却)의 슬픔이기도 합니다.

태양이 수평선에 닿는 순간부터 완전히 그 너머로 사라지는 순간까지 그 소요시간은 3분이라고 합니다. 말하자면 그 3분은 하루의 공간을 건너온 태양이 하늘과 바다 사이로 문을 열고 완전히 자취를 감추는 시간입니다. 그 거대하고 찬란했던 일출과 눈부신 하루의 시간에 비하여 태양의 임종시간은 상대적으로 너무나 짧고 허무하다고 하겠습니다.

어쩌면 우리 한 해의 삶도 세모라는 시간의 수평에 걸리면 그렇게 간단하게 저무는 것이 아닐까 싶습니다. 지난 일 년이 어떻게 흘러갔는지, 그 생존의 뜨거운 시간에서 문득 옷깃을 파고드는 한기에 정신을 가다듬으면, 우리의 한 해 살이가 이미 세모의 바다에 몸을 던지고 있습니다. 우리의 삶이 분명 성공적이고 찬란한 것이었다면 그 세모의 하늘은 온통 황금빛으로 아름답겠지요. 하지만 우리의 삶이란 늘 아쉬움 속에서 저물게 마련입니다. 성취감보다는 상실감이, 보람감보다는 아쉬움으로 한 해가 쓸쓸이 저뭅니다. 그런 우리네의 일몰은 광활한 바다의 수평에서 황홀하게 지는 것이 아니라 후회와 수심의 잔가지에 몸을 찔리면서 지평의 거친 산등성이로 피 흘리듯 지게 마련입니다.

어디 한 해 살이뿐이겠습니까? 우리가 살고 가는 이승의 한 생애도 알고 보면 그렇게 황급하게 저무는 것인지도 모르겠습니다. 사람마다 살아온 격이 다르고, 추구해 온 성공의 주소가 다르겠지만, 결국은 모두 같은 곳, 이승의 아스라한 단애에 이릅니다. 그제야 우리는 하나님께서 내 생몰(生沒)의 사이에 허락하신 그 시간이라는 것이 얼마나 소중한 것이었나를 깨닫습니다. 우리에게 주어진 시간은 어쩌면 광활한 하늘에 떠 있는 태양처럼 찬란한 황금의 기회였던 것입니다. 하지만 안타깝게도 우리가 시간의 소중성을 깨닫게 되는 때는 항시 일몰 즈음이어서 마치 떠나버린 열차의 승차권 같은 것이었습니다.

어렸을 때 동네 이발관 벽에 밀레의 〈만종〉 그림과 함께 붙어있던 표어 같은 글귀가 있었습니다.

"세월을 아끼라 때가 악하니라."

퍽 진부해 보이던 그 글귀의 출처가 성경 말씀(엡 5:16)이었다는 것을 나중에 나이 들고 나서야 알았습니다. 그러나 그때마저도 나는 "세월을 아끼라"는 말씀의 진정성을 깨닫지 못했습니다. 그렇게 한 세상은 가고 이승의 날들이 아쉬움으로 타는 낙조에 들어서서야 "세월을 아끼라"는 말씀이 뇌성처럼 나의 존재를 때렸습니다. 이발소에서든지 교회에서든지 상관없이 그 말씀이 우리의 꽃다운 삶을 흔들어 일깨워 줄 때, 우리는 그 소중한 뜻을 일찍 알아들었어야 했던 것입니다. 깨달음의 시제는 항시 과거분사로 다가옵니다. 낭비된 시간이 아쉬워 오는 것은 또 한 해의 해가 저물기 때문일까요?

아름다운 착시

토마스 모어가 쓴 『유토피아』를 읽어나가다 보면 마음이 흐뭇해집니다. 어쩌면 인간의 노력으로도 이런 이상향이 만들어질 수도 있을 것 같다는 마음의 착시 현상을 경험하기 때문입니다. 원래 소설이라는 것이 마음의 착시를 일으켜서 독자로 하여금 그 이야기 속에 빨려 들어가 가상 체험을 하도록 장치되어진 문학이라 하겠습니다. 하지만 많은 작품들이 그 시대의 소외된 사람들, 사회적 약자들의 삶을 그리거나, 구조적인 모순을 그려내어 고발함으로써 독자들로 하여금 보다 인간다운 삶을 되찾아 살게 하려는 의도를 갖습니다. 그래서일까요? 대부분의 문학작품들이 사회의 어두운 면, 부정적인 사건을 그려냄으로써 독자들에게 감동과 깨달음은 주겠지만, 유쾌하거나 아름다움을 주지는 않게 됩니다. 토마스 모어의 소설을 이야기하려니까 문학 이야기를 하게 되었습니다만, 영화나 음악도 같은 범주에 든다고 하겠습니다. 대부분의 영화들이 지독한 폭력과 모순을 보여줌으로 관람자들에게 곤욕과 긴장을 체험하게 합니다. 대중적인 노래도 그렇습니다. 〈사랑은 눈물의 씨앗〉이라는 노래만 보더라도 우리에게 사랑에 대한 부정적인 착시 현상을 일으키고 있습니다. 하지만 토마스 모어의 『유토피아』는 읽는 사람이 추구해야 할 삶의 방법을 희망적으로, 혹은 긍정적으로 바라보게 해 줍니다.

이 소설은 토마스 모어가 16세기 초, 영국의 초창기 자본주의의 병폐와 현실에 고민하고 좌절하면서 쓴 것이지만, 그는 현실을 초월하는 이상향을 그려냄으로써 그 착시를 통하여 인류의 정신을 높고 따뜻하고 희망적인 곳으로 이끌어 주었습니다. 한 번도 존재하거나 실현되지는 않았지만 결코 사라지거나 잊혀질 수 없는 이상적인 나라를 그는 문학으로 건설하였던 것입니다.

유토피아에서는 우리 현실 세상의 진부한 가치관을 비웃듯 뒤집고 있습니다. 유토피아에서는 사람이 사는 주택을 추첨으로 할당하고 10년마다 그 집을 바꾸며 삽니다. 금이나 은은 공동식당이나 가정에서 변기나 요강과 같은 불결한 분야의 일상용품을 만드는 데 쓰며, 금관이나 금 목걸이를 하는 사람들은 모두 노예들로서 저급한 신분을 표시하는 장신구들이었습니다. 그 도시의 모든 시민은 동일한 패션과 품질의 옷을 입기 때문에 무엇을 입어야할지 걱정하는 사람은 없습니다. 게다가 시장이라는 신분의 사람이라 할지라도 같은 옷을 입고, 다만 한 다발의 곡식 단을 들고 다니는 것으로 관직을 표시하였습니다. 결혼을 위하여서는 사회적인 후견인들이 보는 앞에서 신랑 신부가 서로 벗은 몸을 보여주어야 하였습니다. 말하자면 전인적인 인격을 서로에게 공개하고 이해하는 선에서 결혼은 가능하였습니다. 재산이나 지위,

혹은 얼굴만 보거나 혹은 성형수술로 속임수를 부리는 결혼은 결코 허용되지 않았던 것입니다. 더 유쾌한 일은 돈은 필요가 없었고, 모든 일용할 물건은 상점에 요청하면 쓸 만큼 제공되었으며, 법률은 간단명료하였고, 변호사들의 아전인수 격이고 현학적인 해석은 없었고, 상식적이고 자연스런 해석이 가장 옳은 것으로 간주되었습니다. 더구나 죽음은 슬픈 일이 아니라 기쁘게 받아들였고, 축제처럼 장례식이 진행되었으며, 늙어서 죽기 싫어하는 것을 가장 비천한 성품으로 여겼습니다.

『유토피아』를 읽는 사람이라면 누구나 한 번쯤 자기 삶의 새로운 가치를 생각해 볼 것입니다. 돈은 평범한 사람들이 먹고 사는 수준만 벌면 더 이상 욕심내지 않는다든가, 출세나 명예라는 것이 나와 동시대를 살고 있는 사람들에게 나의 애정을 나눌 수 있는 기회 정도로 그쳐야지 더 이상 악을 쓰며 추구할 것이 아니며, 이 세상에서 내 아내나 남편처럼 사랑스럽고 편안한 반려가 또 어디에 있으랴 깊이 느끼고 감사하고 다행스럽게 사는 사회! 이런 세상을 생각만 해도 사람의 마음은 편하고 행복해집니다.

이 지구라는 아름다운 별에 태어나서 길어야 80, 90년을 살다가 가는 그 짧은 시간의 삶에서도 우리는 이렇게 아름답고, 행복한 유토피아의 착시 속에 빠져들 때가 자주 있었으면 좋겠습니다.

나이 든 봄

아무리 늙은 나무도 봄에는 새잎을 낸다.

그것이 첫 꽃 피던 어린 시절의 색바랜 사진 같은 추억이든지
겨우내 가지부터 뿌리까지 가려워 북북 긁어 추위 풀려 털어낸 몸때든지
나무꾼에게 잘린 어깨가 쑤시고 저려서 돌아누울 때마다 흘리던 신음이든지
어느 해 모진 추위 눈보라 속에서 먼저 보낸 어린것들 가슴에 묻은 한풀이든지
저마다 요란한 나들이의 젊은것들 틈에서 부스스 꺼내 놓는 오기의 꿈이든지

똑같은 연둣빛으로
어쨌든

아빠에게 보낸 Father's Day 카드
〈Sonu Amelia Kim 2008 / 5세〉

우리 동네 어귀에는 아주 큰 참나무 한 그루가 있습니다. 겨울에 이 나무를 바라보면 잔뜩 찌푸린 하늘 아래에서 거대한 몸통과 잎 없이 얽힌 잔가지들이 까만 실루엣으로 서 있는 모습이 정말 음산해 보입니다. 하지만 봄이 되면 이 나무는 자욱한 안개처럼 연초록 잎을 틔우기 시작해서 마침내 청청한 잎새로 반짝이는 아름다운 나무로 변신합니다. 봄마다 그 나무를 바라보면 아무리 늙은 나무라도 저렇게 아름답게 다시 자기의 존재를 드러내는구나 하는 생각이 듭니다. 사람도 그와 다르지 않으리라 생각과 함께.

보십시오, 봄입니다

봄입니다. 봄은 숨 쉬는 공기부터 감촉이 다릅니다. 차갑기만 하던 대기가 문득 비단처럼 부드럽고 사랑처럼 감미로워지고 있습니다. 여기 워싱턴 주 밴쿠버에는 겨우내 쉬지 않고 내리던 비가 3월 하순부터 그치고 하늘이 열리기 시작하더니 요즘은 곧잘 햇빛이 비칩니다. 구름이 걷히면서 나타나는 옥색 하늘의 아름다움, 그리고 그 하늘에서 내려오는 따뜻하고 밝은 햇빛이 주는 감격은 겨울의 때 묻은 구름 아래에서 찬비를 맞고 지내온 밴쿠버 사람만 느끼는 각별한 것입니다. 4월, 아직 찬 기운이 가시지 않았는데도 꽃자두나무의 자분홍 꽃들이 피기 시작했습니다. 동네마다 골목마다 마치 불꽃놀이처럼 터져 오르는 꽃자두나무의 개화는 봄의 감격을 그대로 보여주고 있습니다.

우리 동네를 나서는 길 어귀에는 겨울 내내 비에 젖어서 온몸에 이끼를 뒤집어 쓴 늙은 나무가 한 그루 서 있습니다. 건물의 2, 3층 높이로 하늘에 솟아 있는 이 나무는 어지럽게 펼친 가지마다 이끼가 걸려 있어 잿빛 겨울 하늘에 검은 실루엣으로 서 있는 모습이 영락없이 동화에나 나오는 마귀의 성에 서 있는 고사목의 형상이었습니다. 겨울에는 그 음산한 모습이 보는 사람들은 마음이 더 음울하고 을씨년스러워졌습니다. 저 나무를 차라리 베어버리면 좋겠다는 생각이 들 때가 많았습니다. 헌데, 그 나무가 요즘 잔가지 끝이 갈색으로 변하고 있습니다. 그 죽은 것 같던 나무의 잔가지가 요즘엔 자욱한 갈색으로 변하고 있습니다. 가지 끝마다 새 이파리를 내놓을 움이 트고 있기 때문입니다. 이 늙은 나무의 변화를 보면 봄은 그저 꽃이나 피우며 지나가는 무상한 시간의 흐름이 아니라, 우리 사람들에게도 심각하고 엄숙한 그 무엇을 요구하고 있다는 생각이 듭니다.

> 4월은 가장 잔인한 달/죽은 땅에서 라일락을 키워내고/추억과 욕정을 뒤섞고/잠든 뿌리를 봄비로 깨운다/겨울은 오히려 따뜻했다/… 이 자갈 더미에서 무슨 가지가 자라나는가/사람들이여!/너는 말하기는커녕 짐작도 못하리라/…하지만 히아신스 정원에서 밤늦게 한 아름 꽃을 들고 왔을 때/나는 아무 말도 못하고 눈도 안 보여/산 것도 죽은 것도 아니었다./빛의 핵심인 침묵을 들여다보며 아무것도 할 수 없었다…

"4월을 잔인한 달"이라고 했던 엘리엇이 이 시를 발표했던 1922년은 세계 1차 대전이 끝났을 때였습니다. 전쟁의 폐허에 찾아온 4월의 화사한 봄은 시인이 보기에는 너무 잔인해 보였습니다. 그러나 어쩌면 그 봄은 전쟁의 폐허를 쓸어내고 다시 인간다운 삶을 연출해 내라는 섭리의 요청이기도 했습니다. 그 요청이 아무리 잔인하게 느껴지더라도 다시 일어서야 하는 사람들에게 엘리엇은 진정한 위안의 노래를 쓰고 있었다고 보겠습니다.

봄은 우리 과거의 삶이 아무리 어두웠을지라도 거기서 일어나 새로운 삶의 잎을 피우기를 요구하고 있습니다. 젊은 시절의 실수, 한때의 객기, 생의 질곡에서 저지른 무거운 죄까지도 겨울이라는 과거에 묻고, 오늘 봄의 아름다운 변화에 따라 새롭게 일어서기를 요구합니다. 그것은 어쩌면 잔인한 요청일 수도 있겠습니다. 우리의 과거는 어둡고, 춥고, 거칠고, 악한 것일 수도 있으므로 거기서 일어나 새로운 삶을 추구한다는 것은 스스로도 철면피한 행위일 수도 있을 것입니다. 그래서 봄은 잔인할 만큼의 자아극복을 요청합니다. 우리는 그렇게 일어서지 않으면 진정한 봄을 맞을 수가 없습니다. 우리가 자포자기의 심정에 머물고, 더 이상의 자기 개혁을 거부한다면 우리에게 봄은 무의미한 것이라 하겠습니다. 그러나 우리 동네 입구의 그 늙은 나무처럼 봄이면 안간힘을 써서 잔인하리만큼 자기 변화를 추구할 때, 하나님의 섭리를 정직하게 따르는 것이라 하겠습니다. 그래서 자연의 봄을 내 자신의 삶 속으로 끌어들여 새로운 삶을 꽃을 피워낼 수 있을 때, 봄은 진정한 봄이 되는 게 아니겠습니까?

보십시오, 지금은 봄입니다.

평양의 개나리

지난 2011년 4월 말에 고아들을 둘러보기 위해서 평양을 다녀왔습니다. 평양에는 봄이 한창이었습니다. 거리의 가로수로 심은 살구나무들이 연한 분홍으로 꽃을 가득 피우고 서 있었습니다. 그런데 그 연한 분홍의 살구꽃보다 더 인상적인 것은 샛노란 개나리들이었습니다. 평양 시내를 지나면 길거리마다, 혹은 언덕마다 노란 개나리가 쏟아부어 놓은 것처럼 담뿍담뿍 피어 있었습니다.

그 개나리들을 보다가 문득 윤석중 선생의 동요, 봄나들이가 생각났습니다.

"나리 나리 개나리/입에 따다 물고요/병아리 떼 종종종/봄나들이 갑니다."

이 "봄나들이"는 우리나라 엄마들이 젖을 뗀 아기들에게 가장 먼저 가르쳐 주는 노래입니다. 윤석중 선생은 이 개나리가 엄마 암탉의 품에서 부화된 햇병아리가 처음 세상 구경을 나오는 것과 같은 현상으로 인식했습니다. 병아리의 첫 세상 나들이는 상징적으로 봄이어야 마땅합니다. 그래서 첫봄에 피어나는 개나리는 첫 세상 나들이의 병아리들입니다. 그래서 윤석중 선생의 노래에서는 개나리가 병아리이고, 병아리가 개나리였습니다.

평양의 시가지는 온통 개나리꽃으로 소란했습니다. 수천만 마리의 병아리 떼들이 쏟아져 나와 삐약 거리는 소리가 평양의 봄 하늘에 자욱했습니다. 제가 너무 과민했을까요? 저는 잠시 평양이라는 지도명을 잊고, 마치 내 그리운 고향에 서 있는 듯한 착각에 빠졌습니다. 제 고향, 경상도는 평양과는 거리가 멀지만, 우리나라 어디인들 봄이면 개나리가 흐드러지게 피지 않는 곳이 있겠습니까? 또 개나리가 피는 곳이면 어디나 그리운 고향이 아니겠습니까?

매화와 도리행화(桃李杏花)라는 말이 있습니다. 눈 속에 피는 매화와 봄철 따뜻할 때 피는 복숭아꽃, 자두꽃, 살구꽃을 비교해 이르는 말입니다. 조선의 선비들은 매화와 도리행화를 격이 다른 꽃으로 인식했습니다. 매화는 엄동설한이 아직 다 가시지 않은 눈 속에서 피고, 도리행화는 날씨가 풀리고 햇볕이 따뜻할 때 피어납니다. 조선의 선비들이 볼 때, 만약 매화가 제철을 지나고 도리행화와 같이 피고 있다면 그 매화나무는 베어버려야 할 나무였습니다. 매화는 눈 속에 피어나기 때문에 고귀한 꽃이지 도리행화와 같이 핀다면 그게 무슨 매화일 수 있겠느냐는 게 그 이유였습니다. 하지만 이런 말은 자기 본분을 잊어버리고 세류에 편승하는 사람을 짐짓 꾸짖기 위한 은유적인 비유로 차용되는 말이었습니다.

고아들을 돌보기 위하여 답사 차 평양에 들어간 사람이 개나리 이야기나 한다면 어떤 독자들에게는 필자가 도리행화와 함께 꽃 필 때를 분별하지 못하는 인간으로 비칠 수도 있겠습니다. 그러나 다시 생각해보면, 어렵고 힘든 때를 살아가는 우리 동족들의 땅에서 피어난 개나리는 눈 속에서 피어나는 매화와 다를 게 무엇이겠습니까? 평양에만 개나리꽃이 핀 것은 아닐 것입니다. 북한의 전 지역에 그렇게 피었을 것입니다. 그렇게 핀 개나리들은 그 아름다움으로 북한의 우리 동족들에게 고달픈 삶의 시름을 잠시 잊게 하여주었을 것입니다. 또 어쩌면 그 개나리들은 필자가 만나야 했던 그 고아들로 하여금 햇병아리처럼, 밝고 행복한 봄나들이를 할 수 있게 되기를 소원하여 피어났을지도 모르겠습니다. 그뿐이겠습니까. 그렇게 북한 땅에 지천으로 피어난 개나리가 우리 전체 동족들의 가슴에도 한 고향, 한 민족, 한 조국이라는 점을 일깨워주는 의식으로 피어나 통일이라는 겨레의 꿈을 앞당겨주기를 소원하였을지도 모르겠습니다.

그만하면 평양의 개나리는 매화보다 더 절개가 곧은 꽃이라 하겠습니다. 또 어쩌면 관념적인 애국애족보다 더 실천적인 내 민족 사랑의 꽃이라 하겠습니다. 평양에서 만나는 개나리는 고아 지원이라는 이름으로 찾아 온 나를 한참 부끄럽게도 하고, 한편으로는 "나요! 나요!" 하고 손들고 반기는 수많은 고아들의 자욱한 목소리로 들려오기도 하였습니다.

개나리는 진정한 우리 민족의 꽃이었습니다.

너그러운 사람에게는 은혜를 구하는 자가 많고
선물 주기를 좋아하는 자에게는 사람마다 친구가 되느니라
가난한 자는 그의 형제들에게도 미움을 받거든 하물며
친구야 그를 멀리하지 아니하겠느냐
따라가며 말하려 할지라도 그들이 없어졌으리라

전도서
19장 6, 7절

2

북의 고아들에게 가는 아픈 길

송순태 시와 에세이

지우개

잘못 써내려간 문장이 있듯이
잘못 살아온 세월도 있다
바닷가에 앉아서 수평을 보고 있으면
땅에서 잘못 살아온 사람들이
바다를 찾아오는 이유를 알겠다
굳은 것이라고 다 불변의 것이 아니고
출렁인다고 해서 다 부질없는 것이 아니었구나
굳은 땅에서 패이고 갈라선 것들이
슬픔으로 허물어진 상처들이 바다에 이르면
철썩철썩 제 몸을 때리며 부서지는 파도에 실려
매듭이란 매듭은 다 풀어지고
멀리 수평선 끝에서 평안해지고 마는구나

고쳐 쓰는 문장이 있듯이
다시 출발하고 싶은 세월도 있다
바닷가에 앉아서 흘러도는 물길을 보고 있으면
한때 몸부림치며 떠나간 사람들이 다시 수평선에서
파도가 쓸어놓은 깨끗한 해안으로
조용조용히 되돌아오는 게 보인다

화가 난 엄마
〈Sonu Amelia Kim 2008 / 5세〉

바다는 거대한 지우개라는 생각을 한 적이 있습니다. 바다로 흘러드는 온갖 쓰레기들을 바다는 짠 소금기로 소독하고 침전시키고 밀어내어 청정한 수질로 대기 속으로 증발시켜 다시 온 산야에 비로 내리게 합니다. 바다가 그렇게 출렁이는 것은 스스로를 정화해나가는 작업입니다. 세상에서 상처받은 사람들도 바다를 찾아옵니다. 그리고 그 출렁이는 바다의 심연과 멀리 수평을 바라보고 있으면 어느새 상처도 아물게 하여 줍니다.

북한 동족에 대한 생각의 흐름

사람은 장래 일을 전혀 예측할 수가 없습니다. 지난 온 생애를 더듬어보면 어느 날 전혀 예상하지도 못했던 일을 만나서 삶의 흐름이 바뀌게 되고, 전혀 개연성이 없었던 사람을 만나 함께 일을 하기도 하고, 또 전혀 전공이 아닌 일에 뜻하지 않게 관련이 되어 엉뚱한 분야의 일을 맡게 되기도 합니다.

필자가 미주 116개 재림교회의 지원으로 북한 고아들을 돌보도록 심부름을 하게 된 것도 제가 살아온 길에서 전혀 인연이 없었던 일이었습니다. 저는 평소에 교회공동체 안에서 구호활동을 하여온 사람이 아니었습니다. 또 저는 북한이라면 아무 인연도 없었습니다. 북에 고향을 두고 온 사람도 아니고, 북한 어떤 지역에 연고가 있는 것도 아니었습니다. 또 사상적으로 제 주변에 사회주의자가 있는 것도 아니었습니다. 더구나 저는 평소에 공산주의가 추구하는 전체 인민 평등사상이 얼마나 허구인지를 아는 사람이었습니다. 따라서 저는 북한과는 전혀 인연이 없었습니다.

그런 제가 북한 고아 돕기 심부름꾼으로 부름을 받았고, 그 일로 북한을 드나들게 되면서 북한 동족에 대한 관심이 깊어지게 되었습니다. 처음 북한에 갔을 때는 너무나 이질적인 관습에 많이 놀라고 어색했습니다. 북한에 난생 처음 들어간 곳이 함경북도 청진이었습니다. 그 첫날 저녁, 관계자들이 나와서 저녁식사를 같이 했는데 식사가 끝난 후에 나에게 식사비를 계산해 달라고 해서 깜짝 놀랐습니다. 어떻게 손님격인 나에게, 그것도 자기들을 돕겠다고 들어간 사람에게 식사비를 지불하도록 요구할 수 있는지 이해가 안 되었습니다. 그러나 그것은 약과였습니다. 후에 고아 지원에 어려움이 있어 이를 개선해 달라고 부탁을 하면, 금방 얼굴색을 바꾸면서 "우리가 언제 당신네들에게 도와달라고 했습네까?" 하면서 지원을 안 해 주어도 좋다, 그러니 이래라저래라 하지 말라는 식의 대답을 듣곤 했습니다. 더구나 걸핏하면 "우리에게는 우리 식이 있습네다" 하고 지원하러 간 사람의 말을 막을 때, 그들을 돕겠다는 마음에 두 번, 세 번 상처를 입곤 했습니다. 그러나 시간이 흐르면서 그들을 이해하게 되었습니다. 우리 속담에 "쌀독에서 인심 난다"는 말이 있습니다. 그들에게는 손님을 대접하는 식사의 비용을 지급할만한 재정이 없었던 것입니다. 사유재산이나 세금이 없는 북한에서 모든 예산은 중앙부처에서 내려오는 것이었는데, 당시 200만이 굶어죽는 나라에서 재정지급이 제대로 될 리가 없었고, 따라서 식사비를 지불할 돈이 없었던 것입니다. 그러나 자존심은 대단해서 걸핏하면 "우리가 언제 당신네들에게 도와달라고 했습네까?"를 자주 사용했습니다. 굶어 죽었으면 죽었지 애걸은 하지 않는다는 식이었습니다.

처음에는 그런 그들이 이상했지만 차츰 그들에게 연민이 느껴지기 시작했습니다. 더구나 스치면서 보게 되는 북한 주민들은 우리나라 시골 사람들과 다를 바 없었고, 관계자들이나 지도원들도 단순해 보였습니다. 그래서일까요? 요즘은 그들이 우리 일행을 대접하겠다고 할 때도 있지만 저는 미안한 마음에 손사래를 칩니다. 도와주러왔으면서 오히려 신세를 지고 가는 게 아닌가 하는 생각 때문입니다.

고아들도 그랬습니다. 처음에는 너무 열악한 시설에 지저분한 옷을 입은 고아를 바라보기만 했지 만지지도 못했습니다. 그러나 지금은 어린 고아들 사이에 주저앉아서 그들을 안아주기도 하고 또 그들이 내 어깨에 기어오르기도 합니다. 이들이 남의 아이라는 생각은 사라지고 마치 내 손주처럼 귀엽고 사랑스럽습니다. 그리고 그들의 배고픔과 헐벗음에 목이 메곤 합니다.

지난 2007년 8월 초에 저는 중국에서 걸려온 전화 한 통을 받았습니다. 북한에서 중국으로 출장을 나온 북한 관리였습니다. 그는 지난 7월 북한의 집중호우와 홍수로 삶의 터전을 잃은 이재민이 20만이 넘는다고 하면서 구호를 바란다는 이야기였습니다. 우리가 돈을 쌓아놓고 있는 게 아니라서 즉각 돕지는 못했습니다. 그러나 벌써 그들의 겨우살이에 담요와 겨울 내복이라도 보내야 하는데 하는 걱정으로 자던 잠에서 깨곤 했습니다. 이런 게 동족애이고, 이런 게 핏줄이라는 것일까요?

사람이란 서로 만나고, 이야기를 나누고, 무엇인가를 나누다 보면, 거기에는 이해의 싹이 트고 애정의 온도가 깊어지게 됩니다. 비록 다투고 미워하는 사람이라고 할지라도 전혀 관계가 없고 서로 만남이 없는 사람보다는 다른 어떤 온도가 깃들게 되는 것입니다. 제가 전혀 생각지도 못했던 북한 고아 지원을 계속하고 있는 것도 그런 게 아닌지 스스로 가끔 짚어보게 됩니다. 그리고 그런 면에서 남북한이 자주 대화를 하는 것은 바람직한 일이라 하겠습니다. 때로는 자주 대화의 창문을 닫아버리는 북한 당국의 태도가 너무 성급하고 독선적이라는 생각을 할 때가 있습니다. 그러나 우리 동족은 인내가 필요합니다. 기다리고, 이해하고, 다시 만나고 하는 노력을 포기할 수는 없는 것입니다.

요즘 저는 그동안의 만남의 때를 묻힌 북의 그 헐벗은 고아들, 안으면 지린내가 나는 고아들이 문득문득 보고 싶을 때가 있습니다.

고아들에게 가는 길

민간 구호단체로서 북한 고아 돕기를 하다보면 생각보다 고충이 적지 않습니다. 저는 2010년 현재, 미주 한인 재림교회의 북한 고아 돕기에 심부름을 시작한 지 7, 8년을 헤아리면서 누군가가 누군가를 돕는 일이 결코 수월한 일이 아니라는 것을 거듭 느끼곤 합니다.

북한 고아를 돕는 심부름을 하자면 먼저 미국 한인교회의 지원자들에게 지원금이 어떻게 쓰이고 있는지를 그때그때 잘 보고드려야 합니다. 지원금은 받으면서 무엇을 어떻게 돕고 있는지 정확하게 알려드리지 않으면 누가 계속 지원금을 보내겠습니까? 그래서 우리는 지원 현장 사진이 담긴 뉴스레터를 두 달에 한 번씩 만들어 교우 가정에 보내야 합니다. 그 외에도 지원금을 보내주시는 교우들께 영수증과 감사인사를 보내고, 또 받은 지원금을 은행에서 입금하고, 지원 현장으로 송금하고, 후원 이사회에 보고할 지원금 사용 결산서를 만들어야 합니다. 이 일에 봉사하는 몇몇 운영위원들은 저마다 적지 않은 수고를 해야 합니다. 그것이 한두 번의 봉사로 끝나는 것이 아니라 수년을 계속 봉사해야 합니다. 우리는 서로 묵묵히 수고를 아끼지 않는 동료들을 보면 가슴이 뭉클해질 때가 많습니다.

다음으로는 중국에서의 일입니다. 참 안타깝게도 한국에서 북한으로 직접 들어가는 길이 없으니까, 이웃나라 중국을 거쳐 가야 합니다. 우리는 외국인으로서 중국에서 곡물을 구매하여 북한 국경까지 수송하고, 또 북한으로 들여보내기 위하여 양국의 세관 수속을 거쳐야 합니다. 여기서 무엇보다 어려운 점은 중국의 곡물가격이 안정되어 있는 것이 아니라 때에 따라 널뛰기를 하면서 계속 오른다는 점입니다. 지난달에 지불했던 액수가 이번 달 곡물 구매에는 모자라는 경우가 많았습니다. 또 때로는 중국 곡물이 나라 밖으로 나가는 것을 금지하는 경우가 있어서 돈을 들고도 곡물을 구입할 수 없을 때도 많았습니다. 우리 기구는 조선족 현지 직원을 채용하고 있어 그 사람이 유창한 중국어로 일을 하는 데도 중국의 곡물상인들과 세관 관리들을 만나서 일을 처리하는 것이 수월하지 않습니다. 중국 세관 관리들은 미국에서 온 사람이 많지도 않은 양식을 북한으로 자주 보내는 게 눈에 거슬리는지 대개는 불친절했습니다. 이래서 중국에서 곡물을 사고 보내는 일이 적잖이 피곤했습니다.

또 북한에 들어가서도 고충은 있습니다. 우리는 지난 7, 8년 동안 거의 두 달에 한 번씩 고아들에게 갔는데, 그 이유는 교우들의 지원금으로 그때그때, 자주, 그리고 직접, 고아들에게 양식을 전달하려는 의도 때문이었습니다. 그러자니 자연히 가지고 가는 물량이 밀가루 20, 30톤 내외입니다. 이 물량이 북한 관리들에게는 시원찮아 보여서 왜 자주 오느냐고 핀잔을 받기 일쑤였습니다. 하지만 우리는 100톤, 200톤의 물량을 한꺼번에 가져가지 않습니다. 그렇게 가져다주면 그 식량이 고아원에 가는 게 아니라 다른 곳으로 나누어져 갈 우려가 있기 때문입니다. 그래서 고아원의 창고에 직접 쌓아줄 만큼만 가지고 가고, 그 대신 자주 가는 방법을 선택하고 있습니다. 그러자니 자연히 자주 들어가는 게 북한 관계자들에게는 귀찮은 일입니다. 가끔 그들의 무성의에 우리가 불만을 나타내면 "언제 우리가 당신네들에게 도와달라고 했습니까?" 하고 정색을 하면서 금방 쌀쌀한 얼굴을 보입니다. 대단한 물량을 주지 못하는 민간단체 지원기구들은 북한에서도 그다지 환영받지 못하고 마음이 씁쓸할 때가 많았습니다.

이런 삼중고를 무릅쓰고 북한으로 가는 민간 지원단체들의 마음은 무엇이겠습니까? 그것은 우리 핏줄의 고아들이 제대로 된 음식을 먹지 못해서 영양실조로 말라가고 있기 때문에 도와야 한다는 가슴의 명령을 져버릴 수가 없기 때문입니다. 그것은 우리 신앙의 인도주의적인 행동이라거나, 그리스도의 명령을 따라야 한다는 거창한 이유를 대기보다는 그것은 어쩌면 아주 순수한 마음이라고 해야 하겠습니다. 매달 지원금을 보내주시는 교우들도 그렇고, 심부름을 다니는 봉사자들도 그렇습니다.

때로는 너무 힘들고, 때로는 실망스럽고, 때로는 화가 치밀어도, 우리의 그 작은 지원을 기다리는 고아들의 까만 눈동자를 생각하면 다시 벌떡 일어서게 됩니다. 그리고 고아들에게 이르는 그 삼중고의 길을 신들린 듯 달리게 됩니다. 우리는 그런 마음을 거창하게 성령의 지도하심이라고 말하지 않습니다. 우리의 작은 수고가 부끄럽기 때문입니다. 그냥 교우들과 우리는 서로를 이해하면서 고아 돕기의 길을 걷는 것입니다.

오래된 손목시계

K씨는 요즘 자꾸 느려진다
하루에 한 번씩 느슨해진 긴장을 다시 감고
엇나가는 생각도 다시 맞추어보지만
시간은 자꾸 주름이 잡힌다
째깍째깍 젊은것들이 못 참아 조바심을 치고
자본주의는 신속 정확하게 숫자를 맞추라고
팩시밀리에다가 E-메일까지 법석이지만
K씨는 요즘 자꾸 뒤로 처진다
세월이 벌레 먹나 5분쯤 느리다고
허겁지겁 달려봐야 시간은 여전히 달리고
하나뿐인 몸만 망가질 걸 가지고 웬 수다냐고
짐짓 여유를 보이고 스스로를 달래보지만
약삭빠른 시간은 K씨의 고장 나는 기능을 벌써 눈치 채고
무정하게 기다려주지 않는다
게다가 K씨는 요즘 자주 멈추다가 간다
시간은 모두 금이라고 우기는 사람들
손 닿는 것마다 금으로 계산하는 사람들
금쪽같은 세월이라고 흥분하는 사람들
그러다가 깜박 그 금쪽같다던 시간을 놓치고
보이지 않는 시간 속으로 매몰되는 사람들
저것이 다 내 모습이지 싶으면, 잠깐
하던 일을 멈추고 창밖으로 빈 하늘을 보다가
문득 오래된 손목시계를 풀어서 늦어버린 시간을
끌어당겨 제 시간에 맞추어보지만 K씨는 요즘
정작 조금도 늦추어지지 않는 자기 속의
속절없는 시간을 생각한다

공주의 꿈
〈Sonu Amelia Kim 2008 / 5세〉

시계는 우리에게 시간을 일러줍니다. 시계의 초침이 돌아가는 것을 보고 있으면 시간이 얼마나 빨리 소모되는지를 실감하게 됩니다. 그런데 오래된 시계는 점차 느려집니다. 그러다가 그 자리에 서 버리기도 합니다. 시계가 천천히 간다고 우리의 시간이 천천히 흘러간다면 오죽이나 좋겠습니까마는 시계가 느리게 간다는 이야기는 그 시간에서 낙오되고 뒤처지고 있다는 말이 됩니다.

북한 고아를 돕는 이유

왜 부질없이 북한을 돕느냐고 질문하는 이들이 있습니다. 그 질문 속에는 동족을 도울 필요가 없다는 게 아니라, 아무리 동족이지만 북한의 태도나 행동이 도와주기에는 너무 얄밉다는 뜻이 담겨 있습니다. 북한이 그만큼 우리들에게 실망을 안겨주고 미움을 받도록 처신하고 있기 때문일 것입니다. 그런 사정을 헤아리면서 북한 고아 지원의 이유를 답변하기가 쉽지 않습니다. 하지만 북한 지원단체의 심부름을 계속해 온 사람으로서 한 번쯤은 그 질문에 분명한 대답을 해야 하겠다는 부담을 가지게 됩니다.

말을 길게 할 필요가 없습니다. 먼저는 북한을 돕는 일과 북한의 고아들을 돕는 일의 차이를 우선 분명히 하고 싶습니다. 다시 말한다면 우리는 북한의 굶주리는 형제를 도우려고 하는 것입니다. 우리가 그리스도인으로서 타인의 불행을 도와야 한다면, 아프리카 사람도 도와야 하고, 중남미 사람들도 도와야 하고, 아시아 빈민층도 도와야 하지만,

북한에 있는 우리 동족들을 더 도와야 합니다. 제가 지금 이렇게 말하는 것은 그들이 우리 동족이기 때문만은 아닙니다. 그들이 다른 나라 빈민층들보다 훨씬 더 불행한 처지에 있기 때문입니다.

저는 가끔 아프리카나 남미의 빈민 봉사를 다녀온 분들의 귀국보고 영상을 보는 경우가 있었습니다. 물론 TV에서도 그들의 비참한 현실을 보게 됩니다. 그러나 놀라운 것은 그들의 얼굴에는 웃음이 있다는 것입니다. 헐벗은 아이들이라도 봉사자들과 어울려 자유스런 표정에 웃음이 담기어 있는 경우가 많았습니다. 그러나 북한 주민들의 얼굴에는 대개 웃음이 없습니다. 고아들 중에도 조금만 나이 든 아이들이라면 대부분 얼굴에 웃음이 없습니다. 웃을 일이 없기 때문입니다. 북한의 우리 형제들의 얼굴에서 웃음이 사라지는 이유는 뼛속 깊은 불행감 때문입니다. 그 이유는 몇 가지로 짐작해 볼 수 있습니다.

먼저, 북한의 우리 동족들은 굶지 않아도 될 만큼 부지런하고 교육을 받은 사람들입니다. 그들은 자의식을 가지고 있고, 살아갈 능력을 가지고 있습니다. 그런데도 그들은 굶주립니다. 저는 지금 북한 정부를 비난하려는 게 아닙니다. 중요한 것은 그들이 배고프다는 것입니다. 배고프지 않을 수 있는 사람들인데 그들은 배고프고, 굶어야 하는 현실이 그들을 불행감에 젖게 합니다.

다음으로는 타 국가의 빈민들에 비하여 우리 북한 동족들은 여행과 거주의 자유가 없다는 점입니다. 배가 고프면 어딘가 좀 나은 곳으로 가서 무엇인가를 할 수 있어야 하는데, 그들은 거주지역을 벗어날 수 없습니다. 배가 고파도 거기 자기가 있어야 하는 곳에서 배고파야 합니다. 중국으로 가는 국경의 강을 건너다 총격을 받아 죽는 동족도 있습니다. 이처럼 굶주림을 어떻게 해 볼 도리가 없을 때 그들은 가장 불행감을 느낄 것입니다.

그 다음으로 여러분이 잘 아시는 대로 북한 동족들은 자유롭게 자기의 의사를 표시할 수가 없습니다. 할 말이 있어도 그것이 북한 사회에 도움이 되느냐 안 되느냐를 먼저 저울질해야 합니다. 불평이나 화풀이 말을 했다면 반드시 책임을 지고 비판을 받게 됩니다. 의견 표시의 자유가 없을 때 사람이 갖게 되는 절망감을 자유지역 사람들이 이해할 수 있을지 모르겠습니다.

더 많은 이유를 열거해야 하겠습니까? 어느 나라 빈민들이 북한 동족들처럼 어렵겠습니까? 우리 동족들은 저능하지도 않고, 무식하지도 않고, 게으르지도 않습니다. 그런데도 그들은 200만이 굶어 죽은 아픔을 가지고 있습니다. 그래서 그들은 더 불행합니다.

이것이 우리가 북한 동족들을 도와야 하는 이유입니다. 우리가 같은 동족이라면 이들의 고통을 외면할 수 있겠습니까? 더구나 그 현실에서 오지도 가지도 못하는 부모도 없는 고아들을 어찌 외면하겠습니까? 내 형제이고, 내 핏줄이고, 내 자식이고, 내 손자들입니다. 아프리카를 도우려고 가는 것도 좋습니다. 그러나 좀 어렵더라도 북한 동족들에게 먼저 가야 할 이유가 여기 있습니다.

평양과 서울을 보는 마음

저는 지난 2012년 4월 말에 집을 떠나 중국 심양을 거쳐 5월 초에 평양을 방문하였고, 돌아오는 길에 서울을 다녀서 총 2주 만인 어제 LA 공항을 거쳐 늦은 밤에 워싱턴 밴쿠버의 집으로 돌아왔습니다. 평양에 간 것은 우리가 돕고 있는 고아들을 돌아보기 위한 것이었고, 서울에 들린 것은 재림교단의 한국 구호기구 책임자들과 사업적인 협의를 하기 위해서였습니다.

제가 북한 주민들, 특히 북한 고아들을 지원하려는 미주 재림교우들의 의도를 따라 모금을 시작하고 심부름을 다닌 지 벌써 10년을 헤아리게 되었습니다. 그동안 수차례 북한의 청진과 평양을 다녀오게 되었고, 또 귀국길에 서울을 들르곤 하였습니다. 그러자니 자연히 북한과 남한의 모습을 거의 동시에 보게 되고, 남다른 시선으로 두 개의 분단된 나라와 두 사회의 동족들을 바라보게 되곤 하였습니다. 그런 시선은 저에게 참 많은 생각, 많은 정서적인 굴곡을 가지게 하였습니다. 그것은 안타까움이었다가 분개였다가 자괴감이었다가 불행감이었고 또 절망감이었습니다. 그러나 정말 더 걱정스런 일이라면, 두 지역을 방문하게 된 기회가 더할 때마다 이런 생각과 감정의 골이 더 깊어진다는 점이었습니다.

이번 평양의 고아 방문길에서 본 것은 북한 주민들이 가뭄 속에서 모내기에 매진하는 모습과, 동족들의 생존을 위한 고단한 삶의 모습이었습니다. 어디에서나 우중충한 인민복으로 마른 체격의 사람들을 보면 북한의 빈곤이 들여다보였습니다. 반면에 우리 일행을 담당한 당국자들과 안내원들은 남한 정부에 대한 서슬 푸른 적의감을 드러내는가 하면, 좀 터무니없어 보이는 우월감과 호언장담을 되풀이하였습니다. 짐작컨대 이런 우월감은 핵무기와 군사적 우위라는 생각에서 출발한 것으로 보였습니다. 그러면서도 그들은 북남통일이라는 말을 자주 되풀이하였습니다. 고생하는 북한 동족들에 비하여 북한 관리들의 현실감에서 벗어난 이런 모습들, 또 고마워하는 고아원 원장들에 비하여 고압적이고 당연히 받을 것을 받는다는 태도의 당국자들의 모습은 북한을 찾아간 민간 지원자들에게 많은 안타까움과 함께 또한 깊은 좌절감을 안겨주었습니다.

그런 북한의 현실을 보고 난 다음, 찾아간 서울은 안타까움을 한 층 더해 주었습니다. 이번 서울 길에서 맞닥뜨린 것은 국회의원 임수경 씨의 탈북 새터민에 대한 "배역자"라는 비하발언과 정치권의 요란한 종북 논란들이었습니다. 놀라운 것은 상당수의 국회위원들이 좌경 내지 종북사상을 가지고 있는 것처럼 보이는 것이었습니다. 사상의 자유라는 점에서 이해를 한다고 치더라도, 정말이지 임수경 씨를 비롯한 종북 정치인들이 북한의 현실을 어떻게 보고 저런 생각, 저런 행동, 저런 발언을 하는지 이해가 되지 않았습니다. 임수경 씨가 북한 동족들의 고단한 삶을 조금이나마 염두에 두었다면 새터민에게 쏟아놓은 욕설이 어떻게 가능했을까 하는 의문은 평양을 둘러보고 온 이름 없는 민간 지원단체의 한 사람을 절망하게 하였습니다. 현실 감각이 떨어지기는 남한의 사회도 북한 못지않았습니다. 연일 터지는 지도자들의 비리 소식, 낭비로 흥청거리는 서울의 거리, 사치하고 소비적인 젊은 세대들의 모습은 저를 혼란스럽게 하였습니다. 정말 저분들이 불과 한 시간 거리의 휴전선 너머 고통받고 굶주리는 동족을 두고 있다는 현실에 작은 걱정, 작은 연민이라도 가지고 있는 것인지 의심스러웠습니다.

그것은 여러 가지 난관을 넘어 북한을 다녀오는 저에게는 인식과 가치관의 멀미였습니다. 우리 민족은 이 시대, 이 현실을 제대로 읽기나 하고 있는지… 그중에 한 사람인 내 자신이 의심되고 혼란스러웠습니다. 이런 민족에게 통일이라는 축복이 주어질 수나 있을 것인지 모르겠다는 생각도 들었습니다. 정말이지 이산가족들과 고통받는 동족들의 한스러움과 서러움을 조금이라도 생각하는 지도자들이고 관리들인지 의심스러웠습니다.

서울과 평양을 보는 제 생각이 너무 단순하고 촌스러운 것일까요? 미국이라는 남의 땅에 살면서 푼푼이 생활비를 쪼개어 북한 고아들을 지원하는 재미 교우들의 정성을 생각해 볼 때, 남한과 북한의 당사자들은 좀 더 바른 사회, 좀 더 민족을 생각하는 정치, 좀 더 정직한 공무원, 좀 더 검소한 삶을 추구하는 시민이 되어야 한다고 생각한다면, 제가 오히려 더 어긋나는 현실 감각을 가진 것일까요?

스테이플러 / Stapler

나는 지금 사람의 인연을 생각하고 있다
서로 다른 페이지로 만난 종잇장들이
어느 날 모아져 한 번 찍혔을 뿐인데
가시 박힌 인연 하나로 서로 떨치지 못한다
생살을 찔러 문신을 새기듯이 아픔을 같이하면
끊어졌던 문장도 이어져 피가 돌고
똑같은 상처 하나로 이어져 서로
미완의 사연들이 소설로 되고 한 권의
넓은 세상이 된다 그러므로
나는 지금 견고한 결연을 생각하고 있다
서로 헤어지고 떨어져 나간다고 해서
한 시대의 상처를 지울 수는 없다 살아가자면
얽히고 매여서 피가 도는 현실이 되고
견고하게 서로를 붙들어줌으로써
낱장의 생애들, 부질없이 날리지 않는다
가벼운 것과 무거운 것의 차이
시시한 것과 중요한 것의 차이는
누구 한 사람의 중량으로 저울질되는 것이 아니라
그렇다! 폐지도 주워 모아 묶으면 일용할 양식이 되듯이
연약한 삶이라도 얼마나 연결되고 이어져 있느냐에 있다
스테이플러 안에 촘촘히 장전된 철침들과
가지런한 페이지의 책을 보면서
나는 지금 하나하나 연결된 소중한 인연
인연이 만드는 커다란 세계를 생각하고 있다

꽃과 나〈Sonu Amelia Kim 2007 / 4세〉

사람과 사람을 따뜻한 관계로 이어주는 기계는 없을까 생각해본 적이 있습니다. 사람뿐이겠습니까? 서로 이질적인 공동체, 혹은 이해관계로 뒤틀린 국가 간의 관계를 이해와 화해로 이어주는 기계가 있다면 얼마나 편리할까 공상을 해본 적이 있습니다. 특히 민족공동체가 이데올로기에 얽매여 불목하고 있는 우리나라의 경우는 더 절실한 마음으로 이런 상상에 붙잡힐 때가 있습니다. 그러다가 문득 스테이플러를 생각했습니다. 흩어지는 종잇장들을 간단히 묶어주는 그 작은 도구가 우리의 남과 북을 이어줄 수는 없을까요. 역시 공상이지만 잠시 동안 행복했습니다.

북한을 다녀온 책임

북한을 다녀오신 분들이 많이 있습니다. 이산가족 상봉으로, 금강산 관광으로, 의료봉사로, 그리고 민간 지원단체의 고아들 지원으로 북한을 다녀오는 분들이 적지 않습니다. 그럴지라도 북한에서 방문하는 지역은 한정되어 있습니다. 평양이거나 금강산 관광지역, 경제특구였던 나진, 선봉지역 등이 외국 사람들이 드나들 수 있는 곳입니다. 한때 지원단체들에게 청진지역이 열리기도 했습니다. 중국에서 자동차로 두만강을 건너 회령의 세관을 통과하고 자동차로 청진까지 가곤 했습니다. 그러나 2009년부터 여기는 다시 닫혔습니다. 지금은 종전보다 더 철저한 통제, 삼엄한 철조망이 설치되었습니다. 따라서 오늘 현재까지 북한을 다녀왔다고 할지라도 지극히 제한된 지역을, 그것도 안내원 동무들의 철저한 지도 아래 다녀온 것에 지나지 않습니다. 어느 누구도 자유롭게 평양이나 나진, 선봉지역을 혼자서 나다닐 수가 없습니다. 그 안내원에게 지시된 스케줄대로 안내하는 곳에만 가게 되고, 허락된 사람만 만나게 되고, 혹은 보여주는 명소만을 보게 되고, 안내하는 행사에만 참석할 수 있습니다. 아무리 북한을 여러 번 방문하는 경우라도 예외는 없습니다.

북한에 다녀왔다는 것은 한정된 장소에서 철저히 지도원의 안내를 받았다는 것을 전제로 합니다. 그것은 다른 말로 한다면 북한 당국이 보여주고 싶은 곳이 있고, 보여주고 싶지 않은 곳이 있다는 말이고, 또 아무리 북한을 다녀왔다고 하더라도 북한 당국이 보여주는 것만 보고 왔다는 뜻입니다. 그것은 또한 북한 특정지역의 외모만 보고 왔다는 뜻이고, 진정한 의미에서 북한을 보았다고 말하기가 어렵다는 뜻입니다.

이런 제도는 종전의 소비에트 연방이 그랬고, 개방되기 전의 중국도 그랬습니다. 공산주의 장막 체제는 좋게 말해서 밖으로부터 자본주의의 침투를 막기 위하여, 그리고 안으로는 전체 인민의 결속을 위하여 외부인 접촉을 제한하는 것입니다. 그것은 또한 공산체제 아래서 낙후된 주민들의 삶을 공개하고 싶지 않은 의도도 있을 것입니다. 그런 면에서 북한의 그 철저한 통제, 안쓰럽기까지 한 지도원 안내 제도는 이해가 어렵지 않을 것입니다.

방문자들이 본 평양의 외관이 정말 북한 전체의 모습일까요? 또 평양 시민들의 삶은 진정 어떤 것일까요? 평양을 제외한 북한 전 지역의 형편은 도대체 어떤 수준일까요? 왜 북한은 국토의 전 지역을 포장 속에 숨겨두려 할까요? 어째서 200만이 굶어 죽는 참상이 있었고, 지금도 양식 걱정을 해야 하고, 왜 현재까지 곳곳에서 아사자가 나오고 있다는 소식이 들려올까요? 중국과의 국경에 삼엄하게 설치되는 철조망은 무엇을 의미할까요?

한때 북한을 다녀온 친북 인사들이 "북한도 사람 사는 곳이더라"라고 한다면 우리는 그 말을 100% 믿을 수 있는 것일까요? 주체파 학생들이 "김정일 장군 만세"를 불렀다면 그런 행동은 도대체 어디에서 근거한 것일까요? 한국의 정치인들은 북한에 가서 무엇을 보았을까요? 남한의 진보세력들이 북한 주민들의 고통에 대해 함구하는 것은 어떻게 이해해야 할까요? 어째서 북한을 벗어나 죽음을 무릅쓴 과정을 거쳐 남한에 온 동족들을 배역자라고 말할 수 있을까요?

헌데 문제는, 북한을 다녀오신 분들 중에서 그런 제한적인 관람(?)을 마치 북한 전체를 보기나 한 것처럼 생각하고 북한을 설명하려 한다는 점입니다. 우리가 북한에 가서 여기저기를 둘러보고 왔다고 하더라도 지극히 제한적인 곳을 겉핥기식으로 보고 왔다는 것을 잊어서는 안 됩니다. 따라서 자기는 마치 북한을 잘 이해하고 아는 것처럼 말하고 행동해서는 올바르지 않습니다.

북한을 다녀온 어떤 분이 "어느 사회, 어느 국가도 부정적인 요소는 있는 것이다"라는 논리로 북한을 "그곳도 사람 사는 곳"으로 표현한다면, 그것은 너무나 무책임하고 그는 동족의 고통에 고개를 돌리는 "잔인한 외면"일 것입니다. 모든 것이 통제되는 전체주의 사회의 압력과 속박! 그것을 견디며 산다는 것이 어떤 것인지를 짐작해 보아야 하고, 따라서 단지 며칠간 북한을 다녀왔다는 체험으로 동족의 고통을 간과해 버린다면 얼마나 어리석은지를 알아야 하겠습니다. "북한도 잘 사는데 도울 필요가 있나?" 하고 간단히 말하는 분이 있다면 이는 2천만 북한 동족에게 사람으로서는 못할 말을 하는 것입니다.

북한을 다녀온 분이라면 북한 동족의 삶에 대하여 함부로 말해서는 안 되는 책임을 가집니다.

배고픔이라는 고통

우리나라에 "먹다가 죽은 귀신은 때깔도 좋다"는 속담이 있습니다. 말하자면 잘 먹고 잘 살다가 죽은 귀신은 죽은 후에도 그만한 면모를 지닌다는 뜻이겠지요. 반대로 "이런 설움 저런 설움 중에 배고픈 설움이 가장 크다"는 속담도 있습니다. 못 먹고 사는 사람의 비애감이 얼마나 큰 것인가를 말해 주는 속담입니다.

세계 인구 70억 중에 절반이 시장기를 참으면서 저녁 잠자리에 든다고 합니다. 그중에 3분의 1정도는 항시 절실하게 배고픈 기아 인구로 분류되고 있습니다. 유엔의 세계식량계획(WFP)에서는 2010년 현재 세계의 극단적인 기아 인구가 9억 2,500만 명이라고 추산하였습니다.

사람 살아가는 데는 필요 열량(에너지)의 기준이 있습니다. 나이에 따라 신생아는 하루 700칼로리, 1~2세 어린이는 1,000칼로리, 5세의 어린이는 1,600칼로리가 필요하고 성인의 경우에는 사는 곳의 기후에 따라 2,000~2,700칼로리가 필요하다고 합니다. 이 열량은 그 사람이 성장하고, 생명을 유지하는 데 최소한 필요한 것입니다. 여기에 미치지 못하여 부족한 음식물로 장기간 배고픔을 겪는 사람들을 우리는 기아 인구라고 부릅니다.

이 극단적인 기아 인구 중에 절반 정도가 어린이들이라고 합니다. 이 어린이 중에 5세 미만의 어린이가 장기간 배고픔으로 허덕이게 될 경우에는 뇌세포가 훼손되고 신체 발육이 제대로 이루어지지 않아 몸이 균형을 잃게 됩니다. 5세를 넘어 나중에 영양을 충분히 섭취한다고 하더라도 심각한 육체적, 정신적 장애를 피할 수가 없게 된다고 합니다. 유엔 식량농업기구(FAO)는 2006년 10월 로마에서 제출한 보고서를 통해, 2005년 기준으로 10세 미만의 어린이가 5초에 1명씩 굶어 죽어가고 있으며, 비타민A 부족으로 시력을 상실하는 어린이가 3분에 1명꼴이며, 세계 인구의 7분의 1에 이르는 9억 2,500만 명이 심각한 만성적 영양실조 상태에 놓여 있는데 그중 40% 정도가 어린이 인구라고 추산하고 있습니다.

배고픔으로 죽어가는 아이들은 우리가 상상할 수 없는 고통 속에서 죽음에 이른다고 합니다. 그 단계를 다섯 단계로 구분합니다. 첫 단계가 당분과 지방질 부족으로 인한 무기력함입니다. 둘째 단계로 그 사람의 면역체계가 무너지고 인체의 각 기능이 질서를 잃어갑니다. 그 셋째 단계로는 설사가 진행되면서 입속에 기생충이 자라고 호흡기가 감염되어 육체적인 고통이 극대화됩니다. 넷째 단계가 몸의 근육이 해체되면서 서지도 못하게 되고, 짐승처럼 쓰러져 웅크리고 있어야 하고, 팔은 늘어지고, 뼈에 붙은 피부는 노인처럼 주름지게 되는 것입니다. 그리고 다섯째 마지막 단계로 죽음이 찾아옵니다.

지금 북한은 80년대와 90년대의 기아현실에서 조금 탈피하는 현상을 보이다가 지난 10년간 꾸준히 기아 인구가 다시 증가하고 있다고 유엔 식량농업기구(FAO)가 경고하고 있습니다. 북한의 이 굶주림은 굶주림으로 끝나지 않고 결핵과 함께 각종 질병을 수반하고 있습니다. 그중에 가장 심각한 대상이 부모들의 양육을 받지 못하고 있는 0세부터 16세까지의 배를 곯는 고아들입니다. 지난해 모 유럽국가의 민간 지원단체가 북한의 허락으로 평안남도 지역의 고아원들을 답사하고 돌아왔는데, 그 보고서에서는 고아들의 기아 상황이 시급하게 돕지 않으면 매우 비관적이라고 결론짓고 있었습니다.

배고픔, 그 배고픔으로 죽어가는 어린 생명들, 그것이 남의 일이 아니고 우리 조국의 한쪽에서 우리의 핏줄들인 고아들이 겪고 있는 현실입니다. 북한에 투자하는 일도 좋고, 선교하는 일도 필요하겠지요. 하지만 굶주려서 일어서지도 못하고, 배고픔의 고통과 사투를 벌이고 있는 내 핏줄의 어린 생명들이 거기 있다는 것을 먼저 기억해야 하겠습니다. 오늘 그리스도인의 도덕성과 정의가 북한을 지원하는 문제에서도 제대로 가닥을 잡았으면 좋겠습니다.

문신

상처는 오래 기다려야 했다.
찢어져 피 흘리던 곳이 아물어 딱지가 앉고
또 딱지가 여물어 저절로 떨어질 때까지

그러고 나서 그제야 알았다.
깊어 여러 번 덧나던 상처
잠결에도 쓰라리고 괴롭던 상처는
결국은 떠나지 못하고 내 몸 어딘가에
지울 수 없는 맑은 자리로 남는다는 것을

아무리 돌아누워도 지워지지 않는
아무에게도 보이고 싶지 않은
깊이 패인 내 마음 자리로까지

공주의 성〈Sonu Amelia Kim 2008 / 5세〉

온몸에 문신을 어지럽게 하는 사람들이 있습니다. 다시 말한다면 인위적으로 흉터를 몸에 새긴다고 할까요? 하지만 우리 몸의 상처자국은 인위적인 문신하고는 그 차원이 다릅니다. 흉터는 고되고 아팠던 우리 삶의 한때를 우리 몸에 영원히 새겨준 훈장 같은 것입니다. 그것은 평생 동안 우리 몸에서 떠나지 않는 고통의 추억이고 보존해야 할 우리 육신의 안전수칙이고 삶의 교과서 같은 것입니다. 또 그것은 우리는 어떻게 살아야 하는지를 생각하게 하는 생애의 지도 같은 것입니다.

말과 현실

저는 말 잘하는 사람을 보면 부럽기도 하고 한편으로는 걱정도 됩니다. 우리가 사는 시대는 자기 표현을 잘해야 돋보이게 살 수 있다고 합니다. 그런 면에서 일단 말을 잘하고 볼 일이다 싶기도 합니다. 하지만 말을 너무 잘하다 보면, 그 말만큼 행동이 뒷감당을 못해서 신뢰감을 잃기도 쉽습니다.

저는 고아 돕기 심부름으로 북한을 드나들면서 만나는 북한의 관리들이 정말 말을 잘한다는 생각을 자주 하곤 했습니다. "우리는 우리 식으로"라든지 "강성대국의 내일"을 설명하는 말을 들으면 유창하고 앞뒤가 잘 맞는 언어구사에 놀랍니다. 하지만 북한의 현실은 그들이 말하는 것만큼 잘 돌아가는 것 같지 않았습니다.

지난 5월 초에 저는 평양에 있었습니다. 우리는 지난 5년 동안 북한의 함경북도 청진에 있는 고아 2,400여 명을 거의 두 달에 한 번씩 지원하여 왔습니다. 그런데 2011년 봄부터 북한 당국에서 갑자기 청진 입국을 허가해 주지 않았습니다. 그렇다면 입국이 가능한 평양 일원의 고아원이라도 도와야겠다는 생각으로 답사 차 갔던 때였습니다. 우리 교우들의 지원으로 옥수수 100톤을 들여가서 평양 당국에 전하고, 고아원 세 곳을 찾아가서 살펴보는 일을 했습니다.

이번에도 안내원과 관계기관의 책임자들은 먼저 우리 일행을 평양 관광으로 이틀을 소비하게 하였습니다. 저는 평양을 세 번째 갔었기 때문에 평양 시내 관광은 이미 관심이 없었지만 동행한 분이 초행이라서, 그리고 혼자 숙소에 남아 있을 수가 없으므로, 같이 다녔습니다. 관광명소마다 안내원들이 있어 그들의 설명을 듣게 되는데 그들의 이야기를 듣고 있으면 마치 내가 이 세상에서 가장 살기 좋은 이상촌에 와 있다는 생각이 들곤 했습니다. 절절이 옳고, 감동적이고, 눈물 흘릴 만한 사연들이 쉴 새 없이 이어지기 때문입니다.

관광 이후에 우리는 고아원 답사를 하도록 허용받았는데, 여러분이 아시다시피 세계의 어느 고아원인들 조금씩 낡고 때 묻은 곳이 있기 마련입니다. 그런데도 안내원은 그곳이 잘 운영되는 곳이고 고아들은 행복하다는 설명을 이어 나갔습니다. 어렵고 힘든 현장이 보여도 당연히 그럴 만한 이유를 설명해 나가기 때문에 고개가 끄덕여지도록 만들었습니다. 하지만 평양의 고아원들도 청진의 고아원들 못지않게 필요와 개선점이 많은 곳이었습니다. 중등학생이 있는 고아원 한 곳은 우리가 몇 년 전부터 돕고 있던 곳인데, 이 학교의 책임자는 이미 우리가 모든 것을 파악하고 있다고 보기 때문인지, 보다 진솔한 태도로 학교의 필요를 이야기하고 도움을 요청하였습니다. 놀란 것은 이 학교의 부엌에 가서 준비해 둔 저녁 식품을 보았을 때였습니다. 그 식품의 양이 너무 적고 종류가 너무나 간단해서 아무리 묽은 죽을 쑤더라도 460명의 학생들을 먹일 식품 거리라고는 믿을 수가 없었습니다. 하지만 저는 "이것으로 어떻게 원생 전부가 먹을 수 있느냐"고 차마 물어볼 수가 없었습니다. 그들의 궁색한 답변을 듣는 게 오히려 고통스러울 것 같았기 때문이었습니다. 짐작은 하고 있었지만 평양마저 고아들이 이렇게 점점 열악한 현실로 가고 있다는 데에 놀랐습니다. 북한에 올 때마다 겪고 보는 일인데도 정말이지 어쩌다 내 민족이 이렇게 고생을 해야 하는지 가슴이 쓰리고 목이 메었습니다.

그런데 미국에 돌아오면 또 말 잘하는 우리 동포들을 가끔 만나게 됩니다. 그런 분들은 대부분 북한을 도와줄 필요가 없다고 역설합니다. 당신네들이 고아들을 돕는다지만 그 도움이 북한의 군대나 먹여주는 것뿐이라고 말합니다. 또 어떤 이는 고아들을 먹여주면 그 고아들이 자라서 우리에게 총구를 들이댈 것이 아니냐 그런데 왜 그들을 도와야 하느냐고 힐문합니다. 또 어떤 이들은 정말 우리가 지원하는 밀가루가 고아들에게 양식이 되느냐고 꼬치꼬치 따집니다. 그런 이야기를 들으면 저는 아무 말도 못하고 맙니다. 그렇게 논리 정연하고 타당한 추리로 우리의 지원을 의심하는 이야기들 앞에서 무엇을 이야기해야 될지 선뜻 엄두가 나지 않기 때문입니다.

북한 사람이나, 남한 사람이나, 미국의 교우들이나, 우리나라 사람들은 대부분 아는 것도 많고 말을 잘한다 싶습니다. 그래서 그럴까요? 우리는 말하는 것만큼 성공하고 있지 못하다는 생각을 자주 하게 됩니다. 세계의 유일한 분단국가로 남아 있으면서도 우리의 통일은 한참 멀어 보입니다. 똑똑한 사람들은 많은데 그 똑똑한 말이 현실을 해결해 나가지 못하고 있습니다. 달변의 말만큼 우리의 행동이 그 말을 뒷받침하지 못하기 때문입니다.

북한 지원에 대하여 비관적인 견해와 우려의 질문을 받으면 나는 그 대화에서 슬며시 물러나고 맙니다. 눈물 어린 격려와 고아 돕는 데 보태라면서 푼푼이 모은 지원금을 함께 보내주시는 분들의 얼굴이 머릿속에 떠오르면서…….

아바이! 아바이…

지난해 초여름, 고아들을 돕는 일 때문에 필자가 북한에 들어가 한 고아원을 둘러보고 나올 때였습니다. 갑자기 뒤에서 어린 아기의 부르는 소리가 들렸습니다.

"아바이! 아바이! 아바이!"

너무나 숨 가쁘게, 그리고 온 힘을 다해서 아바이를 부르는 소리에 일행들은 멈추어서 뒤를 돌아다보았습니다. 그 고아원의 마루에 나와 있는 아기 하나가 울타리처럼 된 마루 난간을 붙잡고 우리 일행을 바라보며 아바이를 다급하게 부르고 있었습니다. 마치 우리 일행 중에 자기 아빠가 있기나 한 것처럼 아바이를 불렀기 때문에 저는 순간적으로 우리를 배웅하는 그 고아원의 직원 중에 한 사람이 그 아이의 아빠려니 생각하였습니다. 그러나 같이 나오던 나이 지긋한 원장 선생이 저 아이는 아무나 낯선 사람이 나타나면 자기 아빠인 줄 알고 저렇게 부른다고 귀찮은 듯 설명해 주었습니다.

그 고아원은 젖먹이부터 세 살 이하의 아기들 300여 명 정도가 양육

되고 있었습니다. 젖먹이들은 대개 방 안에서 보모들의 돌봄을 받고 있었지만 걸음을 걸을 수 있는 아기들은 햇볕 바른 뒷마루에 나와서 바깥바람을 쏘이며 놀고 있었습니다. 물론 아기들 곁에는 나이가 들어 보이는 아주머니 보모 한 분이 그들을 돌보고 있었습니다.

이 아기들이 입고 있는 옷이나 아기들의 영양 상태, 수용 환경에 관해서는 설명하지 않더라도 이 글을 읽는 독자들은 짐작하실 수 있을 것입니다. 잘 먹고 잘 사는 나라에서도 고아들의 환경은 대개 열악한 경우가 많은데, 하물며 경제 사정이 어려운 북한의 고아들이 있는 환경은 어떠하겠습니까? 그런 형편의 아이들을 둘러보고 다음 고아원에 가보기 위해서 마당을 나서는데 뒤에서 부르짖음 같은 아바이 부르는 소리를 들은 것입니다.

제가 원장의 설명을 듣고 다시 뒤돌아보았더니 그 아기가 부르는 대상은 다른 사람이 아닌 바로 나였습니다. 아마 그 아기가 보기에 고아원을 찾아온 한 낯선 남자가 자기의 아빠라는 확신에서 나를 부르고 있는 게 아닐까 싶었습니다.

북한은 한때 가족 단위를 해체한 적이 있었다고 합니다. 아이들은 탁아소에서 기르고 부모는 각기 공동작업장에서 일하게 하였습니다. 공동사회의 생산성을 높이기 위해서, 그리고 가족 간의 정서적 교감은 공산사회 체제를 유지하고 강화시키는 데에 도움이 안 된다고 보았던 것입니다. 그러나 곧 이 방법은 중단되었다고 합니다. 결과가 좋지 않았기 때문입니다. 생산은 감소되고, 노동력은 떨어졌던 것입니다.

가족이란 사람이 사람답게 살기 위해서 가지는 최후, 최소의 요람입니다. 가족이 있음으로써 사람은 사람다운 삶을 계획하고, 생활을 수행하고, 인간됨의 온기를 누리고, 또 정서적인 안정을 가집니다. 그러나 가족이 해체된 사람들은 자기 삶의 가장 위험하고 쓸쓸한 벼랑 끝에 서게 됩니다. 삶의 의욕이 상실되고, 그 일상은 규범을 벗어나 무궤도한 생활로 떨어지는 위험에 직면합니다. 이런 상황에서 그 사람의 생산적인 노력을 기대하기란 어려운 것입니다.

저는 아바이를 찾는 그 고아의 절규 속에서 가족으로 돌아가고 싶어하는 한 인간의 본능을 보았습니다. 그때 저는 이 아이를 어떻게 할 것인지, 참 난감하였고, 가슴은 쓰리고 아팠습니다. 고백하지만 저는 그때 그 아이에게로 돌아가 손이라도 한 번 잡아주지 못한 채 떠나와야 했습니다. 자동차 문을 열고 기다리는 기사와 곁에 서 있는 지도원을 포함한 원장과 일행들을 의식해야 했기 때문입니다. 하지만 지금도 그 아이를 생각하면 마치 내 아이를 그곳에 두고 온 것처럼 가슴이 철렁 내려앉고, 죄책감으로 눈시울이 뜨거워집니다. 그때 그 아이에게 돌아가서 머리라도 한 번 쓰다듬어주고 올 것을… 하는 뼈아픈 후회감이 있습니다.

후에 다시 그 고아원에 갔을 때, 그 아이가 누구였는지, 어떻게 되었는지 물었지만 보모들과 원장은 난처한 기색만 드러낼 뿐, 누군지 모르겠다고 대답할 뿐이었고 저도 그 이상은 묻지 않았습니다. 어쩌면 거기 있는 모든 아기들이 나를 부르던 그 아기였으리라고 이해하였기 때문입니다.

저는 지금 중국 선양에 와 있습니다. 중국 정부의 곡물 수출 억제 때문에 고아들을 위한 우유와 밀가루 지원에 차질이 생겼기 때문에 현장으로 달려와야 하였습니다. 그러나 어떤 난관이라도 극복하고 북한의 고아 지원을 계속해야 한다고 다짐합니다. 우리 모두가 그 아기들의 아빠이기 때문입니다.

유민

바다는 떠나지 못했다.
미련 없는 듯 돌아서서 떠나보지만
몇 걸음 못 가서 곤두박질로 되돌아온다.

돌아와 모래밭에 제 삶 부려보지만
부서지는 것은 제 몸뿐이고
어디 한 곳 열어주지 않는 인심을 못 견뎌
또다시 떠나야 했다.

며칠 전에 방파제에서는
출렁일수록 깊어지는 한스러움들 속으로 묻으면서
떠돌아보니 사는 것이 그렇고 그런 것이더라고 철썩이면서
바다는
흰 입김이나 뿜으면서
춥게 웃었다.

바닷속 거북이들
〈Sonu Amelia Kim 2008 / 5세〉

타국에 나와서 살다 보면 뚜렷한 이유도 없이 고국이 그리울 때가 있습니다. 마치 나침반의 바늘이 떨면서 북쪽을 가리키는 것처럼, 우리 이민자들의 가슴에도 있는 나침반이 떨면서 고국을 향해 감성의 촉수를 돌릴 때가 있습니다. 그렇다고 해서 금방 고국으로 돌아갈 수 있는 것도 아니고, 또 돌아간들 누구 반겨줄 이가 많지 않습니다. 어쩌면 차라리 타국의 삶이 더 속 편하기도 할 것입니다. 그러나 향수는 우리의 가슴에 앙금처럼 있습니다. 그것은 슬픔이고 서러움입니다.

빈손들이 나누는 감동

설이 지났습니다. 미국에서 살다보면 한참 잊어버리게 되는 명절입니다. 그러나 저는 설이라는 말만 들어도 까마득한 추억의 저편, 제 어린 시절의 설날 아침이 생각납니다. 시골의 가난한 과부로서 삯바느질을 해서 생계를 꾸리셨던 저의 어머님은 일곱 살짜리 외아들에게 설날 아침 설빔으로 한복 한 벌을 지어주셨습니다. 무명천에 물감을 들여서 만든 흰 저고리에 흙색 바지, 청자주색 조끼에 하얀 동정이 달린 검은 두루마기였습니다. 그 당시에도 살 만한 집안의 아이들은 한복보다는 좋은 양복을 입거나 아니면 비단으로 한복을 만들어 입고서 부모님 손을 잡고 세배를 다니기도 하였습니다. 하지만 저는 어머님이 틈틈이 만드셔서 설날 아침에 내놓으시던 그 무명 한복에 얼마나 행복하였던지! 저는 그때의 그 기쁨과 감동을 평생 동안 잊을 수가 없었습니다. 여러 명의 손자, 손녀들을 두고 있는 지금까지도 저는 설이라는 말만 들으면 제일 먼저 어머니가 지어주신 그 무명 한복이 머릿속에 떠오르곤 합니다.

요즘 아이들은 그런 감동이 없이 자라는 게 아쉽습니다. 그들에게는 장난감과 옷과 어린이용 물건이 집안에 너무 많이 쌓여 있습니다. 그래서 아무리 좋은 것을 주어도 그다지 행복해 하지 않습니다. 참 불행한 일입니다. 너무 많이 가지고 있어서 어떤 것에도 감격해 하지 않는 아이들은 역설적이게도 참 불행해 보입니다. 부모들도 그런 아이들에게 줄 명절 선물을 고르는 일이 한참 고민이고, 또 그렇게 골라주어도 오래 남을 만큼 기쁨과 감동이 없습니다.

그러나 이러한 불행은 아이들에게만 있는 것이 아닙니다. 요즘은 어른들도 가진 게 너무 많습니다. 그래서 이쪽에서는 정성스럽게 애정을 담아, 나름대로 가치 있는 것이라 생각해서 선물을 하였지만, 막상 받는 쪽에서는 단지 체면치레로 고마운 체할 뿐, 그다지 반가워하지 않는 경우가 많습니다. 선물을 주는 쪽이 받는 쪽의 감동을 억지로 요구할 수도 없는 일이므로, 정성을 쓰고도 씁쓸한 뒷맛을 금할 수가 없게 됩니다. 그래서 요즘은 누구에게 선물을 하는 일이 여간 신경이 쓰이지 않습니다. 제가 아는 분들 중에 한 분은 사업상 선물해야 하는 경우가 많은데 그 선물을 고르는 일이 사업을 하는 것보다 더 어렵다고 고민을 털어놓은 적이 있습니다. 그러고 보면 물질이 많고 풍부해질수록 사람과 사람 사이에 깃드는 행복이 오히려 줄어드는 게 아닐까 생각해 보게 됩니다.

어떤 분은 우리의 손이 비어 있어야 진정한 손이 된다고 말한 적이 있습니다. 손에 무엇인가 잔뜩 쥐고 있는 사람의 손은 이미 손이 아니라는 것입니다. 무엇인가 잔뜩 움켜쥐고 있는 손은 타인과 악수할 수도 없고, 또 상심하는 이웃의 어깨를 토닥여줄 수도 없고, 사랑하는 사람을 포근하게 안아줄 수도 없다는 것입니다. 여기에 물질이 가져오는 비극이 있습니다. 그래서 가진 게 없어 손이 비어 있는 사람, 혹은 손을 비울 줄 아는 사람들끼리 진정한 이웃이 될 수 있다는 역설이 성립됩니다.

예수 그리스도께서는 "당신이 남을 도울 때는 바른손이 하는 일을 왼손이 모르게 해야 한다"고 가르치셨습니다. 비어 있는 손의 더 높은 차원의 역할을 일러주신 말씀이라 하겠습니다. 내가 형제를 위하여 손을 편다면 내 의식 속에서 누구에게 무엇을 준다는 생각을 지우라는 것입니다. 도움을 주었다는 생각마저 지워버리는 은밀한 도움의 손길, 그런 사람의 손을 빈손이라 하겠습니다.

지난해 늦가을에 북한의 고아들에게 겨우살이를 위한 내복과 신발과 점퍼를 사서 보내자는 호소를 드렸더니 그동안 매달 도와주시던 분들이 서너 갑절이나 더 많은 지원금을 보내주셨습니다. 그러나 우리를 더 울먹이게 한 일은 그 돈을 보내주신 분들이 그다지 넉넉한 생활을 하시는 분들이 아니고 저마다 고단한 삶을 사시는 분들이었다는 점입니다. 여기에 주는 분들과 받는 분들 사이에 따뜻하게 피어나는 사랑과 감격이 있었습니다. 우리 주변에 손을 비울 줄 아는 사람들이 있어 고아 돕기의 지난겨울은 아직 따뜻했습니다.

묻고 싶습니다

며칠 전 아침에 메일 하나를 받았습니다. 그 글은 북한을 도와주어서는 안 된다는 내용이었습니다. 그 내용 일부를 인용한다면 이런 것이었습니다.

> "… 지금부터 인도적 지원이니 뭐니 하면서 북한에 쌀과 비료를 주는 행위는 이적행위로 단죄돼야 할 것이다. 첫째, 쌀과 비료를 북에 주면 북한 정권은 이들 물자를 팔기 위해 일시적으로 시장을 열어놓고 주민들의 마지막 돈을 싹쓸이해 갈 것이다. 둘째, 지원 물자들이 북한에 간다면 북한 정권은 아껴진 자금으로 무기를 개발할 것이다. 셋째, 주민을 배부르게 하면 주민들이 김정일 정권을 붕괴시키지 않는다. 그래서 절대로 쌀과 비료 같은 것을 지원하지 말고, 금강산과 개성 관광 사업을 열지 말아야 한다. … 이럴 때 정상회담 카드를 만지작거리는 행위는 이적 내지 간첩 행위로 보인다. …"

뿐만 아니라 김대중, 노무현 두 대통령의 북한 지원이 핵무기 개발이라는 결과를 가져왔으니 그들은 민족의 "역적"이었다고 쓰고 있었습니다.

제게 이 글을 전달하신 분은 그동안 저와 함께 일해 온 분으로서 다른 곳에서 이 글을 읽고 저에 다시 전달한 것을 보면 그분도 어지간히 마음이 당혹스러웠던 모양입니다.

지난 6년 동안, 북한 고아들을 도우려는 교우들의 성의를 전달하기 위한 심부름으로 저는 북한을 여덟 번 가까이 드나들었고, 또한 우리 교우들에게는 우리 동족의 고아들을 도와야 한다고 간곡하게 부탁해 왔습니다. 그러고 보면 저는 만고에 민족의 역적이고, 간첩이며, 이적 행위자인 셈입니다. 그러나 저는 고향이 경상도이고, 북한에 아무 연고자도 없으며, 가족 중에 부역자도 없습니다. 더구나 저는 진보주의자와는 거리가 먼 보수성이 강한 기독교인입니다. 또 북한을 방문했을 때 어떤 회유나 성적 유혹을 받은 적도 없었고, 따라서 아무 약점도 없는 셈입니다.

그러므로 저는 양심의 부담 없이 북한 동족들을 도와서는 안 된다고 하시는 분들에게 세 가지만 묻고 싶어집니다.

첫째, 그 글을 쓰신 분은 북한의 굶주리는 내 동족들이 이판사판으로 폭동을 일으켜 엄청난 희생을 치르고 정권을 무너뜨리기를 원하시는지? 다시 말한다면 그 굶주린 동족들에게 4 · 19 같은 정권타도의 희생을 요구하시는지? 그렇다면 우리는 손 놓고 그 동족의 희생을 지켜보기나 하자는 것인지?

둘째, 그렇게 북한을 무너뜨린다면 북한 동족들이 남한과 순순히 손을 잡을 것이라고 생각하는지? 어쩌면 그동안 음으로 양으로 그들을 도와온 고마운 중국(?)과 쉽게 손을 잡지나 않을는지?

셋째, 또 그 글을 쓰신 분은 굶주리는 동족을 위해서 단 한 푼이라도 자기 돈을 지원해 준 적이 있는지? 다시 말해서 북한 동족들의 굶주림을 자기 굶주림같이 진정으로 이해하신 적이 있는지?

북한 고아들을 위하여 우리 현지 직원이 매월 직접 전달하는 우유와 밀가루는 틀림없이 고아들의 식량으로 쓰이고 있습니다. 우리가 목격하고 사진으로 찍어온 현장을 어떻게 부인하겠습니까? 제가 이런 말씀을 드리는 것은 우리가 북한을 돕는 방법에 문제가 있지, 지원 그 자체에 문제가 있는 것이 아니라는 것입니다. 국경에서 지원품을 넘겨주는 쉬운 방법이 아니라 직접 북한에 들어가서 필요한 사람들에게 전달해 주는 성의가 필요한 게 아닐까요? 지원품이 많을수록 북한 정부에 직접 전달을 당당히 요구할 수 있지 않을까요?

통일도 좋고 북한 정권의 타도도 좋습니다. 그러나 진정한 인권운동자라면 불쌍한 북한 동족들에게 더 이상의 희생을 요구해서는 안 된다는 것입니다. 그들이 북한 정권 아래서 생존해 주는 것만으로도 우리는 고마워해야 하고 그들을 도와야 합니다.

아프리카와 남미와 동남아시아의 빈곤지역 또한 부정부패가 만연한 국가임에 틀림없습니다. 그런데도 그들을 돕는 일에 앞다투어 달려가면서도 어찌하여 우리는 정작 내 동족들에게는 이렇게 이유가 많고, 까다로운 주문이 많고, 인색해야 하는 것일까요? 정말 알다가도 모를 일입니다.

언젠가 북한이 개방되고 동족들이 자유를 찾았을 때, 우리에게 그동안 도와주어서 고마웠다고 말할 수 있도록 우리는 지금 그들을 성의껏 도와야 하지 않을까요?

나무

아무리 어려도
기대지 않는다
나무는

잎 틔운 자리가
비탈이든지 길섶이든지
단애의 벼랑 끝이든지 외딴 들녘이든지
거기서 살아

아무리 늙어도
잎 틔우고 자란다
나무는

나 / 그려서 오리기
〈Sonu Amelia Kim 2007/4세〉

나무는 정직합니다. 요령을 부리지 않습니다. 나무는 적당하지 않은 곳에 삶을 틔웠을지라도 최선을 다해서 살려고 노력합니다. 척박한 땅이라도 한사코 뿌리를 내려 주어진 삶을 이어갑니다. 그리고 그의 생을 다할 때까지 정직하고 바르게 삶의 의연한 자세를 지킵니다.

사람들의 사는 삶이 나무처럼 신실하고 정직하다면 불행은 참 많이 줄어들 것이라는 생각을 해봅니다.

마음의 체증

마음의 체증을 앓고 있는 사람들이 있습니다. 마치 먹은 음식이 소화가 안 되는 것처럼 속이 답답하고, 앉거나 서거나 마음이 불편한 증세, 이런 스트레스 증세를 우리는 흔한 말로 "마음의 체증"이라고 해야 하겠습니다.

요즘 북한을 바라보는 우리 한인들의 마음이 그렇습니다. 천안함 사건, 연평도 포격 사건, 금강산 관광시설의 동결, 김정일 위원장의 중국 방문, 중국 정부의 태도 등등 하나도 시원하게 이해되는 일이 없습니다. 특히 그동안 북한 지원활동을 해 오면서 북한의 서민들이 살아가기가 얼마나 어려운가를 눈으로 보고 온 사람이라면 요즘 현실을 보는 마음은 한층 더 답답할 것입니다.

북한처럼 지원활동을 하기가 어려운 나라도 없을 것입니다. 북한 주민을 돕는 민간단체들의 경우, 대단한 물량을 지원하는 것이 아니기 때문에 서울에서 개성을 거쳐 북한으로 들어가는 일은 한국 정부도, 북한 정부도 허락하지 않습니다. 그렇다고 해서 미국이나 한국에서 물건을 사서 중국으로 들어가려면 중국 세관 통과가 거의 불가능하기 때문에 하는 수 없이 돈을 가져가서 중국 현지에서 곡물을 사야 합니다. 하지만 그것도 쉽지 않습니다. 중국 정부는 자국의 곡물 수출을 조정한다는 이유로 매년 연초에 북한으로 들어가는 일체의 곡물을 금지하곤 합니다. 이럴 땐 속수무책으로 기다려야 합니다. 금년에는 4월이 되어서야 이 금지가 풀렸는데, 그동안 어느 나라의 지원도 받지 못한 북한의 서민들은 어디서건 양식을 사기는커녕 구경하기도 힘들었다고 합니다. 그러니 그들의 삶이 얼마나 어려웠을지는 누구나 짐작해 볼 수 있을 것입니다. 그런 사정을 틈타서 중국의 민간 곡물상인들은 수출 금지가 풀리자마자 북한으로 쌀을 들여가서 중국 현지가격의 여덟 배를 받고 북한 사람들에게 넘겨주었다고 합니다. 말하자면 중국은 무역 거래가 없는 북한을 상대로 목숨 줄을 조였다 풀었다 하면서, 그리고 한껏 생색을 내면서, 자국 상인들은 폭리를 챙기도록 방조하고 있는 셈입니다.

그나마 중국의 곡물 수출이 풀렸다고 해서 민간 지원단체들의 고충이 해소되는 것은 아닙니다. 이번에는 북한의 세관을 통과하는 일이 여간 까다롭지 않기 때문입니다. 최근 북한 세관원들은 국경을 넘나드는 지원단체들을 대하는 태도가 쌀쌀맞고 고압적입니다. 평양에서 가까스로 입국 허가를 받았는데도 현장의 고아들 사진을 찍는 일이 일체 허락되지 않습니다. 게다가 수틀리면 체포 구금을 마음대로 하는 북한에 중국 현지에서 고용한 조선족 직원들도 들어가기를 꺼려하고 불편해 합니다. 일이 이렇게 되니까 민간단체들의 북한 주민 지원은 한국 정부의 만류, 중국 정부의 규제, 북한 정부의 감시와 냉대 속에서 이중 삼중의 어려움을 겪어야 합니다. 거기다가 왜 북한을 돕는지 모르겠다는 주변 사람들의 핀잔도 더더욱 마음을 아프게 합니다.

그런데도 우리는 북한 고아 지원을 포기할 수 없습니다. 거기 말할 수 없이 고생하는 내 동족의 아기들이 있기 때문입니다. 북한의 우리 동족들은 북한 정부가 하는 일을 속속들이 알지도 못할 뿐더러 무슨 시민연대 같은 것을 결성하여 정부가 하는 일에 의견을 제시하는 일은 생각지도 못할 일입니다. 또 그들은 자유롭게 세계뉴스를 들을 수 있는 것도 아니고, 바깥 세계로 여행이 허락되는 것도 아닙니다. 따라서 북한 주민들은 북한 정부가 하는 일에 아무 책임이 없습니다. 그런데도 그들은 이유 없이 배고픔의 고통을 고스란히 몸으로 받아내야 합니다. 정말이지 그들이 사는 모습을 본 사람이라면 결코 마음 편할 수 없을 것입니다.

저의 경우, 집에서 식탁에 앉아 차려진 음식을 받으면 마치 죄를 짓고 있는 것 같습니다. 그때마다 울컥 마음의 체증이 다시 나타납니다. 북한 주민들의 핏기 없는 얼굴들, 아니 못 먹어서 자라지 못한 고아들의 모습이 선하게 떠오르기 때문입니다.

요즘은 어째서 북한을 도와야 하느냐고 핀잔성 질문을 받으면 저는 그냥 웃습니다.

고아의 손

우리가 그동안 도와오던 북한의 고아원에 갔을 때입니다.

그 고아원의 방에 누워 있는 한 아기가 눈에 띄었습니다. 그 고아원의 열악한 시설에 대하여는 언급하고 싶지 않습니다. 힘껏 울어대는 아기들도 있었지만 그 아기는 울지도 않고, 너무나 여위었고, 눈만 뜨고 있을 뿐 움직임이 없었습니다. 두 살 정도라고 보모가 말했지만 체구는 아직 돌이 채 안 돼 보였습니다. 닭장 같은 이층 철제 침대에 누워 있는 이 아기의 손이 펴진 채 침대 밖으로 나와 있었습니다. 이 아기 손을 보는 순간, 저는 이 아기에게 무엇인가 먹을 것을 주어야 한다는 생각이었고, 다급한 생각에서 제 주머니에 넣고 간 사탕 하나를 그 아기 손에 얹어주었습니다. 하지만 아기는 자기 손에 얹어준 사탕을 바라만 볼 뿐 그 사탕 포장 종이를 펴거나 사탕을 입으로 가져가는 동작이 없었습니다. 그때 곁에 있던 보모가 "아직 사탕과자를 먹기는 힘들거야요" 하면서 그 사탕을 거두었습니다. 제가 생각해도 그 딱딱한 사탕을 누워 있는 아기 입에 넣어서는 안 될 것 같았습니다. 저는 그 아기를 지금도 잊을 수가 없습니다.

제 경험으로 볼 때, 북한에 있는 누군가를 돕는다는 일은 여타 다른 나라의 빈민들을 돕는 것처럼 간단하지 않습니다. 무엇보다도 북한 당국의 허락을 받아야 하고, 또 입국 비자를 받아야 하고, 또 어디를 가든지 지도원의 안내를 받아야 합니다. 그리고 더구나 돕는 대상들을 직접 만나서 전달하는 일은 북한에서는 허용되기가 어렵습니다.

그렇다고 해서 지원품을 국경에서 전달하고 돌아올 수도 없는 것입니다. 우리에게 지원금을 보내주는 많은 분들이 "정말 고아들에게 직접 먹일 수 있느냐?"는 질문을 해 오고 있으며, 이런 분들의 기대를 위해서라도 우리가 직접 고아원에 지원품(우유와 밀가루)을 전달해야 하는데 그 일이 그렇게 쉽지 않았습니다. 하지만 직접 지원품을 전달하겠다는 우리의 고집(?)이 당국자들에게 받아들여진 것은 정말 다행한 일이었고, 또 그 지원을 지난 6년 동안 매월 계속해 올 수 있었으니 고마운 일이었습니다. 그렇게 일을 할 수 있도록 밀어주신 교우들께도 진정 감사합니다.

그러나 그동안 우리의 지원이 순탄했던 것은 아닙니다. 때로는 국제간의 정치적인 문제로 모든 사람의 입국이 차단되므로 우리도 입국이 불가능하기도 했고, 또 중국의 곡물 반출 금지로 지원이 중단되기도 했습니다. 또 어찌된 셈인지 북한은 미국인이나 유럽의 사람들에게는 비교적 수월한 배려를 하면서도, 같은 민족인 우리들에게는 자존심을 세우고 여간 까다롭지 않았습니다. 여담이지만, 아기들을 입힐 헌옷을 수집해서 보내면 추운 겨울을 문제없이 따뜻하게 지내게 할 수 있을 것 같아서 물어보았더니 세관에 있는 당국자는 "우리는 헌옷을 받지 않습네다" 하고 잘랐습니다. 하는 수 없이 아기들의 내복들을 사서 보내야 했지만 그 구매능력은 우리에게 한정된 것일 수밖에 없었습니다.

북한 당국은 몇 십만 불, 혹은 몇 백만 불의 지원에는 관심을 기울이겠지만 우리 같은 민간 지원단체의 작은 지원에는 그다지 큰 관심을 보이지 않습니다. 그러나 우리의 지난 10년간의 계속적인 지원을 합산한다면 결코 작은 지원이 아닐 것입니다. 요는 누구에게 우리의 지원이 도달하는가가 중요합니다. 우리는 당국자들의 관심보다는 고아들을 직접 먹이는 것이 중요했습니다. 그래저래 우리의 지원활동은 고달프고 어려웠습니다.

다행하게도 최근에 북한 당국의 대외 태도가 한결 부드럽습니다. 무엇보다 고아들을 돕는 일이 한결 수월하게 되기를 기대하여 봅니다. 때로는 무엇하려고 북한에는 열심히 드나들고 있느냐고 핀잔을 주는 측근이나 친구들도 있습니다. 그러나 사탕을 손에 들고도 입으로 가져갈 줄 모르는 수척한 아기들이 손이 거기 펼쳐져 있는 한, 그리고 교우들의 진정 어린 지원이 답지되고 있는 한, 우리의 작은 지원을 멈출 수가 없습니다.

슬픔 지역에서

하늘에서나 땅에서나 언제나 순리로만 흐르더니
아무리 팍팍한 세상도
섞일 수만 있다면 제 몸 풀고 없어지듯 스미더니
그 묽은 마음에도
가시로 박힌 소원 하나 있었던 게야 제 길로 흘러들지 못하고
얼마나 오래 더듬고 헤매다가
저렇게 풀 수 없는 원혼처럼 겹겹으로 뭉쳐 서렸을까
가지도 오지도 못하여 쌓이고, 쌓이고, 또 쌓여서
억겁으로 일어서는 저 생각의 분진들
순리로만은 도달하지 못하는 한스러운 그 어느 주소지를
외우고, 외우고, 다시 외웠으리
숲이고 마을이고 계곡이고 간에
떼쓰듯, 거부하듯, 원망하듯, 제 몸 부려두고
천지를 가리는 저 백색의 슬픔, 저 자욱한 묵언, 저 눈먼 갈망
하지만 끝끝내 이루지 못한 채 종내 제 혼자 스러지겠지

저 눈물 뿌연 겨울 안개

사과 따기〈Sonu Amelia Kim 2008 / 5세〉

엷은 안개는 물감이 풀어진 수채화처럼 풍경을 아름답게 만들어 줍니다. 하지만 그 엷은 안개가 겹겹이 쌓이면 사정이 달라집니다. 심할 땐 한 걸음 앞이 보이지 않을 때가 있습니다. 물론 이런 때는 모든 교통이 두절되기도 합니다. 그런 때 그 안개는 제 슬픔을 이기지 못한 어떤 원혼 같다는 생각이 들 때가 있습니다. 사는 일이 너무 어려워서, 혹은 잊을 수 없는 사람에 대한 한이 쌓여서, 안개는 저렇게 길을 막고 있다는 생각을 할 때가 있습니다.

딸을 파는 어머니

여섯 살 정도밖에 안 돼 보이는 딸을 100원에 팔겠다는 여자가 있었다. 주변에는 이미 많은 구경꾼들이 모여 들었다.

"저 간나가 완전히 미쳤구만. 개도 3,000원인데 딸이 개 값도 안 되냐?" 등 사방에서 욕설이 쏟아졌다. 그 구경꾼 틈에 한 군인이 있었다. 그 군인은 먹을 게 없어 자식을 버리는 경우는 봤어도 딸을 팔려고 내놓는 건 처음 보는 일이어서 충격을 받았다. 그것도 고작 100원이라니! 그때, 딸이 외쳤다.

"우리 오마니는 암에 걸렸시요."

암에 걸려 죽음을 기다리던 어머니가 딸을 돌봐줄 사람을 찾기 위해 100원에 딸을 판다는 글을 들고 거리로 나온 것으로 보였다. 곧 사회안전원들이 들이닥쳤다.

"야! 여기가 사람을 노예처럼 사고파는 썩어빠진 자본주의 사회인 줄 알아! 너 같은 간나는 정치범 수용소로 가야 해."

안전원들은 그 여인을 연행하려 하였다. 그때, 그 군인은 어머니에게 100원을 내밀며 말했다.

"당신의 딸보다 그 모성애를 사겠시다."

군인은 딸을 데리고 가려고 했다. 그러자 어머니는 군인의 손을 한 번 부여잡더니 부리나케 어디론가 달아났다. 구경꾼들은 군인의 마음이 바뀌어 딸을 데려가지 않겠다고 할까봐 어머니가 줄행랑을 친 것이라고 여겼고 저마다 혀를 찼다. 하지만 어머니는 이내 펑펑 울면서 다시 나타났다. 10원짜리 허연 밀가루 빵 10개를 손에 쥔 채로. 그녀는 딸에게 그 빵을 먹이며 소리 높여 통곡했다.

*

이 이야기는 얼마 전 북한 관련 웹사이트에 탈북자의 글로 올려진 것입니다. 다분히 작위적인 글이지만, 그동안 북한 고아들을 돕는 심부름을 해 온 저로서는 이 글에 무관심할 수가 없었습니다.

북한에는 노동하는 부부를 위한 탁아소도 있고, 또 부양이 어려워 양육을 포기하는 가정의 아이를 맡아 길러주는 고아원도 있습니다. 우리가 이렇게만 본다면 이 글의 진실성을 믿기 힘들 수도 있습니다. 그러나 그런 생각은 북한의 경제 사정이 제대로 돌아간다고 볼 때 그렇습니다. 경제가 어렵고 배급 사정이 제대로 돌아가지 않을 경우, 그 많은 굶주리는 가정의 어린이를 국가가 모두를 떠맡을 수는 없을 것입니다. 이렇게 볼 때 이런 글의 내용이 가능해질 수도 있다고 보여집니다. 실제로 북한 경제의 어려운 사정은 세계가 다 아는 일입니다.

꼭 위와 같은 경우는 아닐지라도 북한에서 먹을거리를 구하기 위하여 중국으로 넘어오는 사람들이 전하는 이야기의 내용 중에는 우리가 상상하기 힘든 사연이 많습니다. 그들이 우리 동족이기 때문에 이런저런 사연들을 다 털어서 흥보듯이 이야기할 수 없을 것입니다. 우리가 다만 짐작하기로는 그들의 배고픔이 너무 오래, 너무 심각하게 지속되고 있다는 것입니다. 북한 당국이 핵 문제나 미사일 문제를 들고 나오는 이유도 알고 보면 자본주의 방식이 없는 체제에서 경제적 문제를 풀어나가려는 그들 나름대로의 노력으로 볼 수도 있을 것입니다.

이 세상에 여러 가지 서러움이 많지만 배고픔은 생존 자체를 부정하게 하는 고통스런 서러움입니다. 어른들의 배고픔은 고사하고라도, 어린아이들의 배고픔을 바라보는 북한 어머니들의 고통은 얼마나 큰 것인지!

5월은 어린이와 가정의 달입니다. 하지만 북한에 어린이날이나 가정의 달이 있다는 이야기는 들어보지 못했습니다.

'수령님과 장군님의 복으로 우리는 부럼 없어라!' 고 쓴 현수막을 고아원 건물 전면 벽에서 본 일이 있습니다. 그러니 북한에 특별난 가정의 달이니 어린이날이니 하는 날이나 행사가 무의미한지도 모르겠습니다. 그러나 그런 사회에서 딸을 팔려고 나온 여인의 이야기는 아무리 꾸며낸 이야기 같아도 결국은 북한 어머니들의 고통을 엿보게 합니다. 어쩌면 전체사회인 북한에서는 가정의 달이니, 어린이날이니 하는 인식은 경계해야 할 자본주의식 행위로 비판받아야 할지도 모르겠습니다. 생각하면 북한의 우리 동족들은 딸을 팔려고 나온 어머니만큼이나 답답하고 한스러운 처지에 있다고 하겠습니다.

우리는 이런 북한의 현실을 동족으로서 손 놓고 바라보기만 할 수는 없습니다. 우리는 그들의 고통을 덜어줄 무엇인가를 행동해야 합니다. 정말이지 그렇습니다!

우울한 겨울이 가고…

지난겨울은 참 우울한 계절이었습니다. 북한 청진의 고아 돕기가 지난 3, 4개월간 중단되었기 때문입니다. 지난해 초순부터 중국이 곡물 수출 금지 조치를 내려 고아들의 지원 품목이던 밀가루 지원이 어렵게 되었습니다. 궁리 끝에 밀가루 대신 국수를 지원하기 시작하였습니다. 그러나 8개월여 만에 이번에는 북한이 모든 사람들에게 입국 금지 조치를 취했습니다. 매달 국수를 가지고 고아들에게 들어가던 우리 중국 직원이 속수무책으로 고아 지원의 길이 막힌 채 입국 허가를 기다려야만 했습니다.

우리는 북한 내부의 정치적인 현실은 잘 모릅니다. 또 알려고 하지도 않습니다. 그런 것을 알면 알수록 고아들을 먹이는 일이 어려워지기 때문입니다. 북한의 고아들은 정치와 무관합니다. 그들에게는 배고픔이 현실이고, 우리는 그들을 돕는 일을 중요 과제로 삼습니다. 어떤 분들은 북한의 핵 문제와 6자회담, 그리고 북한의 미사일 발사 계획을 두고 북한을 이해할 수 없다고들 합니다. 더러는 북한을 지원하는 일이 무슨 의미가 있느냐고 말하시는 분들도 있습니다. 이런 의견을 들을 때마다 우리는 참 우울한 마음이 되곤 합니다.

다시 말하지만, 우리가 북한의 고아들을 돕는 일은 정치 이념과는 무관합니다. 정치를 하기 위해서, 혹은 정치적으로 어떤 효과를 보기 위하여, 고아들을 돕는 것이 아니라는 것입니다. 북한을 바라보는 분들은 북한의 정치를 수행하는 사람들과 북한의 우리 동족들을 분별하여 보아야 합니다. 북한이라는 나라가 어떤 정책을 취하느냐 하는 문제는 북한 정부의 정책을 좌우하는 사람들의 문제입니다. 그러나 우리는 북한의 2천만 형제들이 정치와는 무관하고, 대부분 끼니가 어려운 형편이라는 것을 알아야 합니다. 아프리카도 아니고, 남미 제국도 아니고, 아시아의 빈국 국가들도 아닌, 바로 내 형제, 내 핏줄들이 오랜 배고픔에 시달리고 있다는 것입니다. 더구나 그 현실에서 우리의 자녀들과 조금도 다르지 않은 북한 고아들이 겪는 형편이 어떠하겠습니까?

저는 지금 북한의 현실을 여러분에게 고자질하려는 것이 아닙니다. 북한의 경제적 현실이 어렵다는 것은 어제 오늘의 일이 아니고, 누구나 다 잘 알고 있는 일입니다. 그런 현실에서 우리가 할 수 있는 일이란 비판하는 것보다는 돕는 일이 먼저 필요하다는 것입니다.

저는 가끔 TV 광고에서 눈물겨운 아프리카 어린이 현실을 보여주고 도움을 호소하는 것을 볼 때가 있습니다. 그러나 북녘의 우리 땅에는 그와 못지 않은 우리 동족의 고아들이 있습니다. 하지만 우리는 그들을 TV에 내보내는 일을 하지 않습니다. 그들이 내 동족이고, 내 아이들이고, 내 핏줄들이기 때문입니다. 누가 자기 자식의 배고픈 현실을 TV에 광고로 내보내 도움을 요청하겠습니까?

또 우리는 고아들을 돕는 일에 선교라는 꼬리표를 달지 않습니다. 배고픈 아기에게 우유 한 잔을 주면서 전도지를 쥐어주는 일은 선교도 아니고 예수사상도 아닙니다. 우리는 그저 우리의 것으로, 할 수 있는 대로, 내 핏줄의 아기들을 먹이자는 것입니다. 우리는 북한의 내 동족 전체의 배고픔을 해결할 능력이 없습니다. 단지, 우리가 할 수 있는 일은 작은 재정으로 극히 일부분의 고아들이지만 그들에게 우유 한 잔과 빵 한 조각을 나누자는 것입니다. 우리는 단지 이 작은 재정, 이 작은 보리떡이 예수 그리스도의 축복을 받아서 온 우리 동족 모두를 배부르게 먹이고도 열두 광주리가 남는 기적의 매개물이 되기를 기도할 뿐입니다.

다행하게도 북한의 외국인 입국 금지가 풀려 2월부터 중국의 우리 직원이 고아들을 위해서 다시 지원을 시작할 수 있게 되었습니다. 더구나 고마운 일은 중국의 곡물 수출 금지도 풀려 밀가루 지원이 가능하게 되었습니다. 그러나 물가가 계속 뛰어서 우리가 돕는 지원품이 줄어들까봐 걱정입니다.

내 동족을 돕는 일은 정치를 초월하고 선교를 초월합니다.

잔류

링겔 주사를 맞고 있는 사람의 병상 곁에서는
이미 말이 없는 시간이 보인다.
손을 잡고 회복을 비는 동안에도
똑! 똑! 추락하는 저 투명한 것
한때는 잔이 넘치며 저녁 목로집 소주병처럼 낭비되던 것
고래고래 소리쳐 노래 부르던 싱싱하고 푸르던 것
너무 가득해서 어떠한 길도 좁았던 그 출렁이던 것
저렇게 맑은 병 안에서 낙루하는 것은
원래 처음 몸 안에 채워졌던 것이
한 생애 저 혼자서 쉬지 않고 소비되었다는 기록일 것이다
절대안정, 절대평화가 기다리는 단애의 끝으로 둘러싸인
무엇을 생각한다는 것도 외람된
조용한 방 이제는 흰 벽을 배경으로
하나 뒤에 하나, 또 하나…
방울져 떨어지는 아주 질서정연한 그리움들이 보인다.

눈을 감고 깊은 명상에 잠긴 사람은 적멸의 산야에 들어섰는지
일체를 놓은 듯 오래 쥐었던 주먹손은 열려 있다
오랜 잠을 연습하듯 잠이 든 사람에게 남은 눈물 같은 것
잠시 머뭇거리다가 방울지고 떨어진다.
그 사이를 빌려 살았던
한 생이 보인다.

비 오는 날
〈Sonu Amelia Kim 2008 / 5세〉

중환자실의 마취된 환자 곁에서 방울져 떨어지는 링겔 주사액을 바라보고 있으면, 마치 그 사람의 나머지 목숨 길이가 느껴지는 듯합니다. 한때는 그렇게 왕성하던 것, 그렇게 출렁이던 것, 그렇게 환호하던 그 생명이라는 것이 이제는 링겔병 하나로 남아 저렇게 방울지고 있다는 생각 말입니다. 그러고 보면 우리의 생명이라는 것, 시간이라는 것, 삶이라는 것의 마지막이란 저렇게 간절한 것이었구나 하는 생각을 하게 됩니다.

평양으로 가는 길목, 심양에서

여기는 북한 평양으로 가는 항공편 길목, 중국의 심양입니다.

지난 12일 아침 포틀랜드 공항에서 비행기에 올라 로스앤젤레스에 도착하고, 오후에 잠시 회의를 하고 다시 공항으로 나가 자정에 출발하는 대한항공 편으로 서울 인천 공항에 도착, 다시 중국 심양 편을 갈아타고 왔습니다. 미국 포틀랜드에서 로스앤젤레스와 인천을 거쳐 중국 심양까지 총 16시간을 쉬지 않고 날았습니다. 로스앤젤레스에서 회의하고 공항에서 기다리는 시간까지 합하면 총 26시간을 여행길에 보낸 셈입니다.

도착한 심양에는 눈이 많이 내렸고, 기온은 영하 7도입니다. 바깥 기온은 살을 베어내는 것같이 춥지만 다행히 공항과 호텔 안은 따뜻합니다. 눈 때문에 연길 공항에서 항공기가 뜨지를 못해서 연길에 있는 현지 직원이 저와 만나야 할 시간에 심양으로 오지 못했습니다. 스케줄을 바꾸어 야간 기차로 오겠다고 합니다. 모쪼록 잘 도착하기를 기도합니다.

저는 내일부터 평양으로 가는 비자를 받아 입국 수속을 밟아야 합니다. 그리고 평양 고아원으로 가져갈 밀가루 20톤을 사서 먼저 보내야 하고, 청진의 고아들에게 보낼 겨울 내복과 신발 1,600벌을 사야 합니다. 시장에 나가 물건 값을 체크하였는데 이제 중국 물건들도 값이 저렴하지 않습니다. 하지만 고아들이 내복과 신발을 한 벌씩은 받도록 구입할 예정입니다. 이것은 고아들에게 크리스마스 선물이 되겠습니다.

재림교단의 미주지역 한인 교우들의 지원으로 우리는 지난 5년 동안 북한 청진에 있는 네 곳의 고아원들과, 평양에 있는 한 곳의 고아원에 매월 밀가루와 우유를 공급하여 왔습니다. 그러나 지난해 곡물파동으로 평양 고아원은 지원이 중단되었고, 청진에 있는 네 곳의 고아 1,600명을 위해서는 중국 정부가 수출을 금지한 밀가루 대신 국수를 보내는 것으로 지원을 유지해 왔습니다. 다행히 지난 7월부터 곡물 수출 금지가 해제되어 다시 밀가루 공급이 가능하게 되었지만 청진은 다시 들어가지 못했습니다. 세월이 그만큼 어려웠기 때문이었습니다.

이번 평양 방문은 그동안 중단되었던 평양의 고아원을 답사하고 몇 가지 협의를 위한 것입니다. 우리가 지원하는 규모가 넉넉한 것이 아니지만 자금이 허락되는 대로 고아들에게 매달 전달하는 방법을 택하고 있는 우리로서는 평양 고아원을 위하여 단동에서 열차 편으로 들여보내는 운송방법과 세관 통과, 그리고 우리 직원의 고아원 직접 배달 등 모든 것이 미리 약속이 되어야 합니다. 그 일을 확실히 하는 것이 지금 평양으로 들어가는 저의 주된 업무입니다. 뿐만 아니고 함경북도 청진에 있는 고아들에게 겨울 내복과 신발을 전달하기 위해서는 청진으로 가는 입국비자를 다시 받아야 하는데 이번 평양 방문은 이 비자를 받기 위한 목적도 있습니다. 평양으로 가는 길은 중국 심양이나 북경에서 항공 편을 이용해야 하지만 함경북도의 청진으로 가는 길은 중국 연길의 무산에서 두만강을 건너 회령 세관을 거쳐 자동차로 들어가야 하기 때문에 다시 입국비자를 받아야 합니다. 1,600명 청진 고아들의 겨울 내복과 신발을 직접 전달할 수 있도록 제 자신의 재입국이 허용되기를 바랍니다.

솔직하게 말한다면 우리 같은 민간기구들의 도움은 북한에서 볼 때 대단한 것이 아닙니다. 따라서 북한 당국도 사소한 지원으로 사람이 자꾸 들락거리는 것이 성가시고 달갑지 않게 생각될 수도 있습니다. 하지만 우리로서도 고충이 없는 것은 아닙니다. 지원 자금이 쌓여 있는 것이 아니라 교우들이 그달 그달 보내주는 성금으로 중국에서 밀가루를 구입하여 그곳의 현지 직원이 매월 배달하는 형편이므로 그 일도 그렇게 만만치만은 않습니다.

지금 저는 내일 현지 직원이 무사히 도착하기를, 물건 구입이 순조롭게 되기를, 또 눈이 너무 많이 내린 심양 비행장에서 평양행 항공기가 무사히 뜨게 되기를 기도하고 있습니다.

선물

북한 고아 돕기 심부름을 하다보면 고마운 분들을 여럿 만나게 됩니다.

어느 교우 한 분은 북한 고아들을 돕고 싶어서 지난봄 산에 가서 고사리를 채취해 팔아 4천 달러를 만드셨는데, 중국 조선족 학생들의 장학금으로 2천 달러를 쓰고, 나머지 2천 달러를 고아 돕기에 보내주셨습니다. 산을 타면서 고사리 꺾기가 얼마나 힘들던지 그렇게 땀을 많이 흘린 것은 평생에 처음이었다는 사연도 함께 보내주셨습니다.

또 한 분은 병원에서 청소 일을 하시는데 맡은 구역을 청소하다 보면 떨어져 있는 동전을 줍게 되고 주인에게 돌려줄 길이 없어 동전을 빈병에 모으기 시작했는데, 오랜 세월 그렇게 모은 동전이 김치 병에 가득 차게 되었답니다. 그분은 북한 고아를 위하여 써달라고 그 동전을 병째 가지고 오셨습니다. 계산해 보니 모두 97달러였는데 현금 3달러를 보태 100달러를 채워서 기탁해 주셨습니다.

또 한 분은 여름 내내 색색의 털실로 아이들 목도리를 뜨개질하여 100개를 만들어 오셨습니다. 겨울이 되기 전에 고아들에게 보내기 위하여 한정된 시간에 목도리 100개를 만들자면 부지런히 뜨개질을 하셨을 것이고 연로하신 분으로서 어깨와 팔이 많이 아팠을 것입니다. 그런데도 환하게 웃음 지으며 가지고 오셨습니다.

이런 고마운 교우들을 일일이 헤아릴 수가 없습니다. 다만 말해 두고 싶은 것은 이분들이 사회적 명성이나 학식이 높거나 재산이 많은 분들이 아니라 그저 평범한 교우들이라는 것입니다. 그분들은 북한의 어려운 고아들을 돕고자 하는 따뜻한 마음을 실천에 옮긴 것뿐이었습니다. 우리는 이런 분들의 정성을 받아 들 때마다 손끝에는 고마움의 눈물이 맺혔습니다.

반면에 요즘 한국 교회는 사회의 지탄을 많이 받고 있습니다. 주로 교회의 지도층 인사들의 허물 때문입니다. 공지영의 소설 『도가니』가 영화로 나오면서 교회가 받는 비난이 더 거세지고 있습니다. 필자도 그 영화를 보면서 많이 고통스러웠습니다. 그 영화의 내용이 타인의 이야기가 아니라 나를 포함한 우리 모두의 자화상을 보여주었기 때문입니다. 『도가니』는 한국의 사회적 그늘을 보여주면서 동시에 교회 인사들의 모순된 모습을 더 많이 부각하여 보여주었습니다. 부정적인 일을 저지르는 분들은 대부분 교회 공동체에서 지위와 재산을 가진 지도자들이었습니다. 미국의 한인 교회들도 정도의 차이는 있겠지만 이런 문제에서 자유롭지 않다 하겠습니다.

이런 때 우리는 예수님을 바라볼 필요가 있습니다. 예수님이 이 땅에 계시던 때도 상황은 같았습니다. 제사장들, 바리새인들, 서기관들은 기득권을 누리기 위하여 대부분 부패했습니다. 백성은 방황했고 믿음은 갈등에 빠졌습니다. 그러나 예수께서는 자기가 서야 할 곳을 확실히 하셨습니다. 재물이나 권력 편에서 자기 보존의 자리를 지키려 하신 것이 아니라 고통 받고 학대받는 사람들 곁에 함께 서신 것입니다. 『도가니』의 작가로서도 아니고, 예리한 비평자로서도 아니고, 용감한 고발자로서도 아니고, 예수께서는 오로지 학대받던 그 시청각 장애자들과 함께 고통을 견디며 계셨을 것입니다.

교회가 사회적인 지탄을 받으니까 창피하다, 괴롭다, 회개해야 한다는 등의 이야기나 주고받을 것이 아니라, 우리도 진정한 그리스도인이라면 주변에 소외된 사람들이 어디에 얼마나 있는지를 살피고 그들을 위하여 고사리를 따고, 동전을 모으고, 목도리를 뜨개질해야 하겠습니다. 요는 얼마나 떠드느냐가 아니고 어떤 삶으로 어떻게 자기 믿음을 실천에 옮기느냐가 더 중요한 게 아니겠습니까? 대단한 봉사는 아닐지라도 일상의 사소한 일에서 정직하고 겸손하게, 그리고 따뜻한 마음으로 어려운 사람을 돕고 산다면 세상의 평판은 그다지 두렵지 않게 될 것입니다.

하나님께서는 인류에게 자기 아들을 선물로 주셨습니다. 그 선물이란 그의 사상과 그의 행위와 그의 성품을 우리가 실천해야 할 길로 주셨다는 뜻입니다. 우리가 묵묵히 예수님을 따라 한 걸음씩 실천의 길을 걸을 때, 교회는 사회적 지탄에서 벗어나게 되고 신자는 구원의 선물까지 받게 되는 게 아닐까요?

성탄의 12월, 신의 성육화는 우리에게 삶의 성령화를 요구하고 있습니다.

눈 오는 날

상처투성이 세상을
하나님이 오늘은 흰 천으로 덮고
팻말을 세우셨다

"치료 중"

밤하늘의 별들 / 은박지 붙이기
〈Sonu Amelia Kim 2007 / 4세〉

눈이 내린 날은 세상이 모두 눈으로 덮여 있습니다. 온 세상을 하얀 천으로 덮은 것 같습니다. 어쩌면 하나님께서는 그 시간에 병든 세상을 다시 회복시키기 위하여 치료 중인지도 모르겠다는 생각을 하였습니다. 그래서 눈 오는 날은 모두 조용히 해야 합니다.

가족의 안부를 묻는 사람들

제가 북한 고아들을 돕는 심부름을 하고 있다는 것을 아는 분들이 더러 전화로 '북한에 다녀보니까 사정이 어떻더냐' 고 질문해 오는 경우가 있습니다. 그분들은 주로 북한에 가족을 두고 있어 그 가족들의 안부가 궁금한 분들입니다. 그중에 또 어떤 분은 옛날 주소를 알려줄 테니까 혹시 북한에 들어가는 기회에 그 가족의 근황을 알아달라고 부탁을 해 오기도 합니다. 제가 북한을 드나드니까 가족의 근황을 알아서 귀띔해 줄 수 있으리라 생각하는 것 같습니다.

이런 때 저는 참 가슴이 답답해 오고 마음이 아픕니다. 우리 민족은 어쩌다가 남북으로 헤어져 살아야 하고, 게다가 오지도 가지도 못하는 처지가 되었다는 말인가! 하는 생각, 그리고 도대체 무엇을 위하여 그리운 사람과 보고 싶은 가족을 만나지도 못하고, 심지어 전화나 편지마저 주고받지 못한 채 50년, 60년을 헤어져 살아야 한단 말인가! 하는 생각 때문입니다. 그동안 우리는 남북한의 분단 사정을 우리 세대의 비극으로 받아들여야 하였고, 헤어진 가족들을 단념한 채 살아올 수밖에 없었지만, 다시 생각해 보면 너무나 어처구니가 없는 현실이라는 생각이 들고 가슴이 쓰라려오곤 합니다.

저 자신은 북한에 아무 연고가 없고, 가족을 두고 있지도 않습니다. 하지만 우리 교민, 우리 이웃들 중에 북한에 부모와 형제와 자녀를 두고 만나지 못한 채, 한스러운 한 생애를 살아오는 분들이 어디 한두 분이겠습니까? 그리고 우리 중에 누군들 그런 가족에 대한 안타까운 궁금증을 그건 당신네 사정이라고 치부하고 나는 별 관심 없다고 무심하게 넘어가겠습니까? 남한이나 북한에 있는 우리 겨레는 모두가 내 부모들이고, 내 형제들이고, 내 자식들이 아니겠습니까? 그런 면에서 누군가 부탁하지 않더라도 자진해서라도 서로의 안부를 알아보아줄 만한 일이 아니겠습니까?

하지만, 아시는 분은 아실 것입니다. 북한에 드나든다고 해서 그런 일이 전혀 가능하지 않다는 것을 말입니다. 비록 제가 고아들을 위해서 북한에 들어가는 일이 있지만, 남미 지역이나 아프리카에 간 것처럼, 그 기회에 북한의 여기저기를 마음대로 다닐 수 있는 게 아닙니다. 외부에서 북한에 입국하는 분들은 누구나 같을 것입니다. 북한은 도착한 공항에서 세관 수속을 마치고 나가서 스스로 택시를 타거나 시내버스를 탈 수 있는 나라가 아닙니다. 저 같은 경우, 북한 세관에 들어가면서부터 관계기관에서 나온 지도원과 운전기사가 저를 안내하여 줍니다. 그래서 저희가 돕고 있는 몇 곳의 고아원에 가서 고아들의 상태와 시설을 둘러보는 정도가 제가 할 수 있는 일의 전부입니다. 북한에 머무는 3, 4일간 저녁에 숙소에 있는 시간이나, 또 다른 여유 시간이 있다고 해서 호텔 밖으로 나가 시내를 혼자서 돌아다니는 일이 허용되지 않습니다. 더구나 함께 있는 지도원에게 어떤 사람의 근황을 알아보아 달라고 부탁하는 일은 하지 않습니다. 물론 그런 일은 부탁해도 실현 가능성이 없을 뿐만 아니고 공연히 지도원의 입장만 난처하게 만들게 되기 때문입니다. 제가 고아들을 돕는 일로 북한에 입국하였으면 그 목적에 맞게 행동하여야 합니다. 그 외의 일로 북한 관리들을 난처하게 하는 일을 하거나, 북한 당국의 규정을 어겨서는 안 되는 것입니다.

저에게 북한 가족의 안부를 물어오는 분들에게 저는 늘 같은 이야기를 합니다. 제가 북한에 가는 것은 고아들을 도우려고 가는 것일 뿐, 그 외의 일은 전혀 알 수가 없다고 말입니다. 따라서 북한에 있는 가족들의 안부를 알아보거나 혹은 그분들을 위해서 제가 할 수 있는 일이란 전혀 없다고 말입니다. 그렇게 말하고 나면, 저는 그날 저녁에는 대개 잠을 설치게 됩니다. 제가 그렇게 대답하는 것은 아주 정직한 대답이지만, 왠지 마음이 답답하고, 죄를 지은 것처럼 가슴이 조여 옵니다. 마치 내가 고향에 다녀왔는데 고향에 가지 못한 절친한 친구가 자기 부모가 어떻게 계시더냐고 안부를 물을 때, 나는 자네 부모를 뵙지 못해서 안부를 전혀 모른다고 대답하는 것처럼, 내가 무척이나 몰인정하고 예의를 모르는 인간이 된 것 같은 심정이 되기 때문입니다.

저는 북한이 현재 국제사회를 향하여 문을 열어나가는 중에 있다고 봅니다. 또 그래야 한다고 믿습니다. 그것이 우리의 희망입니다.

추수감사절과 북한 동포

최근에 북한 당국은 외국인이 들어갈 수 있는 모든 통로를 폐쇄하고 있습니다. 평양으로 들어가는 항공로를 제외하고는 육로의 모든 출입국 세관이 봉쇄되었습니다. 따라서 가뜩이나 어려움을 겪고 있는 민간 지원단체들은 이중 삼중으로 어려움을 겪고 있습니다.

또 금년 1월부터 중국 정부는 중국에서 외국으로 나가는 모든 곡물 수출을 금지시켰습니다. 그동안 중국에서 밀가루를 구입하여 북한으로 가져가던 민간 지원단체들은 밀가루 지원의 길이 막혔습니다. 이런 저런 일로 북한에 있는 우리 동족들은 우리가 상상하기 힘든 어려움을 겪고 있으리라 생각됩니다.

최근의 유엔 세계식량계획(WFP)의 발표에 따르면 북한 주민들이 받는 식량 배급은 1개월에 1주일 치의 곡물량이라고 합니다. 그 곡물도 전부 쌀이 아니고 주로 밀가루, 강냉이 등의 잡곡입니다. 그 식량으로 그들이 한 달을 연명하고 사는 방법은 산이나 들에 나가서 뜯어온 각종 나물들을 섞어서 멀건 죽을 끓여 하루에 두 끼 정도 먹는다는 것입니다.

그러나 이런 형편도 봄부터 가을까지에 한합니다. 겨울이 닥쳐오면 북한 주민들의 삶이란 그야말로 극한상황에 이르게 됩니다. 산이나 들에도 먹을 것이 없고, 방 안을 덥힐 연로가 없고, 몸에 껴입을 의류도 부족합니다. 북한 주민들 중 아사자가 겨울에 급증하는 것은 세계가 다 아는 일입니다. 저는 지금 북한을 비난하거나 헐뜯으려고 하는 이야기가 아닙니다. 정치나 이념을 넘어서 북한 동족들이 겪는 이런 고통과 배고픔을 우리가 그리스도인이라면 좀 알아야 하겠다는 것입니다.

요즘 세계에 불어 닥친 불황의 파도는 재미 동포들의 삶에도 추위를 몰아오고 있습니다. 그래서 어떤 이들은 '나 살기가 어려운데 언제 북한 동포를 생각하겠느냐' 고 할 분도 있을 것입니다. 그러나 어려움에도 정도가 있습니다. 북한 동족들의 어려움은 우리가 겪는 어려움에 비교가 안 되는 극한적인 고통이고 원초적인 배고픔입니다. 북한 민간 지원단체들은 북한의 세관 폐쇄가 오래가지 않을 것으로 보고 있습니다. 북한의 가을 수확이 바닥이 나는 연말이나 연초쯤에는 북한 지원이 가능해지리라고 보는 게 민간 지원단체들의 견해입니다. 더 이상 북한이 입국을 폐쇄하면서까지 북한 주민들의 배고픔을 억제하기 힘들게 될 것이고, 국경 봉쇄도 그렇게까지 끌지 않으리라고 보기 때문입니다.

요즘 우리는 추수감사절을 맞이하고 있습니다. 지난 일 년간 하나님께서 우리 삶에 더해 주신 수확과 축복을 감사하는 시간입니다. 그러나 감사란 무엇입니까? 더구나 하나님께 드리는 감사란 무엇입니까? 그 감사는 말로 하는 것도 아니고, 친척이 모여 앉아서 칠면조 고기를 나누며 즐거운 한때를 보내는 것도 아닙니다. 진정으로 하나님께 드리는 감사는, 내 불행한 이웃을 돌아보는 것이라고 하겠습니다. 이런 때 불행하고 굶주리는 내 동족들을 위하여 작은 성의라도 보태거나, 내 동족을 위하여 드리는 진정어린 기도가 하나님께 대한 우리의 감사가 되는 것이 아니겠습니까?

불행한 내 동족을 생각하는 것, 그리고 그들을 향하여 내 손을 내미는 것, 그것은 어느 특정한 사람들의 해야 하는 일이 아닙니다. 오늘 나의 씀씀이를 조금씩 아껴서 내 동족들을 위해 북한 지원 민간기구에 보내주시는 일은 누구나 할 수 있고, 또 해야 할 일입니다. 우리가 그럴 수 있을 때, 우리는 의식을 가진 사람이고, 진정 추수감사절을 감사로 보낸다고 할 수 있을 것입니다. 그리고 우리가 그럴 수 있을 때 우리는 우리 자신을 위하여 하나님의 도움을 떳떳하게 요청할 수도 있을 것입니다.

추수감사절을 맞으면서 고아 지원을 해 오는 사람이 가지는 생각의 일단입니다.

인자가 올 때에
세상에서 믿음을 보겠느냐

누가복음
18장 8절

3

신앙,
그 아프고
행복한 길

송순태 시와 에세이

낭떠러지

내가 말해온 모든 언어가 부끄러워지고 있습니다

내가 써 내려온 모든 문장이 헝클어지고 있습니다

세상을 향하여 자욱했던 내 생각들이 부질없어지고 있습니다

그렇습니다

당신은 내 존재의 낭떠러지

이제야 당신께서 제 가까이 오신 듯 싶습니다

자라는 나무 / 종이 오리기
〈Sonu Amelia Kim 2007 / 4세〉

단애의 낭떠러지 끝에 당신은 서본 적이 있는지 모르겠습니다.

저는 어떤 물리적인 공간의 낭떠러지보다는 이민생활 중에 아슬한 삶의 낭떠러지에 서는 일이 더 많았습니다. 그러나 무엇보다도 자기 존재의 낭떠러지를 만나는 일만큼 아슬아슬한 일이 어디에 있겠습니까? 진정으로 신 앞에 서는 일이란 그런 낭떠러지라고 생각합니다.

이런 그리스도인

그는 늘 조금 부끄러운 듯합니다. 단체사진의 맨 뒷줄에서 항상 반쯤 얼굴이 가려진 채 서 있는 사람처럼. 그러나 그는 자신의 견해를 밝혀야 할 입장이 되면 단아하고 조용히, 그리고 조리 있고 깊이 있게 말할 수 있는 지성을 갖춘 사람입니다. 그래서 그 약간의 부끄러운 듯한 모습은 어떤 수치심 때문이 아니고 섬세한 감성 때문인 사람입니다.

그는 가난하더라도 깨끗하고 단정하며, 부유하더라도 검소하고 겸손합니다. 그는 언제나 읽고 배우면서도 아는 것의 30%쯤은 남겨두는 사람. 그럼으로써 금방 인격이나 지성의 바닥이 드러나지 않는 사람. 그는 누구에게나 선한 이웃이 되려고 합니다. 타 종교의 사람을 만나더라도 성급히 달달 외운 성경 구절부터 말하지 않음으로써, 하나님 말씀의 품위와 가치를 높이는 사람. 그러나 포근히 적시는 그리스도인의 따뜻함과 함께 자신의 믿음을 이야기할 줄 아는 사람. 그럼으로써 그는 진정으로 타인의 영혼의 무게를 인정할 줄 알며, 또한 자신이 가진 인격의 중량을 실어서 하나님의 진리를 이야기할 줄 아는 사람입니다.

그는 자신의 신앙을 맑고 깊게 다듬어 간직하면서도, 결코 도달할 수 없는 어떤 완성을 향하여 부단히 노력할 뿐, 자신의 작은 깨달음을 계시나 받은 것처럼 타인에게 목소리를 높이지 않는 사람. 그러나 회의적이고 냉소적이지 않고, 무게 있고 뜨겁게 믿음의 불꽃을 깊숙이 간직한, 더운 체온의 사람.

그는 성경을 머리로 외우기에 앞서서 마음으로 읽을 줄 아는 사람입니다. 상투적인 문장을 외우듯 기도하지 않고 날마다 자기의 절실한 문제들을 진실한 언어로, 남몰래 눈물을 닦아가며 기도하는 사람.

그는 교회에서 조용히 자기 자리를 지키고, 자기 몫을 감당합니다. 그는 분수에 넘치지도 않고, 그러나 결코 인색하지 않게 희생헌금을 과시하지 않고 남모르게 드릴 줄 압니다. 그리고 교회의 일이란 고집이나 주장으로 하는 게 아니고, 부드럽고 화목하게 해야 된다는 것을 아는 사람, 그래서 먼저 하나님께서 일하시도록 기꺼이 자리를 비워드리는 사람입니다.

그는 자기 아이를 교회행사 맨 앞줄에 세우려고 애쓰지 않습니다. 그러나 자녀들에게 믿음과 사랑을 대화로서 깨우쳐줄 줄 아는 사람. 자기 아내나 남편을 공개적으로 편들지 않고, 또 공개적으로 비난하지 않는 사람. 그의 가족들이 언제나 정서적으로 안정된 것은 보이지 않는 양보와 관용의 미덕을 가정 안에서 실천했기 때문인 사람.

그는 신앙의 유행병에 걸리거나, 말씀의 패션쇼에 뛰어다니지 않습니다. 하나님의 말씀은 인간의 재간 있는 말솜씨를 초월하고 있으므로 누구를 통해서 설명되든지, 스스로 무게와 가치를 지닌다는 것을 그는 알고 있기 때문입니다.

그는 많은 무리들이 모인 부흥회 시간에는 뛰어난 믿음의 투사가 된 듯하다가, 혼자의 시간, 외롭고 고통스런 시간에는 제풀에 넘어지는 믿음의 패잔병이 되지 않습니다. 그는 하나님의 따뜻한 위로, 한없는 사랑, 풍부한 은혜, 그리고 강력한 능력의 손길에 자신을 온전히 맡기는 사람입니다.

저는 이런 그리스도인이 되고 싶습니다.

실천하는 믿음

우리가 맞이하는 금년(2012년)의 5월은 어수선하기만 합니다. 최근의 보도에 의하면 지난 4월 일본의 해안에 전례 없는 무수한 해파리가 몰려들어 주민들을 놀라게 하였습니다. 주민들은 이런 현상이 또 한 번의 대지진을 경고하는 징후가 아닐까 하고 걱정이 대단하다고 합니다. 또 호주에서는 지난 3월 18일 중서부에 위치한 브로큰힐에 수백만 마리의 귀뚜라미 군단(army of crickets)이 나타나 도시를 거의 초토화시켰다고 합니다. 또 일 년 내내 기후가 좋은 탄자니아에서도 3월 초부터 비를 기대하였지만 5월 현재까지 비가 내리지 않아서 농민들은 일손을 놓고 한숨짓고 있다고 합니다. 미국에서도 루이지애나 주에서 새 5,000여 마리가 떼죽음을 당한 데 이어, 캘리포니아 중부 벤추라 항구에서 지난 4월 18일, 물고기 떼가 벤추라 항구로 몰려와 물 위로 떠올랐는데, 이 떼죽음을 당한 물고기는 약 6톤에 달하는 것으로 알려졌습니다. 또 미국 아칸소 주 비브에서는 찌르레기 등 새 3,000여 마리가 떨어져 떼죽음을 당하는 이상한 현상이 잇따라 발생하였습니다. 우리나라 한국도 예외가 아닙니다. 한국의 기상청 발표에 따르면 울산 앞바다에 지난 3월 19일부터 27일까지 불과 9일 사이에 5차례의 지진이 발생하였다고 합니다. 기상청 관계자는 1978년 처음 지진이 관측된 이래, 작년까지 3.0 이하의 지진이 총 13차례 관측되었으나 이번처럼 짧은 기간에 지진이 잇따른 적은 없었다고 하였습니다. 학자들은 한국인들이 이를 무시할 경우 일본 후쿠시마 피해를 능가하는 재해를 당하게 되리라고 경고하였습니다.

저는 지금 지나간 옛날이야기를 하는 것이 아니라 금년 5월 초 현재, 지구의 곳곳에서 일어나고 있는 자연재해의 암울한 전조들을 이야기하고 있습니다. 세계에서 일어나고 있는 이런 이상 현상을 일일이 언급하자면 이 작은 지면으로는 불가능하다 하겠습니다. 자연과학자들은 이런 현상의 원인을 지구의 온난화에서 찾고 있습니다. 지구가 더워지는 원인은 인류가 쏟아내고 있는 이산화탄소 때문입니다. 그리고 그 이산화탄소의 70%가 소위 선진국들의 대도시들에서 배출되고 있다고 합니다. 멀리 갈 것이 뭐 있겠습니까? 온난화 현상은 바로 이 글을 쓰고 있는 필자와 이 글을 읽는 독자 여러분이 생활현장에서 쏟아내는 자동차 배기가스와 쓰레기 때문이라는 말입니다. 그러니까 타인에게 책임이 있는 것이 아니고 바로 나에게 책임이 있습니다.

지난 4월 필자가 출석하는 오리건 재림교회의 교우들은 예배 후 파틀락 시간에 사용하는 수백 개의 종이접시를 쓰레기로 버리지 않기 위하여, 씻어서 다시 사용할 수 있는 접시를 각자 집에서 성경 가방에 넣어 가져오기 시작하였습니다. 이 접시로 식사를 받아와서 먹은 후에, 식사 중에 사용한 종이 냅킨으로 닦아서 집으로 가져가 씻어두었다가 다음 주일에 또 가져와 사용하자는 것입니다. 처음에는 종이접시의 대량 소비가 오히려 미국의 경기를 돕는 것이라고 역설적인 이론으로 반대하는 교우들도 있었지만, 번거로움을 무릅쓰고 접시를 가지고 오는 교우들이 점차 늘어나고 있습니다. 모든 교우들이 이를 실천하게 되는 날, 점심 후에 대여섯 개의 대형 쓰레기 백으로 음식물과 종이접시가 버려지는 일이 줄어들 것입니다. 사소한 일이지만 지구의 온난화를 막으려는 그리스도인들의 작은 노력이라 하겠습니다.

신앙이란 말로만 떠벌리는 관념이 아니라, 비록 작은 일이라도 자기의 믿음을 실천하는 데 있습니다. 설령 우리 그리스도인의 노력이 지구온난화를 막지 못하여 인류의 멸망을 맞이한다고 하더라도, 이런 그리스도인들은 하나님과 역사 앞에서 부끄럽지 않을 것이라는 생각입니다. 지구온난화가 인류의 종말을 위협하는 오늘, 말만 하는 그리스도인들이 아니라 작은 일에서도 자기 믿음을 실천하는, 그리스도인들의 신실함이 요청되고 있습니다.

언덕 높이

당신은 아주 높은 산에 오르지 않으셨습니다
그냥 낮은 언덕을 오르내리셨지요

낮은 사람들과 손잡을 수 있는 높이
그러면서도 여러 얼굴이 환히 보이는 높이

연약한 사람들의 고개가 아프지 않은 높이
비천한 사람들이 고개를 들어도 부끄럽지 않은 높이

당신은 작은 언덕을 오르내리셨지요
초월하시는 것이 아니라 임재하시는 높이
과시하시는 것이 아니라 이끌어주시는 높이
고행이 아니라 즐거운 높이

당신을 따라 수많은 언덕을 오르내리는 사이에
어느덧 사람들을 당신 집에 이르게 하는 높이
어느 누구도 피곤하지 않고 도달하게 하는 높이

손과 새 / 그려서 오려 붙이기
〈Sonu Amelia Kim 2007 / 4세〉

언덕이라고 말하면 마음이 편합니다. 대개 언덕은 그다지 높지 않아서 그 앞에 서는 사람이 부담을 느끼지 않기 때문입니다. 험준한 산맥이나 동네 뒷산이라 하더라도 산은 산이라는 이름으로도 우리에게 높이의 중압감을 안겨줍니다.

언덕 같은 분을 생각합니다. 우리 보통 사람들과는 존재의 높이를 다르게 하지만 그러나 압도하는 높이가 아니라 서로 손잡을 수 있는 높이로 낮은 사람들에게 위압감을 주지 않는 부드러운 인격의 높이! 우리는 그런 분이 좋습니다.

진화론과 창조론

솔직하게 말씀을 드리자면, 저는 교회가 설명하는 창조론을 과학적 이론으로 생각하지 않았습니다. 성경의 첫머리에 기록된 창조 이야기를 과학적 방법으로 변증하려는 것은 첫 단추를 잘못 끼우는 것이라고 생각했습니다. 하나님께서 말씀으로 천지 창조를 이루어 내셨다는 것은 태초의 인간에게 세상의 온갖 사물의 질서를 갖추어 인식하게 하셨다는 정도로만 생각했습니다. 김춘수가 그의 시 「꽃」에서 "내가 그의 이름을 불러 주기 전에는 그는 다만 하나의 몸짓이었다. 내가 그의 이름을 불러 주었을 때 그는 내게로 와서 꽃이 되었다"고 표현하는 대로 하나님께서는 사물의 이름(언어/말씀)을 불러주심으로 인간이 사물의 존재를 인식하도록 하셨다고 보았습니다. 이름을 모르는 사물은 우리의 의식에 존재하는 것이 아닙니다. 사물의 그 어느 하나가 이름을 가질 때만 그것은 내 인식 속에 탄생한다고 봅니다. 그래서 창세기 말씀의 창조는 우주의 존재에 질서를 부여하시고, 이름을 붙여 인간의 인식 안으로 넣어주셨다고 보았습니다. 그것이 창조였고, 방법은 말씀이었습니다. 그래서 하나님의 창조는 신앙적 차원에서 이해해야지, 물리적, 과학적인 방법으로 변증하려는 것은 무리라고 보았습니다.

헌데, 저는 최근에 두 권의 책을 읽고, 제 생각을 고쳐 가져야 하겠다고 생각했습니다. 한 권은 『왜 종교는 과학이 되려 하는가?』이고, 또 한 권은 『우주와 생명의 기원/Origin』입니다. 『왜 종교는 과학이 되려 하는가?』라는 책은 제리 A. 코민이라는 시카고 대학 생태진화학 교수를 비롯한 열여섯 분의 생물학, 물리학 교수들의 논고들을 엮은 것이고, 『우주와 생명의 기원』은 로마린다 대학의 생물학 교수 아리엘 A. 로스 교수가 집필한 책이었습니다.

짧은 지면에서 결론부터 말한다면, 이 두 권의 책을 읽으면서 그동안 저 자신이 일반 사람들과 같이 가지고 있던 진화론에 대한 신뢰와 호감이 많이 떨어지는 반면에 하나님의 창조를 단순하게 인식론 정도로 생각해서는 안 되겠다는 생각을 하게 되었습니다. 그 이유는 『왜 종교는 과학이 되려 하는가?』에서 말하는 16명의 과학자들이 그들이 과학이라고 말하는 진화론에 숱한 문제와 증명 불가능한 연결고리들이 많이 있음에도 불구하고, 문제를 논하는 태도가 너무나 오만하다는 것입니다. 마치 진화론이 아니면 어떠한 과학도 존재할 수 없다는 식의 논리가 저를 실망시켰습니다.

지난 200년간 다윈에 의한 진화론이 과학사에 기여해 왔다고 해서, 진화론만이 과학이라고 단정할 수는 없는 것입니다. 아인슈타인의 우주방정식에서 출발한 "빅뱅" 이론이란 것도 일반인들은 접근도 못할 정도로 어렵고 대단해 보이지만 최근 영국 BBC에서 방송했다는 "빅뱅"을 둘러싼 과학자들의 논쟁 다큐멘터리에서는 한 과학자가 "빅뱅이요? 그런 건 없습니다."라고 잘라 말했다고 합니다. 과학이론에 절대 영역이란 없습니다. 인간의 지식이라는 것이 우주의 넓이에 비하면 바닷가의 모래 한 알갱이 같은 것이 아니겠습니까? 그래서 독선적인 이론은 그 자체가 이미 허점을 가지는 것입니다. 『왜 종교는 과학이 되려 하는가?』에서 열여섯 분의 과학자들이 진화론이 아니면 인류가 퇴보라도 하는 것처럼 독자를 위협하는 그들의 논지가 그 책을 읽은 나를 실망하게 하고, 불쾌하게 하였습니다.

반면에 로마린다 대학 생물학 교수 아리엘 A. 로스 교수의 『생명의 기원』은 독자들에게 친절하게 창조와 진화의 제반 문제를 서술해 줌으로써 일반인들이라 할지라도 콧대만 세우는 과학자들을 검정할 수 있도록 과학적 자료를 제공해 주었고, 하나님의 창조를 다시 생각하게 하였습니다. 진화론을 받아들이는 미국인이 35%인 반면에, 하나님의 창조론을 받아들이는 수는 45%라고 합니다. 여론조사에서 학교가 진화론과 창조론을 동시에 가르치게 하자는 미국인 수가 3분의 2를 넘었다면 그것은 무엇을 말해 주는 것일까요?

누군가 자기 주장을 할 때, 지금 내가 주장하는 이론이 아무리 대단하다고 할지라도 시간 속에서 다시 비판되고 반박되어서 폐기되거나 수정될 수 있다는 사실을 분명히 염두에 두어야 합니다. 따라서 오만한 태도는 금물이라고 하겠습니다. 역사적으로 모든 철학이론과 과학이론들이 시간 속에서 부침을 거듭하여 왔습니다. 아무리 혁명적인 이론이라도 역사와 시간 속에서 비판되었고 오류가 나타났습니다. 그러므로 자신이 신뢰하는 이론을 설명하더라도 비판이 따른다는 것을 생각하고 그는 논증에 앞서서 겸손해야 하는 것입니다.

창조론과 진화론은 아직 현재 진행 중에 있습니다. 어느 것이 우세해 보인다고 해서 그 이론이 절대 진리라고 자만할 수는 없습니다. 우리는 아직도 시간이란 무엇인지, 생명이란 무엇인지, 우주란 어떤 것인지… 등등에서 절대지식을 가지기에는 너무나 한계가 많은 인간이기 때문입니다.

그리운 우리 교회

우리 교회는 건물을 크고 웅장하게 꾸미는 데 큰돈을 들이지 않습니다. 누가 와서 예배를 드리더라도 불편하지 않고, 또 안정감을 주는 정도의 건물이면 만족하게 생각합니다. 위생적인 환경, 검소하지만 깨끗한 실내, 통풍이 잘되는 창문, 의자는 예배 시간에 앉아 있기가 불편하지 않을 정도입니다. 더구나 음향 시스템이 발달한 요즘에 그다지 필요하지 않은 거대한 파이프 오르간이 십자가보다 더 번쩍이면서 강단 전면을 차지하도록 하는 일은 없습니다. 강단은 예배석보다 낮습니다. 그래서 설교자를 바라보는 예배자들의 시선이 피곤하게 올려다보지 않고 편하게 내려다보도록 만들어져 있습니다. 강단의 높이가 설교자의 권위와 관계가 없다는 것을 알고 있습니다. 강변 언덕에 모여든 한 무리의 군중과 그 아래쪽 호수에 배를 띄우고 설교하시던 예수님 모습이 연상되는 예배당이면 족한 것입니다.

우리 교회 목사님은 박사학위 가운 같은 것을 입지 않습니다. 비싼 양복은 아니지만 단정한 보통 옷차림으로 강단에 서며, 교인들보다 뒤어난 신분인 척 하지 않습니다. 목사님은 신실하고 긍정적이며, 풍부한 눈물과 겸손, 강인한 자기 절제, 그리고 끊임없이 기도하는 목회자입니다. 그분의 설교 목소리는 웅변가처럼 변성된 높은 톤이 아니라 보통 대화할 때처럼 차분합니다. 그러나 그분의 설교는 오랜 기도와 깊이 있는 연구를 통하여 예수님의 사상과 삶을 바르게 해석하고 실천 가능하게 우리에게 전달하여 줍니다. 그래서 그분의 설교는 봄비처럼 우리의 가슴을 감동으로 적시고, 예배를 마치면 모든 교우가 예수 그리스도를 뵙고 오는 것 같고, 그리고 예수님의 가르침으로 바르게 살아야 하겠다는 각오로 가슴 벅차오릅니다. 우리는 그 강단이 목사님의 말솜씨로 꾸며지는 것이 아니라 진정으로 그리스도인답게 살려는 목회자와 교우들 위에 내리는 신의 은총으로 채워져 있다는 것을 의심하지 않습니다.

우리 교회는 신자들이 자기 삶에 충실하도록 이끌어줍니다. 새벽 기도회 시간이 아침 출근이나 자녀들의 등교에 지장을 받지 않도록 배려하며, 구역예배, 제자훈련, 성경탐구, 새신자모임, 기도모임 등으로 교인들이 한 주일 동안 쉴 사이가 없도록 하지 않습니다. 성경은 신자 각자가 자기 신앙을 위하여 읽도록 장려하지만 그가 얼마나 성경을 읽었는지를 드러내놓고 과시하게 하지 않습니다. 그 대신 교우들 간에 진정으로 애정이 깃든 교제가 가능하도록 도와주고, 교우 간에 일어나는 관계의 문제는 예수님 같으면 어떻게 처신하셨을 것인지를 생각하게 함으로써 이해의 길을 열어나가게 합니다. 그리고 도움이 필요한 교우들이나 어려운 이웃은 목사님이 아무도 모르게 도울 수 있도록, 그래서 도움을 받는 사람이 수치심에 빠지지 않도록 세심한 배려와 대책을 가진 공동체입니다.

우리 교회는 유명도나 물질적인 것으로 사람의 가치를 저울질하거나 대우하지 않습니다. 사장님이나 평사원이 함께 예배에 나와도 신분을 고려할 필요가 없도록 서로를 인격적으로 대하고 사랑합니다. 따라서 우리 교우들은 마치 우리가 하나님의 나라에 함께 사는 사람처럼 행동하는 것을 연습하고, 그것이 우리의 제2의 천성이 되도록 부단히 노력합니다. 우리는 형제간의 따뜻한 교제가 우리가 살아가는 세계를 구원하는 실천적 길이 된다는 것을 알고 있습니다. 그래서 하나님의 나라는 말이 아니라 삶을 통해서 전파된다는 것도 잘 알고 있습니다.

우리 교회는 헌금을 교인 스스로 즐겨 내도록 부담을 주지 않습니다. 그리고 그 헌금이 얼마나 좋은 일에, 또 얼마나 투명하게 사용되는지를, 교우들로 하여금 잘 알게 합니다. 우리 교회는 매 주일 헌금의 50% 정도를 지역 노인과 고아원, 그리고 어려운 이웃을 돕는 데 사용합니다. 그래서 지역사회는 우리 교회가 거기에 있는 것을 복되게 생각합니다.

또 목회자의 보수란 생활을 꾸리는 정도면 족하다는 담임 목사님 스스로의 요구에 의해서 보통 회사원의 봉급 수준입니다. 그리고 담임 목사와 부목사의 월급에 큰 차이를 두지 않습니다. 목회자의 생활이란 담임 목사와 부목사의 수준이 비슷하기 때문입니다. 이렇게 우리 교회는 교회의 쓰임새를 절약하여 어려운 이웃에게 주는 도움을 확대하는, 그래서 즐겨 예배에 참석하는 사람과 드리는 헌금이 점점 많아지는 교회입니다.

우리 교회는 모든 교우가 한 주일 내내 그리워하는 교회입니다.

밤하늘을 보며

낮에는 세상이 보이고
밤이면 별이 보입니다

낮에는 세상이 가득 차 있고
밤에는 하늘이 가득 차 있습니다

낮에는 변하는 것들이 보이고
밤에는 불변의 것들이 보입니다

낮에는 가까이 있는 것들이 보이고
밤에는 아득히 먼 것들이 보입니다

아, 알겠습니다

눈을 뜨면 덧없는 내가 보일 뿐
내가 어두워진 후에야
영원한 당신을 뵙게 된다는 것을

햇빛 좋은 날〈Sonu Amelia Kim 2008 / 5세〉

밝은 낮이라고 해서 모든 것이 보이는 것은 아닙니다. 어두워진 후에야 보이는 것들이 있습니다. 놀랍게도 밤이 되어야 우주 멀리 있는 것들이 보입니다. 역설이 아닐 수 없습니다. 사람이 진정 가치 있는 것을 바라볼 수 있으려면 자신을 어둠 속에 묻어야 한다는 것을 깨닫습니다.

신앙에도 유행이 있는지…

한때, 미국의 그리스도인 사이에서 "WWJD"라는 약어가 유행(?)한 적이 있었습니다. 팔찌에 이 글자를 새겨서 끼고 다니기도 하고, 티셔츠에 프린트하여 입고 다니는 젊은이들도 있었고, 자동차 뒷 유리에 이 약어를 붙이고 다니기도 하였습니다. 이 약자의 원문은 "What Would Jesus Do"라고 합니다. 우리말로는 "예수님이라면 어떻게 하셨을까?" 쯤으로 번역할 수 있으리라 생각합니다. 그러니까 이런 글자를 붙이고 다니는 뜻은 자기가 무슨 생각이나, 어떤 행동을 해야 할 때, 예수님은 그런 경우에 어떻게 생각하시고, 어떤 행동을 하셨을까를 상상해 보고, 자신도 예수님처럼 살고 싶다는 표현으로 볼 수 있겠습니다. 그것이 실천 가능한 일이냐 아니냐를 떠나서 어떤 사람이 예수님처럼 생각하고 행동하고 싶어 하는 바람을 가지는 것은, 참으로 가상한 일로 생각할 수도 있겠습니다.

하지만, 신앙이란 밖으로 표방하여 떠들고 다닌다고 해서 되는 것이 아닙니다. 쉽게 생각해서, WWJD를 써 붙이고 다니게 되면, 그런 "예수처럼"의 생각이나 행동이 실행될 수 없을 경우, 또한 그 반대행위를 저지르게 될 경우, 스스로의 자괴감은 말할 것도 없고, 타인에게 비난이나 야유를 받을 일만 커지게 됩니다. "WWJD"라는 글자를 아무리 써 붙이고 다녀도, 실제로 예수님처럼 생각하고 행동한다는 일은 거의 불가능한 일입니다. 진정으로 신앙하는 사람들은 이미 이런 자기 부족을 잘 알고 있습니다. 그러므로 신앙은 어떤 경우든지 내세우고 떠들 일이 아닌 것입니다.

그런데도 신앙 공동체나 교계에서는 유행의 바람이 많이 붑니다. 한때는 "제자화" 바람이 불고, 한때는 "성령운동" 바람이 불고, 또 한때는 "치유집회" 바람이 불었습니다. 또 "성전 짓기" 바람이 불고, 또 한때는 "구역반" 바람이 불고, 또 한때는 "말씀 암송" 바람이 불었습니다. 또 한때는 "선교여행" 바람이 불었고, 또 한국 교계에서는 "북한 돕기" 바람도 불었습니다. 이런 바람이 불 때는 모든 교회들이 너도 나도 여기에 쏠려서 법석을 떨곤 하였습니다. 그러나 지나놓고 보면, 그 모든 일들이 진정으로 "예수처럼"이 되려고 했던 일이라기보다, 그 한때를 휩쓸고 지나가는 "유행의 바람"으로 끝나는 일이 되곤 하였습니다. 그래서 신앙이란 떠들고 법석을 떨어야 할 일이 아닙니다.

이와는 달리 신앙공동체는 그 사회와 국가 안에서 굳건히 서서 자기 표현을 분명히 해야 할 때가 있습니다. 그것은 부패한 사회에서 정직을 수행하는 것이고, 전체주의와 기계화 사회에서 인간성을 지키는 것이고, 향락과 부도덕의 사회에서 절제할 줄 아는 것이고, 황금만능의 물결에서 가난한 이들을 지키는 것입니다. 문제는 이러한 역할을 아무 곳에서나 획일적, 한시적으로 하는 것이 아니라 그 부조리가 있는 곳마다 필요에 따라 다양한 모습으로 교회가 끈기 있게 일해야 한다는 것입니다. 가난한 지역의 청소년들이 폭력과 마약으로 빠져드는 곳에서 교회가 해야 할 일은 "말씀 암송"이나, "성전 짓기", 혹은 "구역반" 활동보다는 "구제 활동"과 "청소년 지도"가 바람직하다고 보겠습니다. 혹은 도심의 아파트 지역처럼 거주자들의 익명성이 강한 지역에서는 "구역반" 활동으로 따뜻한 인간관계를 일깨우는 교회활동이 바람직하겠습니다. 이렇게 교회가 "남 따라 강남 가는" 자세에서 벗어나 그 지역사회에서 필요로 하는 자기 역할을 조용히 적시는 이슬비처럼 감당한다면, 그 교회야말로 진정으로 "예수님처럼" 활동하는 교회라고 할 수 있겠습니다.

신앙하는 일에 있어서 유행을 따르는 일은 그 사람이나 공동체의 내적 진실이 허술하다는 증거라 하겠습니다. 조금만 생각해도 누구나 알 수 있습니다. 사람의 삶이나 공동체의 현실이 획일적으로 같은 게 아닙니다. 모두 저마다 다른 특성과 다양한 형태를 가집니다. 그런데 어떻게 남이 한다고 나도 따라할 수 있겠습니까? 그 유행이란 것에 따라다니다 보면 그 종착이 허무해지기 일쑤입니다. 우리의 믿음, 예수를 따르는 일이란 유행보다는 사랑이고, 희생이고, 겸손이어야 한다고 봅니다. 그중에 제일은 겸손이지 싶습니다. 신앙하는 사람이 겸손하면 자기 자신이 보이고, 나름대로 자기 할 일이 보이고, 도와야 할 이웃이 보입니다. 그래서 겸손은 우리를 유행에 부유하지 않게 하고, 신실하고 다양한 신앙을 이루게 합니다.

당신들은 나를 누구라 하십니까

그리스도인들에게 예수님이 누구시냐고 물으면 대개는 “메시아”, “구원자”, 혹은 “나의 희망”, “나를 이끌어주시는 분” 등등으로 대답합니다. 다분히 교의적이거나 추상적인 예수관을 가지고 있음을 보여줍니다. 이런 현상은 그리스도인들에게 하나의 맹점이라 하겠습니다. 흔한 표현으로 예수 믿는 사람이 정작 예수님에 대하여 투명한 상을 가지고 있지 못하다는 것은 아이러니가 아닐 수 없습니다. 구약과 신약 모든 기록과 사건과 인물들은 예수님을 더 분명하게 부조시켜주는 그림자라고 할 수 있습니다. 그러므로 성경을 읽는 그리스도인이라면 그 기록 속에서 예수님을 자세하고 생생하게 이해하고, 그려내고, 보여줄 수 있어야 하지 않을까요?

복음서가 보여주는 인간으로 오신 예수님의 모습은 이렇습니다.

그분은 약 2,000년 전에 팔레스타인 나사렛이라는 촌에서 태어나셨습니다. 자라면서 성년이 될 때까지 정규 교육을 받는 대신 아버지의 생업을 따라 일을 하셨습니다. 흔히 사람들은 그분을 목수였다고 말하지만 그 목수라는 일이 요즘처럼 카펜터(carpenter)라는 전문적인 직업인이 아니라 간단한 도구로 가구를 만들고, 집도 짓고, 돌도 다듬어 이웃을 돕고 생계를 꾸리는 일이었습니다. 말하자면 그분은 노동자였습니다. 그러면서도 그분은 머리가 총명하셨습니다. 당시 서민들이 쓰던 아람어를 사용하면서도 성전에 들어가 히브리어 성경을 읽는 몇 안 되는 청소년 중에 한 분이셨습니다. 뿐만 아니라 그분은 당시 상류층에서 쓰던 헬라어도 능통하셨습니다. 또 아주 젊은 나이에 구약성경과 자기 민족의 역사를 꿰뚫어 아시고 기억하셨습니다. 신약 복음서의 곳곳에 그분의 언어실력과 해박한 역사관이 엿보이고 있습니다. 그러면서도 그분은 폭력을 싫어하셨습니다. "네 오른편 빰을 때리는 사람에게 왼편 빰마저 돌려대어 주어라"고 말씀하실 정도였습니다. 그러나 그분은 용기와 결단의 의지를 가진 분이셨습니다. 인간이 감당하기 힘든 고통과 시련을 피하지 않으셨고, 극단의 처형까지 용서로 받아들이셨습니다.

"할 만하시면 이 잔을 옮겨주소서. 그러나 아버지의 뜻대로 하소서"라는 그분의 마지막 기도는 인간적인 고통 속에서도 그분의 용기와 결단을 보게 합니다. 또 그분은 가난하셨습니다. 평생 한 벌의 옷으로 만족하셨고, 정해진 거처가 없으셨습니다. 자신이 가난하셨고, 가난한 자들과 함께 지내시는 것을 부끄러워하지 않으셨습니다. 그분은 각 사람의 처지를 배려하는 분이셨습니다. 타인의 고통을 이해하셨고, 겸손한 사람을 사랑하셨습니다.

그분에게는 신적인 권위의 모습도 있습니다.

한 번은 예수께서 제자들에게 "당신들은 나를 누구라고 보십니까?" 하고 질문하신 적이 있습니다. 그러자 베드로가 "주님은 그리스도시요, 살아계신 하나님의 아들이십니다"라고 답변했습니다. 예수님은 "내가 그 답변, 그 믿음 위에 내 교회를 세웁니다"라고 말씀하셨습니다. 그분 자신이 메시아로서 권위를 가지고 계심을 간접적으로 보여주시는 대목입니다. 그러나 그분은 하늘로 돌아가시면서 제자들에게 "여러분은 가서 뭇 사람들에게 내가 여러분에게 말하고 행동한 것을 가르쳐 따르고 지키게 하십시오"라고 하셨습니다. 예수님께서는 교회의 바탕을 하나님의 신적인 권위에 두지만, 개개인의 믿음의 알맹이는 우리와 동일하게 되셨던 당신, 그리스도 예수의 모습을 닮아가는 데에 두셨습니다. 교리 속에 화석화되어 있는 예수님을 바라보는 것이 아니라 내 삶의 현장에 어깨동무가 되어주시는 예수님을 발견하고 그 모습과 사상을 닮고 실천해 가는 일이 신앙의 핵심이라 하겠습니다. 인간이 되신 하나님을 만나야 믿음의 맥박이 뛰고 내 속에 진정한 생명의 더운 피가 돌게 됩니다. 그것이 하나님이 인간이 되신 이유이기도 하고 구원이라는 최종 과제의 과녁을 보여주시는 것이기도 합니다. 또한 하나님의 성육신은 우리 사람의 삶의 성령화를 요청하고 있습니다.

신이 인간이 되신 날, 크리스마스를 앞두고 생각해야 할 과제가 아닐까요?

실내등

세상이 춥고 어두울수록
너처럼 밝고 따뜻해지면 좋겠다

적적하고 외로운 사람들의 가슴에
가장 먼저 떠올라서 가장 나중까지 남는 사람아

모두 잠든 밤에도
혼자서 더 분명한 길이 되는 사람아

해가 지거나 달이 지거나 너처럼 여전히
낮은 촉수의 온화한 웃음이었으면 좋겠다

걸어온 마지막 길 끝에서도
기어이 환한 꿈이 되는 사람아

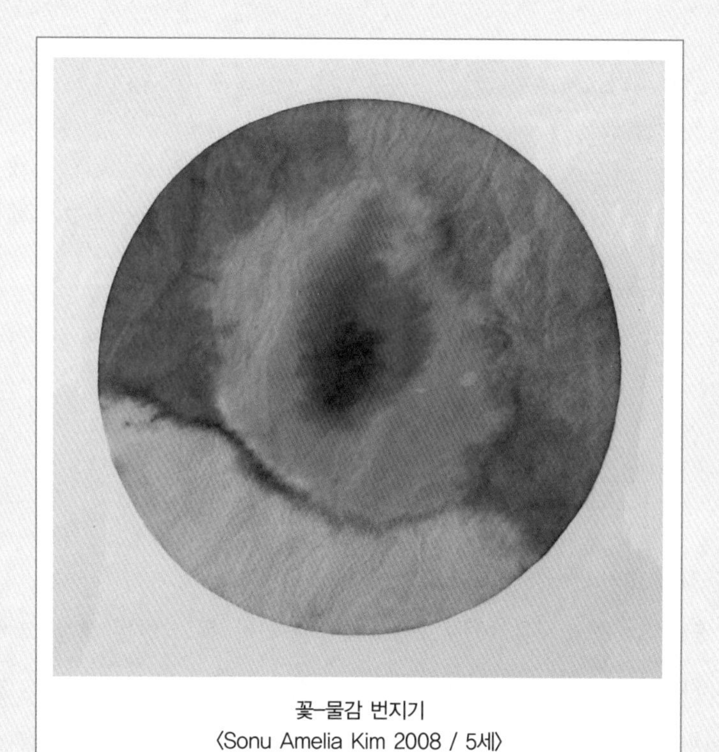

꽃-물감 번지기
〈Sonu Amelia Kim 2008 / 5세〉

등불이 밝기만 하다고 해서 제 기능을 다하는 것일까요? 아닙니다. 등불은 이름 그대로 등잔불 밝기로도 족한 것입니다. 너무 환하게 밝은 형광등 빛은 우리의 저녁시간을 행복하게 해주지 못합니다. 아늑한 불빛 아래에서 책을 읽거나 가족들의 얼굴을 분별할 수 있을 정도면 넉넉한 것입니다. 때로는 그렇게 따뜻한 실내등 같은 사람이 그리울 때가 있습니다.

겸손한 탄생

지난 10월 말에 있었던 일입니다.

금년 초에 필자는 여성 교우들에게 우리가 돕고 있는 북한 고아 1,600명에게 크리스마스 선물이 될 수 있도록 모자, 목도리, 양말, 벙어리장갑 등을 털실로 뜨개질하여 만들어 보내달라고 부탁하였습니다. 추위에 떠는 고아들에게 좋은 선물이 되리라 생각했던 것입니다. 그 호소를 들은 교우들이 정성껏 뜨개질한 물건들을 미주 전역에서 보내왔는데 자그마치 2,500점이 넘었습니다.

그러나 이것을 어떻게 중국 연길까지 운반하느냐가 문제였습니다. 짐 뭉치가 무거운 것은 아니지만 부피가 많았습니다. 생각다 못하여 밀폐시키는 비닐백에 넣고 공기를 빨아내어 부피를 줄였습니다. 그리고 이민 가방 크기의 커다란 백 3개에 담았습니다.

이것을 중국에 있는 현지 직원이 12월분 고아들 식량 지원을 위하여 가는 길에 가지고 가도록, 필자가 직접 항공편으로 중국 연길까지 운반해 가기로 하였습니다, 물론 그 물건을 전달하기 위해서 제가 직접 가는 것이 아니라 식량 구입과 제반 수속을 도와주기 위하여 제가 가야 하는 길이었습니다. 제 개인 휴대용품은 작은 손가방 하나로 줄여서 기내로 들고 들어가도록 하고, 문제의 3개의 큰 백에 넣은 것은 짐으로 부치도록 하였습니다. 한국 항공의 국제선에는 당시 한 승객이 2개밖에 짐을 가져갈 수 없으니까 하나는 초과 비용을 물고 가져가야 하였습니다. 하지만 고아들을 돕는 돈으로 그 운송비용을 지불하는 게 마땅하지가 않았습니다. 왜냐하면, 그 운반비용이 그 물건의 값보다 더 많기 때문이었습니다. 그 운반비로 중국에 가서 구입하여 주는 게 더 효과적이 아닐까 하는 생각마저 들었습니다. 그래서 가능하다면 항공사 측에 사정을 말하고 북한의 고아들을 위해서 한 번쯤 무료운송을 부탁해 보자고 마음먹었습니다. 그동안 이 항공 편을 필자가 20여 회 넘게 이용하고 있으니 단골 고객이라는 입장으로 봐줄 수도 있겠고, 또 우리나라 항공사로서 북한 동족의 불쌍한 고아들을 돕는 일이니까 사정을 좀 봐줄 수도 있으리라는 생각이 들었기 때문이었습니다.

그래서 필자는 땀을 흘리며 그 짐가방을 티케팅 테이블로 가져가서 어렵게 매니저를 만나고, 저간의 사정을 이야기하고 편리를 좀 봐주면 좋겠다고 부탁을 하였습니다. 그러나 그 매니저는 잠시 필자의 이야기를 듣더니 쓰다 달다는 말도 없이 안으로 들어가 버렸습니다. 처음에는 우리의 입장을 의논해 보기 위하여 안으로 들어가는 줄 알았습니다만 그게 아니었습니다. 항공표 티케팅을 하는 여성이 초과 비용 120불을 내든지 아니면 다음 손님을 위하여 비켜달라고 할 때에야 나는 그 매니저가 나를 상대할 가치도 없다고 보았고, 무시해 버리고 들어갔다는 것을 알았습니다. 필자는 그 순간 참으로 당혹스럽고 참담했지만 그런 기분으로 우물쭈물할 수가 없는 장소이고 시간이라서 하는 수 없이 비용을 내고 짐을 부쳤습니다.

필자는 70을 넘는 나이였지만, 내 생애에서 한 번도 나 자신을 위하여 항공사 직원에게 어려운 부탁을 해 본 적이 없었습니다. 그만한 이름 있는 존재도 아니었고, 또 흔한 말로 항공사 측에 어떤 연줄이 있는 것도 아니어서, 어떤 부탁을 한다는 것은 감히 엄두도 못 내는 평범한 승객에 불과한 존재였습니다. 그러나 이번에 이런 부탁은 굶주리는 내 동족, 북의 고아들을 위해서 작은 금전이라도 좀 아껴서 쓰자고 용기를 내본 것이었습니다. 그것은 한국 국적의 항공사이기 때문에 어쩌면 양해하여 줄 수도 있으리라는 기대감 때문이었고, 저로서는 교우들의 희생적인 애정을 전달하는 입장이니만큼 부끄럽지만 그만한 부탁을 해야 한다고 생각했습니다. 그러나 그 매니저는 아마 이런 부탁을 자주 들었는지 모르겠습니다. 하지만 그렇게 무례한 매니저도 내 평생에 처음 보았습니다. 편리를 봐줄 수는 없더라도 최소한의 예의로 편리를 봐줄 수 없다는 설명이라도 해 주는 것이 고객을 대하는 매니저 된 자세일 것입니다. 어쩌면 한 마디의 설명도 없이 안으로 사라져버릴 수 있는지! 그 스스로의 교양을 위해서라도 그럴 수는 없는 것이었습니다. 필자는 거절을 당하고 돌아서 나오는 내 뒷머리가 얼마나 부끄럽던지! 38년 동안 잡지사 기자로, 혹은 편집국장으로서 다양하고 많은 사람들을 만나며 일하여 오는 동안 이렇게 내 자신이 부끄럽고 초라해 보인 적은 처음이었습니다.

저는 지금 크리스마스를 앞두고 이 글을 씁니다. 만삭의 마리아와 요셉이 베들레헴이라는 언덕 마을에 저녁녘에 도착하여 고생스럽게 주막(inn)을 찾아 다녔지만 모두 거절당했습니다. 호적 등록을 하려고 여행객들이 많이 와 붐벼서 방을 구하기가 어려웠습니다. 그 대목에 관하여 어느 목사님이 해석하신 말이 생각납니다. 그때 여관 주인들이 하려고 마음만 먹었다면 그 만삭의 마리아 한 사람쯤 몸을 뉘일 방이 정말 없었겠느냐는 것이었습니다. 하지만 그렇지 않아도 모자라는 방 사정에 만삭에다가 형색이 초라한 부부를 받아들여서 무슨 덕이 있으랴 하는 생각으로 여관 주인들은 한결같이 거절하였으리라고 보았습니다. 영악스러움에 눈이 먼 사람들에게는 만삭의 여인을 보살펴줄 인정이 베풀어질 여지가 없었던 것입니다.

구원자로서 이 땅에 오신 아기 예수께서도 방 한 칸을 구하지 못해서 짐승들의 구유로 밀려나 탄생하신 것에 비하면 필자가 항공사에서 거절을 당한 것은 그렇게 부끄러워할 게 아니었다 싶습니다. 아니, 오히려 감사해야 하겠지요. 진정으로 우리 모두, 그리고 필자를 부끄럽게 하였던 항공사 매니저와 직원들까지 모두 하나님의 아들께서 그렇게 큰 겸손으로 이 땅에 오신 것에 대하여 마음 뜨겁게, 그리고 진정어린 감사를 드려야 할 뿐이었습니다.

이러한 하나님의 겸손이 하늘에는 영광이요 땅에는 평화였습니다.

우월주의와 예수 탄생

자기 우월적이고, 자기 중심적인 생각을 에고이즘(egoism)이라고 합니다. 스스로 우월하다는 생각에 한 번 사로잡히면 좀처럼 균형 있는 추리와 가치 판단이 어려워집니다. 역사적으로 우월주의는 역사학자나 철학자들이 역사의 무대에서 중요한 역할을 하는 주체가 특정한 민족, 특정한 지도자, 특정한 계급, 특정한 이념이라고 생각하는 데서 출발하였습니다. 그리고 이렇게 형성된 우월주의는 타인이나 타 민족을 역사 발전에서 별로 중요하게 생각하지 않고 일종의 도구처럼 함부로 취급하는 데에서 문제가 야기되었습니다. 고대 그리스의 천재들이 만들어내고 발견하여낸 학설과 이론으로 시작해서 근대 사상가에 이르기까지 서양 사상의 밑바탕에는 이 우월주의가 자리하여 왔습니다. 민족이든지 국가이든지 문화이든지 혹은 지역이든지 한 번 우월주의가 형성되면 그 폐해는 비참하고 오래갔습니다.

역사적으로 볼 때 고대사에서는 말할 것도 없겠고, 근대사에 이르러

게르만 민족의 우월성을 고집하는 히틀러의 인종 우월주의가 나타나게 되고, 600만의 유태인 학살과 함께 인류에게 2차 대전이라는 불행을 안겨주었습니다. 그리고 이어서 나타난 공산주의는 유물론적인 역사관으로 이룩되는 혁명이야말로 역사를 이끈다는 우월감에서 출발하여 신계급주의를 형성하고, 세계의 절반 지역에 사는 수많은 사람들을 숙청대상으로 몰아갔습니다. 21세기를 맞이하는 오늘에도 해결의 길이 보이지 않는 중동의 심각한 갈등현상도 이 민족 우월주의에 기초하고 있습니다.

그뿐이겠습니까? 오늘날 백인 우월주의는 세계의 곳곳에서 어두운 그림자를 드리우고 있으며, 옛날보다 조금도 못하지 않은 문화 우월주의, 경제 우월주의가 그렇지 못한 민족, 그렇지 못한 지역에서 착취와 탄압을 거듭하고 있습니다. 세계인의 굶주림과 비참한 삶이 대부분 이런 우월주의에 젖은 선진국들과 선진기업들의 이익추구에 비롯되고 있음을 웬만한 시력을 가진 사람들이라면 쉽게 알 수 있는 사실입니다.

종교사회도 예외가 아닙니다. 쉽게 말해서 그들은 어떤 민족, 어떤 인간을 등장시켜 신의 뜻을 수행하게 한다고 보는 것입니다. 이런 생각을 유신론적 우월주의라고 합니다. 이 유신론적 우월주의는 이스라엘 민족들에게 오랫동안 자신들이 이 세계를 리드하는 선민이라고 믿게 만들었습니다.

조금만 주의를 기울여 구약 성경을 읽어보면 이스라엘 민족은 처음에는 미약한 '하나님의 종'으로서 출발하지만 점차 세계를 이끌어가는 선민이라는 생각에 사로잡히게 됩니다. 이러한 우월주의의 함정에 빠진 이스라엘의 교만과 인간 평등의 도덕성을 찾아주시려는 하나님의 숱한 노력이 구약 역사에 점철되어 있습니다. 하나님의 뜻에서 벗어난 인간의 맹목적인 신앙의 독선, 그리고 이를 교정하여 주시려는 하나님의 포기할 수 없는 노력이 하나의 분수령을 이루는 곳이 예수의 탄생 사건입니다. 이 관점에서 보아야 우리는 왜 예수가 구약시대를 끝내고 이 땅에 오시고, 왜 하나님께서 인류에게 새로운 신약의 세계를 열어주시는지를 이해하게 됩니다. 우리가 성경 신약을 읽어보면 끈질긴 유대인들의 선민 고집과 이를 깨뜨리고 평등한 사람의 사회를 구현하시려는 예수 그리스도의 자기 희생의 노력이 서로 첨예하게 충돌하고 있음을 보게 됩니다.

어려운 교리나 교의를 논할 필요가 없겠습니다. 기독교는 인류 전체가 하나님 사랑의 대상이고 그 모두가 구원받아야 할 대상이라는 예수 사상에서 출발합니다. 그러한 도덕성을 인류가 회복하도록 하는 운동체가 기독교입니다. 하지만 아직도 이 세계 교회는 잘못된 유신론적 우월주의의 함정에 빠져 있습니다. 하나님이 원하시는 인간 평등의 도덕성 없이 내가 가진 종교, 내가 속한 교회, 내가 속한 민족, 내가 태어난 국가가 역사의 주역이 되어야 한다고 생각합니다. 그런 유신론적 우월주의에서 우리가 각성하여 빠져나오지 않는다면 세계는 숱한 전쟁과 분쟁, 피흘림과 파벌 싸움으로 이어져갈 것입니다.

오늘의 기독교가 어떤 사람들에게는 '개독교'로 비난받는 이유도 그리스도인들이 자기도 모르게 신앙 우월감 속에서 저지르게 되는 독선 때문일 것입니다. 하나님께서는 이런 선민주의에 빠져 있는 오늘의 세계에 인류평등의 도덕성을 되찾아주시기 위해 해마다 아기 예수로 다시 탄생하시고 우리에게 다시 찾아오십니다.

자기 우월감에 빠지는 위험에서 벗어나는 길은 예수와의 진정한 만남에서 출발합니다.

그리스도인들이 예수의 탄생을 해마다 깊이 되새겨 생각해야 할 이유가 여기에도 있습니다.

산을 오르며

산을 오를 때마다
함께 오르시는 당신을 생각하였습니다.

숨을 헐떡이면서
내 존재의 무거움을 알면서
나까지 당신의 무거운 짐이 되었다는 것을 깨달으면서
한사코 조금이라도 편하겠다고
당신에게만 끊임없이 매달려 왔다는 것을 깨달으면서
아직도 염치없이 더 매달리고 있다는 것을 깨달으면서
어쩌는 수가 없어 정말이지 죄송하면서

사랑해 강아지 / 그려서 오리기
〈Sonu Amelia Kim 2007 / 4세〉

등산을 하다 보면 대개 숨을 헐떡이게 되고 땀이 비 오듯 흐르면서 등에 짊어진 배낭의 무게가 버거워지고, 나중에는 자신의 몸무게마저 얼마나 부담스런 것인가를 알게 됩니다.

나는 가끔 신앙하는 일이란 이렇게 등산하는 거와 같다는 생각을 하곤 하였습니다. 때때로 내가 가진 것들이 신앙하는 일에 얼마나 무겁고 거추장스런 것인가를 자주 깨닫습니다.

예수 탄생과 그림자

따져보면 다 알 수 있는 일인데도 대부분의 분들이 그림자는 검은색이라는 관념에 머물러 있습니다. 그러나 만약에 그림자가 검은색이라는 생각을 가진 분이라면 그는 그림을 그릴 수가 없을 것입니다. 그림자를 검은색으로 칠하다가는 그림이 제대로 될 리가 없기 때문입니다.

그림자에 관한 우리의 잘못된 관념이 또 하나 있습니다. 그것은 실체가 나타나면 그림자는 사라진다는 생각입니다. 아마 무엇이나 실체가 중요하고 그림자는 허상일 뿐이라는 생각 때문일 것입니다. 그러나 이런 생각으로 역사를 보는 일은 위험합니다. 역사 현장에 드리워지는 어떤 전조나 징후를 그림자로 본다면 그 결과로 나타난 사건이나 현상을 실체로 보는 경우가 많습니다. 그리고 현실이 나타나게 되면 그 징후나 전조는 무의미해 진다고 생각하는 것입니다. 그래서 실체가 나타나면 그림자는 사라져야 한다는 논리가 성립됩니다. 그러나 그런 생각은 오류입니다. 실체가 있다면 반드시 그림자가 있어야 하고 그 그림자 때문에 실체는 더 뚜렷해 지고, 확실해 지고, 정확해 집니다. 만약 그림자가 사라진다면 틀림없이 먼저 실체가 사라졌을 것입니다.

저는 지금 예수님 탄생 이야기를 하려는 것입니다. 예수님의 탄생을 두고 성경의 구약은 예언적인 그림자이고 신약은 성취된 역사라고 생각하는 분이 많습니다. 그래서 예수님의 탄생이 실현된 이후에는 구약이라는 그림자는 사라져야 한다거나 그다지 중요하지 않다는 생각을 가지게 됩니다.

그러나 구약의 그림자가 사라져버린 예수님 탄생과 생애를 생각해 보십시오. 처녀가 아기 예수님을 낳았다는 신약의 사건 자체가 어불성설입니다. 처음에 천사로부터 하나님의 성령에 의한 메시아 잉태를 통고받았을 때, 마리아가 "나는 아직 남자를 모르는데 어찌 아기를 갖겠습니까?" 하고 반문하는 장면에서 일반적인 사람들의 의문이 엿보입니다. 하나님께서는 이때 구약의 예언과 약속을 통해 서 마리아와 그의 약혼자 요셉을 이해시키십니다.

만약에 구약이라는 그림자가 없다면 신약의 예수의 탄생은 한 처녀의 바람기의 결과일 것이고, 애굽으로의 피난은 처녀 해산의 비난을 피한 도망이 될 것이고, 예수님의 공중 봉사 생애는 한 젊은이의 사회운동 내지는 반정부운동으로 해석될 수밖에 없을 것입니다. 그러므로 구약의 모든 기록은 예수 그리스도의 탄생과, 생애와, 죽음을 이해하는 데 있어서 결코 떼어놓을 수가 없는 것입니다. 이 말은 구약의 부조적인 뒷받침 없이 예수님의 존재가 제대로 발현될 수가 없다는 것입니다.

그런데 문제는, 예수님의 탄생 사건이 오늘을 사는 그리스도인들의 마음에서 자꾸 희미해 지고 그 의미가 퇴색되는 데 있습니다. 크리스마스라고 해서 덧없이 축제 분위기에 들뜨는 일반 사람들은 차치해 두고라도, 오늘 그리스도인들까지도 예수께서 이 세상에 오시는 그 숙연한 의미를 그다지 심각하게 의식하지 않는다는 점입니다. 거기에는 구약에 대한 잘못된 그림자 무용론이 한몫을 한 게 아닐까요? 그래서 왜 예수가 오셔야 하였는지에 대한 이해가 모자라기 때문이 아닐까요?

예수의 탄생이 오늘 우리들의 삶에서 진정으로 이루어지려면 메시아를 약속하는 구약의 기록을 찬찬이 읽어보는 데서 시작해야 합니다. 그리스도라는 고봉에 도달하려면 구약이라는 숱한 산맥을 한 걸음씩 등정해야 합니다. 그래야 비로소 만삭의 마리아가 왜 베들레헴이라는 언덕 마을에서 모든 여인숙의 입실을 거절당하고 짐승들의 구유에서 아기 예수님을 낳아야 하였던가를 이해할 수가 있을 것입니다. 그래야 그렇게 탄생한 예수님께서 왜 가난한 사람들에게 천국을 가르치다가 십자가에서 목숨을 바쳐야 했는지도 이해할 수 있을 것입니다. 그래야 비로소 우리는 우리가 믿는 믿음이 언어구사로 그치는 것이 아니라 우리 삶의 현장에서 어떻게 실천되어야 하는지를 알게 됩니다. 그래야 그 사람은 진정 가슴 뜨겁게 성탄의 기쁨을 누릴 수가 있게 될 것입니다.

성탄은 돌연히 나타나는 것이 아니라 4,000년의 구약 역사만큼 오래 성숙되고 준비된 사람들의 가슴에 구성되고 성립되는 하나님의 탄생 기적이요, 구원의 경이었습니다.

예수님의 오른손과 왼손

필자가 그리스도인으로서 교회의 지시에 따라 북한의 어린이 돕기를 시작한 지 벌써 3년째 접어들고 있습니다. 매달 중국의 우리 직원이 지원품을 가지고 북한 청진으로 들어가서 4곳의 고아원에 배달하고 또 고아들을 먹이는 현장을 확인하고 돌아옵니다. 지난 5월 말에 제가 북한에 가서 이번 여름부터 다른 지역의 고아원 한 곳을 더 돕도록 합의를 보고 왔습니다.

독자 여러분도 아시겠지만, 북한의 주민들과 지도자들은 누군가의 도움을 받는 것을 매우 자존심 상하는 일로 생각합니다. 속으로는 그렇지 않겠지만 겉으로는 필요 이상의 자존심을 드러냅니다. 어려워서 도움을 받으면서도 그 받는 태도가 매우 어색합니다. 마치 도움을 요청한 것이 아니라 도움을 주는 사람들이 자꾸 주겠다고 하니까 마지못해서 도움을 받는 것처럼 행동하고 말합니다. 처음에 제가 그분들과 합의를 보고 지원을 시작할 때만 해도 북한 관계자들의 이러한 태도가 저에게 매우 부담이 되었습니다. 교우들이 어렵게 보내주시는 성금으로 그다지 도움이 필요하지도 않은 분들을 부질없이 도우려는 게 아닌가 하는 걱정도 되고, 또 그러한 북한 관계자들과 의논하고 일을 처리하는 데에도 어려움이 많았습니다. 그러나 제가 직접 보고 온 북한의 고아들을 생각하면 돕는 일을 중단할 수가 없었습니다. 정말이지 도움이 필요한 우리 동족, 내 핏줄들, 그것도 어린것들이 거기 1,800명이나 있었습니다. 그들을 생각하면 음식이 목에 넘어가지 않을 정도였습니다.

그러는 동안에 저는 예수님의 가르침 중에서 매우 중요한 교훈 하나를 되새겨 생각하게 되었습니다. 예수님은 "너희가 다른 이를 도울 때 오른손이 하는 일을 왼손이 모르게 하라"고 말씀하셨습니다. 예수께서는 도움을 받는 사람들의 심리를 이해하셨던 것입니다. 누군가가 타인의 도움을 받을 때 느끼는 굴욕감 같은 것, 자괴감 같은 것, 그리고 그 낭패감 같은 것을 예수님은 알고 계셨던 것입니다. 그러므로 도움을 주는 사람은 자신의 수족도 서로 눈치 채지 못하도록 배려하여 도움을 나누라고 하셨던 것입니다.

제가 북한의 어린이들을 돕는 심부름하는 일 중에서 그 어린 고아들의 사진을 찍는 일이 가장 어려웠습니다. 아무리 가난하더라도 자신의 남루한 모습이 사진으로 찍히는 것을 가슴 아파하지 않은 사람이 어디에 있겠습니까? 저를 따라다니는 지도원들은 가능하면 사진을 못 찍도록 하였습니다. 그러나 저는 미국에서 지원해 주시는 분들에게 이런 사진도 보여주지 않고 어떻게 도움을 호소할 수 있겠느냐는 질문으로 그분들을 설득하느라고 진땀을 빼었습니다. 그리고 약속하였습니다. 이 사진들은 여러분을 지원해 주시는 교우들에게 보여드리는 일 외에는 결코 신문이나 인터넷에 공개하지 않겠다고 말입니다. 생각해 보면 타인의 남루를 사진으로 찍는 일은 매우 잔인한 짓입니다. 하지만 계속적인 도움을 위해서는 그들의 현실과 처지를 돕는 분들에게 알리지 않을 수도 없었던 것입니다. 그래서 어렵게 사진을 찍어오지만 공개하는 일을 매우 조심해야 했습니다. 이것이 돕는 사람의 예의였고, 또 예수님의 가르침을 따르는 길이었습니다.

저는 누군가가 북한 주민들을 돕는 일을 한다면 제발 조용히 도와야 한다고 생각합니다. 밀가루 몇 톤 지원하고 신문에 대문짝만 하게 내는 일은 지원을 받는 사람들의 입장에서는 그다지 유쾌한 일이 아닙니다. 북한의 우리 동족들은 우리 자신들처럼 자존심이 강합니다. 미주 교민들 중에는 생활이 어려워지자 이웃에게 내색하기 싫어서 자살을 선택하는 분들도 있었습니다. 북한의 동족들도 우리와 똑같은 성정을 가지고 있었습니다. 강냉이 하나로 목숨을 이어나가도 구걸은 하지 않겠다는 생각! 그러한 그들을 이해하고 도와야 하겠습니다.

가끔 우리에게 총부리를 겨누는 북한을 왜 우리가 도와야 하느냐고 질문하는 분을 만납니다. 그래도 오늘 굶주리는 내 형제를 도와야 합니다. 그렇게 하는 것이 예수님의 마음입니다. 예수께서는 그런 무조건적인 뜻으로 우리를 구원하셨습니다. 또 어떤 교회들은 너무 떠들고 생색을 내면서 북한을 돕는다고 합니다. 하지만 진정한 의미에서 그것은 동족을 돕는 것이 아니라 자기 자신을 돕고 있다고 봐야 합니다. 그런 도움은 도움이 될 수가 없습니다. 또 예수님은 오른손이 하는 일을 왼손이 모르도록 조용하게 형제를 돕습니다. 그 뜻을 이어가는 우리도 그렇게 해야 내 동족을 돕는 진정한 자세일 것입니다.

전화

당신께 드리고 싶은 말이 많았습니다
아버지 없는 사람들의 아버지,

당신 앞에서는 항상 목이 메어서
반벙어리처럼 더듬거리다가 드리지 못한 말
가슴이 답답해서 퍼런 멍이나 들던 말
속에서 오래 삭여 그리움이나 되던 말
지나놓고 보니까 안 드리기 잘했던 말

당신께 못 드린 말이 많았습니다
아버지보다 더 눈물 나는 아버지,

숨이 차서 드리지 못했던 말
그래도 나 몰래
다 들어주신 말

꽃 / 종이 오리기 완성
〈Sonu Amelia Kim 2008 / 5세〉

전화로 할 말을 다 하기는 어렵습니다. 아무리 전화가 편리하다고 해도 속속들이 쌓인 이야기를 다 할 수는 없습니다. 우리가 가진 언어라는 게 그렇게 부족한 것입니다. 자기 속에 있는 말을 다 쏟아 놓는다는 일은 언어를 통해서는 애초에 불가능한 일인지도 모르겠습니다. 차라리 마주 바라보는 눈빛 속에서 언어보다 더 많은 마음의 사연을 나눌 수도 있을 것입니다.

미국 교회
10대 청소년들의 신앙

최근에 노스캐롤라이나 대학에 있는 사회학자 두 분이 미국의 10대들과 신앙에 대한 연구 결과를 발표하였습니다. 미국의 청소년들을 대상으로 광범위한 설문조사를 실시하고, 또 그 설문에 답변한 청소년 중에서 250여 명을 직접 만나 2차 인터뷰를 하였습니다. 그리고 그 두 가지 데이터를 종합하고 분석해서 "Soul Searching: The Religious and Spiritual Lives of American Teenagers"라는 이름으로 발표한 논문입니다.

이 발표를 보면 미국의 10대들이 교회에는 나오고 있지만 그들이 가진 신앙의 현주소가 매우 충격적이라고 합니다.

이 연구 논문은 크게 세 가지로 문제점을 지적하고 있습니다.

첫째, 미국의 청소년들이 가진 신앙이란 "도덕적 신앙관"이라고 말합니다. 청소년들은 신앙을 단순히 도덕적으로 사는 것을 돕는 것이라고 본다는 것입니다. 그러나 기독교의 전통적인 믿음, "인간은 죄 된 존재로 하나님의 은혜 없이 구원이 불가능하다"는 것을 그들은 마음에 두지 않습니다. 그래서 청소년들은 자기가 노력하면 천국에도 들어갈 수 있다고 생각하고 있다는 것입니다. 그러나 무엇을 어떻게 노력할 것인가는 "여러 가지"라고 말할 뿐 구체적이고 확실한 답변이 없다고 합니다. 그리고 천국은 꼭 들어가야 하는 곳이 아니고 선택사항으로 원한다면 갈 수 있는 곳으로 파악하고 있다고 합니다.

둘째로, 신앙은 자신의 만족감, 행복감, 안정감을 추구하는 데 필요하다고 봅니다. 주관적인 행복, 문제 해결의 도움, 다른 사람과 원만히 지내도록 하는 것이 신앙이라고 생각합니다. 그래서 그들에게서 신앙적인 대화에서 어휘 사용의 빈도 수를 조사해 보았더니 250명 중에 "죄" 혹인은 "죄인"이라는 단어를 사용하는 청소년은 47명에 불과했고, (하나님께) "순종"이라는 단어 사용자는 13명, "하나님의 나라" 혹은 "은혜"라는 어휘를 쓰는 청소년은 불과 3, 4명이었다고 합니다. 반대로 신앙적인 대화에서 "나의 기분" 혹은 "혜택", "행복"이라는 어휘를 사용하는 청소년은 112명에 달했다는 것입니다. 기독교의 선구자들이나 혹은 그들의 부모들이 자신을 희생시켜서 진리를 수호하고 따랐다는 것은 이 청소년들에게는 그다지 의미가 없는 일이었다고 합니다.

셋째는 미국의 10대 청소년들의 신앙관은 이신론(理神論)과 자연신론(自然神論)이라고 합니다. 이들은 어떤 신을 믿기는 하지만, 그리고 그 신은 우리에게 어떤 도덕률을 제시하지만, 개인의 문제에 일일이 간섭하지는 않는다고 생각합니다. 그들은 하나님이 만사를 하늘에서 내려다보고 있을 뿐이라고 합니다. 만약 하나님이 자기들의 일에 일일이 간섭하고 부모처럼 잔소리를 한다면 신앙을 언제든지 그만둘 수 있다고 합니다. 이런 청소년들의 믿음이란 너무나 모호해서 거의 어떤 신앙 유형의 카테고리에 넣을 수가 없었다고 합니다.

이 연구 발표가 있자, 이 청소년들의 부모들은 그 어린것들이 무엇을 알겠으며 또 어떻게 조리 있게 말할 수 있겠느냐고 반문했습니다만, 그 연구 교수들은 그렇지 않다고 말합니다. 그들이 "성병 문제"나 TV에 자주 나오는 스타들, 그리고 명문대학의 입학 조건들은 정확하고 일목요연하게 설명이 가능한 아이들이었다고 합니다. 그러면서 이 연구 교수들은 교회와 그리스도인 부모들이 자녀들의 신앙에 너무 무관심했거나, 아니면 그들의 교회 출석만으로 신앙 문제는 잘돼가고 있으리라는 무성의가 우리들이 전혀 예상하지 못했던 기형적이고 전혀 기독교가 아닌 신앙관을 가진 청소년을 양산해 낸 것이라고 탄식합니다.

이 연구 보고서를 보면서 미국에 살고 있는 우리 한인 교회의 청소년들은 어떨까를 생각하지 않을 수 없었습니다. 정도의 차이는 있지만 크게 다르지 않으리라고 봅니다. 미국에 사는 그리스도인 부모들에게 이런 문제는 강 건너 불이 아니라는 생각입니다.

시간과 공간

영국의 고고학자 데이비드 M. 롤(David M. Rohl)은 1995년에 내 놓은 그의 저서 『시간의 풍상(A Test of Time)』으로 세계인의 주목을 받으면서 고고학과 이집트학의 정상에 올랐습니다. 그는 뜨거운 사막을 뒤지며 집념의 현장 답사를 통해서 돌무더기 속에서 찾아낸 자료들을 바탕으로 이 책을 썼고, 여기서 고대 이집트의 새 연표를 제시함으로써 성경의 역사를 완전히 새롭게 인식하도록 하였습니다.

게을렀던지, 부주의했던지, 이집트의 고대 유적을 적당히 답사하고 부분적인 자료를 가지고 성서 역사를 증명하려 했던 종전의 고고학 자세를 뒤엎고, 롤은 새로운 이집트 연표에 의한 창세기의 인물들과 기록들의 진위를 밝혀내려고 하였습니다. 그는 창세기를 마치 신화처럼 생각하는 현대인들에게 살아 있는 역사로서 다시 인식하게 하는 현대 고고학의 거장이었습니다.

롤이 그 저서 『시간의 풍상』의 첫 서두에 퍼지 비시 셸리(Percy Bysshe

Shelley, 1792~1822)의 시 「오지만디아스」를 실은 것은 의미 심장합니다.

> 나는 고대의 땅에서 온 나그네를 만났네.
> 그는 이렇게 말했다네.
> '몸뚱이도 없는 거대한 돌다리 두 개가 사막에 서 있었다…
> 그 근처 모래 위에는 부서진 얼굴이 하나 반쯤 묻혀 있었다
> 찌푸린 표정, 굳게 다문 입술, 깔보는 듯한 냉소에는
> 조각가가 분출한 열정이 그 생명없는 돌에 새겨져 있어서
> 그것을 흉내 낸 손과 키운 심장이 아직도 살아 있는 듯했다
> 그리고 그 대좌에는 이런 문장이 새겨져 있었다.
> 내 이름은 오지만디아스, 왕 중의 왕,
> 너희들 막강한 자들아, 내 업적을 보라! 그리고 절망하라!
> 그 옆에는 아무것도 남아 있지 않았다. 무너져 내린
> 그 거대한 잔해 주위에는 황량하고 쓸쓸한 사막이
> 저 멀리까지 끝없이 뻗어 있을 뿐' 이라고…

오지만디아스는 이집트의 강력한 왕조를 구축했던 람세스 2세(B.C.1292~1822)의 그리스어 이름입니다. 영국 낭만주의 시대의 이단아 시인 셸리가 쓴 이 시는 당시 정치적 개혁을 추구하고 압제받는 사람들 편에서 소위 기존 세력에 대한 비판과 오만한 권력의 덧없음을 뜨겁게 표출하고 있지만, 한 세기 후의 고고학자 롤은 또 다른 의미로 이 시를 인용하고 있습니다.

오지만디아스, 다시 말하자면 람세스 2세는 그가 재위하던 때, 나일강 가에 거대한 아부심벨 신전을 건축하였고, 동시에 자기 치세를 기념하는 장제전, 라메세움을 조성하였는데 거기 제2마당 입구에 거대한

저승의 신 오시리스가 세워져 있고, 그 안에는 목이 잘린 오지만디아스의 입상들이 무너진 채 모래바람의 폐허 속에 뒹굴고 있다고 합니다.

롤이 셸리의 시를 인용한 것은 이 라메세움을 답사하면서 느낀 정서를 잘 나타내주고 있기 때문이었습니다. 시간은 아무리 대단한 인간이라도 그 흔적, 그 업적을 무너뜨리고 망각 속으로 쓸어 넣는다는 것을 롤은 너무나 절실하고 충격적으로 보았던 것입니다.

성서의 위대한 신앙인들이 자신을 돌조각에 새겨 보존하려고 하지 않은 것은 그들이 참된 하나님을 발견했기 때문입니다. 그들은 하나님 안에서 참된 영원성을 찾았고, 그분 안에서 은혜로 주어지는 자기 믿음의 영원성을 보았던 것입니다. 신구약을 통틀어 하나님의 법전 이외에 어떤 인간적인 업적을 기리기 위하여 돌조각 따위에 새긴 부조들이나 선지자는 없었습니다. 그들은 인간적인 노력이란 얼마나 허망하고 부질없는 것인가를 이미 잘 알고 있었던 것입니다.

기독교 신앙인이 자기 신앙의 대상이나 상징물을 조각해서 세우고 보존하려 한다면 그것은 "새긴 우상을 만들지 말라"는 하나님의 뜻을 잘못 이해한 부질없는 일입니다. 영원한 것은 시간 속에 있지 공간 속에 있지 않습니다.

그리스도인들은 날마다 자기의 시간 속에서 하나님을 만나 뵙습니다.

물질이 아닌 우리의 삶(행위)이 중요한 이유가 여기에 있습니다.

서로 마음을 같이하며
높은 데 마음을 두지 말고 도리어 낮은 데 처하며
스스로 지혜 있는 체 하지 말라
아무에게도 악을 악으로 갚지 말고
모든 사람 앞에서 선한 일을 도모하라
할 수 있거든 너희로서는 모든 사람과 더불어 화목하라

로마서
12장 16~18절

4

바다 건너로 보이는 조국이라는 땅

송순태 시와 에세이

다리를 지나며

이승을 수월하게 건너는 다리가 있을까
여기저기 흉하게 패이고 덧나는 삶을
아프지 않게 건너는 다리도 있을까
아래로 강물이나 냇물 대신에 거센 물결처럼 자동차들이 흐르는
다리를 건너면서 잠시 이승의 초월을 생각했다

사는 일이 모두 다리를 건너는 일인지
도심이 깊어질수록 다리도 많아졌다
사람과 사람 사이에 다리가 되어주겠다는 사람도 있고
모여든 인심들이 서로 다치지 않으려고 저마다
다리 위에다 또 자기 길의 다리를 놓기도 했다

때로는 빠른 지름길이라는 위험한 다리를 건너다
발을 헛딛는 불행한 사태도 일어나고
잘못 만난 인연의 단절을 꿈꾸는 사람들 틈에서
건너야 할 다리를 놓치고
자기를 버려 스스로 다리 아래로 뛰어내리는
사람들에 관해서 신문기자들은 자주 쓰곤 했다

다리 난간에 앉아서 시간을 낚던 아주 오래전 사람들도 있었겠지만
다리 아래 냇물에 그리움의 꽃이파리나 던지던 낭만파들도 있었겠지만
트래픽에 막힌 오버 브리지를 넘는 퇴근길
오늘을 건너는 다리에서 피곤하게 밀리고 있는 나를 보면서
또 잠시 탈속의 다리를 생각했다

해바라기 / 그려서 붙이기
〈Sonu Amelia Kim 2007 / 4세〉

다리 건너기가 수월하지 않습니다. 옛날 작은 냇물을 건너는 다리가 아니라 복잡한 도시의 도로 위로 이중 삼중으로 교차하는 오버브리지들을 건널 때는 조금만 부주의해도 가던 길을 놓치고 엉뚱한 길로 들어서서 헤매게 됩니다. 사는 일도 그렇습니다. 우리는 사는 일에 도움이 되는 사람들과 다리를 놓기 위해서 애쓰기도 하고 사는 길을 놓친 사람들은 다리 아래로 투신하기도 합니다. 다리를 건너기가 수월하지 않습니다.

고조선과 윤내현

2012년 6월 초, 평양을 다녀오는 길에 서울에 잠시 체류했었는데, 시간이 있어 강남의 교보문고에 들렸습니다. 그때 김상태라는 저자의 『엉터리 사학자, 가짜 고대사』라는 책이 눈에 띄었습니다. 6월 11일에 발간되어 서점에 진열된 지 2, 3일이 채 안 되는 따끈따끈한 신간이었는데, 제가 그 책에 관심이 간 데는 사연이 있었습니다. 며칠 전 평양에서 우리 일행의 북한 담당관에게 중국의 "동북공정"에 관해서 아느냐고 물었더니 전혀 모르고 있다고 해서 제가 상식적으로 몇 마디 설명을 해 주었습니다. 그 때문에 나 스스로 우리나라 고조선 역사에 관하여 좀 더 알고 있어야 되겠다는 부담감을 가지게 되었습니다. 500페이지가 넘는 책이라 다소 짐스러웠지만 나는 결국 구매하게 되었습니다. 그냥 한국 고조선사가 아니라 고조선사에 관한 비평적인 책이라서 어느 학자의 고조선사 한 권을 읽는 것보다 더 많은 정보를 얻을 수 있겠다 싶었기 때문이었습니다.

집에 돌아와서 지난 한 주일 동안 저는 그 책을 흥미진진하게 읽게 되었고, 그 책을 구입한 것이 열 번 잘했다 싶었습니다. 그 책으로 저는 우리나라 고조선사에 폭넓은 시각을 가질 수 있었기 때문입니다. 대단한 집념과 노력으로 이 책을 써준 필자 김상태 씨에게 많이 감사했고, 이 책에서 우리나라 고조선사에서 아주 중요한 인물, 윤내현과 그의 고조선사를 알게 된 것은 커다란 수확이었습니다.

윤내현 교수! 그는 일제의 한국 역사 왜곡과 중국의 "동북공정"이라는 역사학적 침공을 막아낼 수 있도록 분명한 자료와 고증으로 우리 고조선사를 다시 써준 분입니다. 오해해서는 안 될 것은 그가 "동북공정"을 막기 위하여 우리 고대사를 다시 쓴 것이 아니었다는 것입니다. 그는 이미 30년 전에, 우리의 고조선이 평양 부근에서 멸망한 부락 단위의 작은 국가가 아니라, 그리고 단군임금과 기자조선, 위만조선 등이 자료가 없는 신화적인 역사가 아니라, 우리의 고조선이 멀리 북방의 만주와 서쪽의 북경 근방까지, 그리고 남쪽으로는 요하 주변까지, 거대한 영토의 국가였다는 것을 중국의 고대 역사와 한국의 고대설화에서 방대한 자료와 고증으로 밝혀내었습니다. 윤내현은 원래 중국 고대사학자였기 때문에 그가 중국 고대사를 연구하다가 올바른 고조선을 발견한 것입니다.

1983년, 그의 나이 44세에 「기자신고」라는 논문으로 새로 발견한 고조선사를 펴내었을 때, 한국의 사학계는 발칵 뒤집혔다고 했습니다. 일제의 축소형 고조선사에 그대로 안주했던, 그리고 치밀한 연구도 없이 안일하게, 그야말로 놀고먹던 사학계의 원로들이 체면을 잃게 되었습니다. 그 때문에 윤내현은 "선배 교수에 대한 예의도 지킬 줄 모르는 놈, 사상적으로 의심스러운 놈, 남의 것을 베껴먹기나 하는 놈, 역사를 정통으로 공부하지 못한 놈, 독재정권에 도움을 준 놈, 비민주적인 사고를 가진 놈, 세계화에 발맞추지 못한 시대에 뒤떨어진 놈 등으로 매도되었"습니다. 심지어는 '북한 추종자' 라는 비난까지 감수해야 했습니다. 기존의 학계가 그의 논문을 반증할 학적인 자료를 제시할 수 없게 되자, 인신공격으로 그를 매도했고, 학자들이 해서는 안 되는 비겁한 방법으로 윤내현을 왕따시켰던 것입니다.

그러나 윤내현은 그 후 30년을 지나 오늘에 이르기까지 혼자서 묵묵히 자기의 연구를 계속했습니다. 그 결과로 『상주사(商周史)』(민음사), 『한국 고대사 신론』(일지사), 『고조선 연구』(일지사), 『우리 고대사–상상에서 현실로』(지식산업사) 등 다수의 고조선 연구서를 발표할 수 있었고, 교과서까지 수정하게 하였습니다. 아울러 주변의 비난에도 불구하고 계속한 그의 겸손한 연구가 오늘 중국의 "동북공정"을 반증할 수 있는 소중한 성과까지 거둘 수 있게 하였습니다.

우리나라 고대사에 희미한 상식 정도에 머물고 있거나, 지금 중국이 진행하고 있는 소위 '동북공정' 이라는 것을 통해서 북한을 통째로 삼키려는 중국의 속내에 조금이라도 걱정이 되는 분들은 윤내현이 밝혀주는 우리나라 고조선사를 한 번쯤 읽어두어야 하겠다는 생각입니다. 곰팡이 냄새의 고서들을 뒤지면서 바른 역사를 찾아내는 작업을 하는 학자가 흔하지 않고, 또 그런 학자도 나이가 들어 사학 현장에서 사라질 수 있기 때문입니다. 무엇보다도 안일한 자세, 선배들의 눈치나 보는, 엉터리 사학자들이 판을 치는 현실에서는 더욱 그렇습니다.

윤내현은 말합니다.

"학문은 스스로 틀을 깨는 작업입니다. 내가 쓴 논문이라도 세월이 지나 잘못된 점이 발견되면 남이 지적하기 전에 자기가 먼저 고치는 것이 학자의 도리입니다."

선후배 학자들에게 던지는 뼈 있는 말이었습니다. 그런 윤내현 교수가 나는 못내 고마웠습니다.

북한의 전쟁 위협과 북한 지원

요즘 북한의 전쟁 위협이 반복되고 있습니다. 북한에서 내보내는 것으로 된, 3일 가상 전쟁 시나리오가 인터넷 유튜브에서 전면 화두를 차지하고 있습니다. 그 내용대로라면 첫날 북한의 선제공격으로 수천 발의 미사일과 포격에 의해 남한 군대의 주력 기지들과 미군의 작전 기지들이 그들의 표현대로 '괴멸' 되고 맙니다. 둘째 날에는 북한의 특수 지상군 1만 5천 명이 군 수송기로 남한으로 공수, 낙하하여 남한 전역을 장악하고, 휴전선으로 5만의 정예부대가 이미 초토화된 남쪽으로 진격하여 하루 만에 남한 전체를 해방시킵니다. 셋째 날은 끊어진 전력, 수도, 식량, 연료 등으로 혼란 상태에 빠진 남한 인민들을 위하여 치안을 확보해 나가는 날이 됩니다. 말하자면 전쟁은 이틀로 끝나고 제3일은 인민 안정과 해방의 날이 되는 셈입니다. 북한 전역이 이런 전쟁 준비에 동원되고 있고, 김정은 씨는 연일 전방의 군인 부대를 방문하여 군사지도(?)를 계속하고 있습니다. 말하자면 북한은 이미 전쟁 속에 있는 것 같은 분위기를 보여주고 있습니다.

이런 북한의 요란스런 선전에 남한의 박근혜 정부는 이미 몇 차례 경고한 대로 북한이 비록 국지전으로라도 종전의 천안함 침몰이나 연평도 포격 같은 도발이 있으면 이번에는 아예 그런 도발의 본거지 자체를 공격하여 '본때' 를 보이겠다고 했습니다.

이러한 북한의 연일 계속되는 전쟁 위협이 반복되고 있지만, 정작 남한의 국민들은 태연자약합니다. 박근혜 정부는 늦은 새 정부 출발을 서두르느라 정부 요직의 장관들을 임명하기에 바쁘고, 또 국회는 장관들의 청문회로 설왕설래, 요란합니다. 게다가 대통령에 출마했다가 민주당 후보와의 단일화 과정에서 사퇴하였던 안철수 씨가 서울의 노원 지역 국회의원 보궐선거에 출마하는 문제로 보수와 진보 정치인들과 언론들은 연일 그 선거의 추이와 분석에 바쁩니다.

그런가 하면 천추의 한이 맺힌 것 같은 어조로 북한이 미제 섬멸의 위협(?)을 계속하는데도 미국의 오바마 대통령은 '숟가락으로 식탁을 요란하게 친다고 해서, 그런 방법으로 뭔가를 얻을 수는 없을 것' 이라고 간단히 응수해 두고 있습니다. 유엔은 북한의 경제 제재를 차근차근 진행하고 있고, 일본도 독자적인 북한의 목조르기를 구상 중에 있다고 했습니다. 더구나 북한의 가장 두터운 우방인 중국마저도 요즘 들어 식상한 표정입니다. 아무리 중국이 북한의 우방이라지만 북한의 핵 위협과 도발 선전에 이제는 지겹다는 인상이 역력합니다. 이런 주변국들의 태도와 남한 당국의 안정된 대응은 북한의 전쟁 시나리오와 아우성을 인터넷 게임 수준으로 평가절하하고 있습니다.

문제는 이러한 현실 앞에서 연일 전쟁 시나리오의 강도를 높여가고 있는 북한이 그 반응 없는 위협을 나중에 어떻게 처리할지 의문이라는 것입니다. 우리나라 속담에 "칼을 뽑았으면 짚단이라도 베어야 한다"는 말이 있듯이 아무도 북한을 달래주지 않는다는 이유로 정말 '짚단'이라도 베는 식으로 불장난을 저지른다면 북한은 더 큰 어려움에 빠질 것이 뻔합니다. 반면에 아무 명분도 없이 그런 위협을 슬그머니 거두어들인다면 국제적으로 웃음거리가 될 것입니다. 그런 면에서 북한은 최근의 위협을 마무리하는 일이 매우 어려우리라고 생각됩니다.

막말로 북한이 3일 전쟁을 시작하여 남한을 초토화한다고 하더라도, 현재 2천만 북한 주민도 굶주리고 있는 형편에서, 초토화 전쟁 그 다음에 북한이 무엇을 얻을 것이며, 어떻게 남한을 먹여 살릴 것인지, 또 그들은 통일 한국을 초토화 상태에서 어떻게 일으켜 세울 것인지를 자문해 본다면 그렇게 편한 답이 없다는 것을 북한도 알고 있지 않을까 싶습니다. 말이야 누가 못하겠습니까? 하지만 그들의 능력으로는 도저히 불가능한 일이기 때문입니다. 이런 상황에서 북한의 전쟁 위협은 오바마 대통령의 표현대로 '숟가락으로 식탁이나 치는' 구걸행위로 보일 수밖에 없습니다.

지난 22일, 한국 통일부는 미국에 본부를 두고 한국에도 그 지부가 있는 '유진벨 재단'의 북한 지원을 허용하였습니다. 총 6억 7천만 원 상당의 결핵 치료약을 평양과 남포, 평안남도 지역의 8개 결핵치료소에 있는 500여 명의 환자들을 위하여 제공한다고 합니다. 그동안 억제되던 북한 지원을 박근혜 정부가 들어선 이후, 민간단체 지원이지만,

처음으로 지원이 허용된 것입니다. 말하자면 북한의 그 원색적인 전쟁 위협에도 남한 정부는 박근혜 대통령의 '남북한 신뢰 프로세스 정책'의 첫발을 내딛었다고 볼 수 있겠습니다.

지난 10년 동안 북한 고아 지원을 위해서 심부름을 해 온 필자 의견으로는 참 잘하는 일이라고 생각됩니다. 북한이 어떠한 태도를 보이든 남한 정부와 민간 지원단체들은 인내심을 가지고 그들을 도와주어야 합니다. 그렇게 도와주다보면 언젠가 북한도 얼어붙은 마음이 풀릴 날이 틀림없이 오리라고 믿습니다.

편설

왜 이제사 오는지
왜 이렇게 쓸쓸이 오는지
오래 떠돌다가 더 이상 떠돌기에 지쳤는지
어두운 하늘에서 언 몸, 매서운 바람 끝으로 지향 없이 오는구나.

날리다가 내 눈썹 끝에 매달리는 너를 어째야 하는지
내 눈에 눈물 한 방울 더하는 네 깨끗하고 쓸쓸한 마음을 어째야 하는지

이 세상에서 네 한 몸 받아들고
나도 갈 데가 없다는 걸 아는지

새 떼 / 깃털 붙이기
〈Sonu Amelia Kim 2007 / 4세〉

편설이란 조각 눈이라는 뜻이지마는 함박눈으로 쏟아지는 눈이 아니라 매서운 바람과 함께 편편이 날리는 성긴 눈발을 두고 하는 말입니다. 어쩌다 눈썹에 와서 걸리는 눈발 하나는 곧장 물방울로 변하지만 그렇게 내 눈썹에 와서 눈물이 되는 것이 어찌 편설뿐이랴 싶습니다. 한 세상 살다 보면 한스러운 인연도 있고…

6 · 25, 그 폭력의 상처

6 · 25전쟁이 발발한 지 이제 60년이 되었습니다. 6 · 25를 직접 체험한 세대들은 이미 세상을 하직했거나 나머지는 모두 7, 80세의 노령기에 있습니다. 6 · 25 당시 어린아이였던 필자도 그 세대에 속합니다. 하지만 나이가 들었다고 해서 6 · 25의 기억이 희미해지는 것은 아닙니다. 10년이면 강산도 변한다고 했으니 그 강산이 여섯 번이나 변한 셈이지만, 세월이라는 것이 사람들의 기억마저 바꿀 수는 없는 모양입니다. 아니, 어쩌면 세월이 흐를수록 기억이란 더 생생해지는 것인지도 모르겠습니다.

인류 역사에서 전쟁이라는 폭력이 남기는 것은 파괴밖에 없었습니다. 어떠한 이론으로도 전쟁은 정당화되거나 미화될 수 없다는 것을 저는 6 · 25의 체험을 통해서 알고 있습니다.

6 · 25전쟁의 피해는 참혹했습니다. 한국 통계청 자료에 의하면 6 · 25로 인해서 우리나라는 남한에서만 군인 13만 7천여 명이 죽었고, 45

만여 명이 부상을 입었으며, 3만 2천여 명이 행방불명이 되었습니다. 유엔군으로 참전한 17개국 우방의 군인들도 미국의 3만 7천 명을 포함해서 총 4만여 명이 죽었고, 10만 4천여 명이 부상, 9천여 명이 실종되어 남한과 참전 외국인 군인을 합하여 총 77만 6천여 명이 희생되었습니다. 북한 측의 피해는 더 많았습니다. 북한군 80만 1천여 명, 중공군 123만 4천여 명으로 총 203만 5천여 명이 희생되었습니다. 그러므로 남 · 북한 양측의 인명 피해가 총 322만여 명에 달했습니다.

민간인 피해는 더 극심했습니다. 남한에서는 사망, 부상, 납치, 행방불명 등으로 총 99만여 명이 집계되었습니다. 북한 민간인 피해도 150만 명에 이르러 남북한 민간인 희생자 수가 총 249만여 명이었습니다. 이외에도 1952년 3월 15일까지 발생된 군관민의 희생자 수까지 합치면 그 전체 수가 1천만 명을 넘어섰습니다. 우리나라 전체 인구의 절반 이상이 희생된 셈입니다. 따라서 6 · 25의 피해를 입지 않은 가족이 없었으며 지금도 죽음과 생이별 등의 사연으로 수많은 이들이 고통 속에 있습니다.

이런데, 우리가 어찌 6 · 25를 잊을 수 있을 수 있단 말입니까! 아무리 세월이 흘러도 우리 겨레는 그 전쟁의 이유와 책임을 묻지 않을 수 없는 것입니다.

하지만, 최근 10여 년간 우리 고국의 현실은 걱정스럽습니다. 전교조 교사들이 교육 일선에서 6 · 25를 남한의 북침이라고 공공연하게 가르치고 있어 북한의 억지주장이 전교조 조직을 통해서 어린이들에게 주입되고 있다고 합니다. 가르치는 전교조 교사들이 모두 6 · 25 체험 세대도 아닙니다. 그런 그들이 엄연한 전쟁의 진실을 각색하고 왜곡되게 가르치고, 어린 학생들 중에는 6 · 25가 부패한 남한 정부와 침략근성의 미국이 도발한 북침이라고 생각하는 학생이 늘어나고 있다니 경악스럽습니다. 그러나 손바닥으로 하늘을 가릴 수는 없는 일, 오히려 멀리 내다보면 그러한 전교조의 기만적인 행위가 결국은 더 큰 국민적인 반발에 직면하게 되리라고 봅니다.

또 한편으로는 최근 천안함 사건 이후 북한은 위협적인 성명을 쏟아내다가 최근에는 서울을 불바다로 만들겠다고 위협하고 있습니다. 북한의 호전적인 성명들을 보면서 6 · 25 당시나 지금이나 북한 당국의 폭력성은 변함이 없구나 하는 생각을 하게 됩니다. 그런 북한 당국이 최근에 국민들에게 주는 모든 배급을 중단했다는 소식이 들려옵니다. 감당하기 힘든 군사력을 유지하면서 호전적인 자세로 일관하는 북한 당국과 그 아래에서 북한 동포들이 겪는 굶주림과 고통을 보는 우리의 마음은 착잡합니다. 누구도 이해가 되지 않는 이유로 북한 동포들이 겪는 그 고통! 우리가 같은 동족으로서 그들을 외면해서는 안 되는 이유를 여기서 찾게 됩니다.

6 · 25! 그 아프고 쓰라린 기억과 내 동족들에 대한 걱정은 비록 나이는 들었지만 6 · 25를 체험한 세대들에게는 마음의 내출혈이 되고 있습니다. 그것은 아직 치유되지 않고 있는 우리의 깊은 상처입니다.

말하기의 어려움

우리나라에는 "말은 해야 하고, 고기는 씹어야 한다"는 속담이 있습니다. 침묵이 금이라고 해서 필요 이상으로 말을 아껴서는 안 되고, 할 말은 해야 된다는 뜻이 담겨 있습니다. 그것도 고기를 씹어 맛을 음미하듯이 말을 섬세히 해야 상대방이 제대로 이해한다는 비교법이 첨가되고 있습니다. 그래서 "말을 잘하면 천 냥 빚도 갚는다"는 속담도 있습니다. 그만큼 말은 우리의 삶을 살아가는 데 중요한 수단이고, 자기 표현의 길이고, 타인을 설득하여 이해시키는 방법이 되고 있습니다.

그러나 말이 자기 표현의 수단이라고 해서 마구 말해서는 안 된다고 하는 속담이 훨씬 많습니다. "말 단 집에 장 단 법이 없다"고 해서 말이 많은, 혹은 말을 잘하는 사람에게서 진정성을 발견하기 어렵다는 뜻을 일러줍니다. 나아가서 말의 허구성에 대한 경계의 의미로 "말로는 사촌의 기와집도 지어준다"거나 "말이 많으면 쓸 말이 적다"는 속담이 이어집니다. 또 "말은 속여도 눈길은 속이지 못한다", "말이란 어 해 다르고, 아 해 다르다", "말은 하고나면 엎질러진 물과 같아서 다시 담을 수가 없다" 등의 속담도 있습니다. 말이 자기 표현의 수단이라고 해서 너무 자주, 혹은 너무 함부로 사용하면 "설득"이 아닌 "오해"를 불러오는 위험이 따른다는 것을 경고하고 있습니다.

지나간 이야기입니다만 지난 한국의 대통령 선거 때, TV방송국의 대통령 후보 토론회에서 통합진보당 이정희 씨의 발언은 후보토론을 지켜보는 시청자들을 매우 곤혹스럽게 하였습니다. 한 국가의 대통령 후보로 나온 사람이라면 거기에 걸맞은 말의 수준을 가져야 합니다. 그러나 이정희 씨는 후보들의 정책토론회를 마치 재래시장 난전의 가격 시비 수준으로 바꾸어 놓았습니다. "나는 박근혜 후보를 떨어뜨리기 위하여 나왔다"에 이어 "나는 야권단일화로 정권교체를 위하여 후보를 사퇴하기로 하고 나왔다", 그리고 "아버지 문제의 역사적 사실조차 왜곡하는 박근혜 씨는 대통령 후보로서 자격이 없다" 등등의 원색적인 말들을 여과 없이 쏟아 놓았습니다.

말이란 어법에 맞는 발성으로만 이루어지는 것이 아닙니다. 음성의 높낮이와 그에 따른 얼굴 표정, 말의 속도 등이 말의 진정성을 함께 표현해 줍니다. 말을 하는 사람은 신분에 걸맞는 수준의 어휘 선택과 말씨의 품위를 갖추어야 합니다. 아무리 타당한 말이라도 그 얼굴에 헛웃음을 띄우고, 어조가 경박하며, 논리가 작위적일 때는 그 진정성을 의심받게 됩니다. 이정희 씨의 말을 들으면서 아무리 싸움판 진보계열의 정당이라고 하더라도 저 사람이 어떻게 한 정당의 대표자가 될 수 있었을까 하는 의구심이 들었습니다. 아무리 국민을 우습게 보아도 그렇지, 한 국가의 선거가 장난이 아니라면, 어떻게 상대 후보를 떨어뜨릴 목적으로 대통령 후보로 등록을 했다고 거침없이 말할 수 있는지,

시청자들로 하여금 스스로의 귀를 의심하게 할 정도였습니다. 이정희 씨가 박근혜 씨를 대통령에 나올 자격이 없는 사람이라고 하는 발언도 선거관리위원회가 후보로 받아들인 상대를 국민이 선택도 하기 전에 토론회에 나와서 혼자 일도양단하여 평가하는 경솔한 말이었습니다. 그의 전직이 변호사라고 하는데, 그가 어떤 사건의 변론을 그런 식으로 한다면, 변호는커녕 의뢰자에게 오해만 끼쳐주는 사람이 아니었을까 하는 생각이 들었고, 저런 당수를 둔 통합진보당이니까 그렇게 싸움질이나 했나 보다 하는 생각이 들었습니다.

필자의 개인적인 생각만은 아닐 것입니다. 그 토론회에서 좀 어눌한 말솜씨로 명쾌한 답변을 못하였지만 박근혜 씨는 상대적으로 신중하고 진정성이 엿보였습니다. 이정희 씨와는 이런 대조적인 서툰 말솜씨로 박근혜 씨는 여성으로서 한국의 18대 대통령에 당선되었습니다. 이정희 씨가 자격이 없다고 선언한 박근혜 씨를 국민들은 투표자 과반수가 넘는 지지율로 대통령으로 밀어주었으니 이정희 씨의 발언들은 무색해질 수밖에 없는 것입니다. 시장 바닥에서 함부로 굴러다니는 속언이 아니고 공중 석상에서, 책임 있는 공인의 말이라면 그 말하는 사람의 인격이 아무리 모자라더라도 쓸 말 안 쓸 말을 가려서 해야 합니다. 그래야 듣는 사람들의 인격을 존중해 주는 것이라고 할 수 있습니다.

말을 잘한다는 것, 그것은 때와 장소를 고려하고 자기 현실에 맞게 신중한 표현으로 할 때에만 성립될 수 있는 평가입니다. 그렇지 않으면 속담같이 "말 같지 않은 말"이라는 비판을 거둘 수밖에 없습니다.

성에

새벽 창에 네가 써 남긴 상형문자를 나는 읽을 수가 없구나

저렇게 아름다운, 저렇게 섬세한, 저렇게 순색 깨끗한 네 편지를
밤새도록 떨면서 내 창문에 기대어 입김 불어가며 써놓은 네 편지를
나도 불면의 새벽에 기대어 가만히 찬 가슴으로 더듬을 뿐

아, 나는 읽을 수가 없구나

먼지로 더렵혀진 내 마음 유리를 네 눈물로 씻어주다가
세상이 가장 추워지는 시간에
오히려 아름다운 뜻이 된 네 편지를

숲 속의 요정
〈Sonu Amelia Kim 2007 / 4세〉

겨울 창문에 아름답게 수놓인 성에를 바라보고 있으면, 그 아름다운 무늬가 탄복스럽지만 때로는 저 복잡한 무늬가 단순한 무늬로 끝나는 것이 아니라 어느 추운 마음이 써두고 간 상형문자일 것이라는 생각이 들 때도 있습니다. 어쩌면 거기엔 어떤 눈물겨운 그리움이 써둔 간절한 사연이 담겨 있을지도 모를 일입니다.

여성 대통령 취임식을 보면서

김형!

지난 24일 저녁에는 박근혜 대통령 취임식 중계방송을 보았습니다. 미국 대통령 취임식처럼 화려하고 자연스럽고 뜨거운 축제의 열기가 느껴지지는 않았지만, 소박하고 근엄한, 그러면서도 깔끔한 취임식을 보면서 여러 가지 생각이 엇갈렸습니다.

작고 연약하고, 그리고 불행했던 한 여성의 어깨에 우리 5천만 겨레의 내일, 그 5년을 올려놓는구나 하는 생각과 어쩌다가 우리 민족의 현실이 이렇게 연약한 한 여성의 리드에 맡겨져야 하는지 아쉽기도 했고, 그런 책임을 떠맡고 첫 걸음을 내딛는 여성 대통령이 안쓰럽기도 했으며, 우리나라 남성 정치인들의 그 절제 없는 투쟁과 끝이 없는 부정부패로 큰 그릇이 못되고 국민의 신뢰를 얻지 못하는 현실이 원망스럽기도 했습니다.

결국은 강인한 생명력과 생활력으로 인고의 세월을 건너 우리의 가정을 지켜내던 여성들이 이제는 나라를 지켜내기 위해서 나섰구나 싶어, 저도 한 남성으로서 부끄럽고 미안했습니다. 마치 그런 나 자신이 여성 대통령 취임식 앞에서 회오와 각성의 자리로 내몰리는 것처럼 말입니다.

우리나라는 조선시대부터 거들먹거리기나 하는 남성들의 방종에 가까운 사대부 놀이와 양보를 모르는 정쟁 때문에 국권은 힘을 잃고 결국은 나라를 잃기도 했습니다. 그 잃어버린 나라의 가장 밑바닥에서 쓰라린 고통과 치욕을 견뎌내어야 했던 이들은 겨레의 여성들이었습니다.

저는 박근혜 대통령의 연설하는 모습에서, 걸식을 하면서 아들을 뒷바라지했던 김구의 어머니가 보였고, 사임당 신씨가 보였고, 유관순이 보였고, 고 박정희 씨의 그 무자비할 정도였던 경제 건설의 드라이브 뒤에서 어머니 같은 부드러움으로 국민들에게 여성성을 나누다가 흉탄에 쓰러지던 육영수 여사의 불행도 보였습니다.

김형!

저는 그 중계방송 앞에서 우리나라 남성 정치인들이 대오각성하고, 우리나라 관료들이 청렴한 직무 자세를 되찾고, 교육자들이 근검하고 겸양하고 꿋꿋한 민족이념을 일깨우는 교육을 되살려주기를 진심으로 빌었습니다. 우리나라의 균형 잡히지 않은 민주주의가 이제는 자제와 이성을 찾아나갔으면 하는 생각, 민족 분단이라는 엄연한 현실에서 방종에 가까운 인권연대와 사회연대들이 책임 있는 제자리를 찾았으면 하는 생각, 굶주리는 동족을 북쪽에 두고 분에 넘치는 사치와 먹고 마시며 흥청거리는 졸부들이 그 탐닉에서 벗어났으면 하는 생각, 보수니

진보니 하며 큰소리치던 남성들에 의해서 저질러지던 국회의 당리당략 정치가 이제 국가와 국민을 염두에 두는 큰 정치로 돌아왔으면 하는 생각이 절실했습니다.

김형!

취임식 중계방송을 보면서 수줍음이 가시지 않은 박근혜 씨의 미소에서, 한복차림으로 청와대의 계단을 오르는 박근혜 씨의 뒷모습에서, 박근혜 씨의 개인적인 감회보다는 그녀에게 정권을 맡길 수밖에 없었던 한국 유권자들의 선택이 저렇게 안쓰러운 것이었구나 싶었습니다. 요즘 한국의 진보주의자들이 박근혜 씨의 아버지, 박정희 대통령을 아무리 독재자라고 불러도, 박정희 대통령이 경제건설에 들이던 뜨거운 집념과 노력, 그 청렴한 공직자세, 그리고 주변국들의 정치적, 경제적, 군사적 침공 시도에 나라를 지켜나가려던 불굴의 의지가 저는 그립습니다. 박정희 대통령 이후에 이 나라의 대통령들이 보여준 부정부패들을 보면서 정말 그들이 독재자라고 부르는 박정희 대통령만큼 떳떳할 수 있는지 의심스럽습니다. 더구나 북한 남침의 6 · 25라는 비극에서 천신만고 끝에 지켜낸 남한의 자유를 종횡으로 유린하도록 진보는 그만두고라도 종북주의자들까지 방치한 역대 대통령과 정치인들이 더 이상 무책임하고 낯 뜨거운 말장난에서 벗어나기를 바랍니다. 그동안 우리나라의 교육은 어떠했습니까? 전교조라는 해괴한 단체가 구성되고, 역사를 부정하는 교과서까지 출현하였고, 북한을 넘나들며 이적행위를 서슴지 않던 사람들이 어느 날 갑자기 민주투사의 이름으로 우리나라 TV방송에 버젓이 소개되는 사태까지 이르렀습니다. 이런 현실이 불안했던 국민은 오직 선거로서 의사표시를 할 수밖에 없었습니다. 누구 하나 뚜렷한 이념으로 국민을 리드하지 못하는 현실에서 그나마 신뢰감을 주는 박근혜 씨의 대통령 당선은 이 나라 역사의 새로운 출발을 바라는 국민들의 염원이라고 생각됩니다.

가난과 좌절 속에서 독재를 견디고, 허기를 참아가며 노동으로 나라를 일으켜 세운 우리 국민들이, 여성 대통령을 선택한 오늘, 그 대통령 취임식을 보면서, 우리나라가 동아시아의 주변 강국들 사이에서 다시 한 번 더 도약하고 올바른 번영을 이루어 나가기를 빌었습니다.

김형! 이야기를 하다 보니 너무 감정적인 어조였다 싶습니다. 미안합니다. 안녕히…….

사람,
그 실망과 희망

'사람 때문에 못 살겠다'는 분을 만난 적이 있었습니다. 그분은 사업을 해 나가면서 고용인들과 사업 파트너 때문에 겪는 고충을 그런 말로 표현하고 있다는 것은 알았지만, 저는 그 말이 오래토록 잊혀지지 않았습니다. 만일 그 말을 표현 그대로 받아들인다면, 사람이 사람 때문에 못살겠다는 일 그 이상 우리에게 비극적인 일이 또 어디에 있으랴 싶었고, 그렇다면 우리는 누구와 살아야 하나? 하는 생각이 머릿속을 맴돌았기 때문이었습니다. 하지만 요즘은 정말 사람 때문에 겪는 실망과 쇼크가 너무 커서 사람에 대한 무섬증이 생겨날 정도입니다.

박근혜 대통령은 대통령 취임 이후 첫 외국 나들이로 미국에 왔고, 또 그때가 북한의 전쟁 위협 시기와 맞물려 있던 때라서, 모든 한국인과 미국인들, 그리고 주변 국가들의 관심이 박근혜 대통령 방미에 집중되었습니다. 그 중요한 때, 윤창중 씨가 한국의 대통령 대변인으로 보여준 비상식적이고 비도덕적인 행위는 그 뉴스를 접하는 모든 사람들을 경악시켰습니다. 문제는 그것으로 끝난 것이 아니고, 그 와중에 서 윤창중 씨가 기자회견을 자청하고 말 같지 않은 변명을 늘어놓는 것을 보면서 우리 한인들은 경악을 넘어 그야말로 절망할 수밖에 없었습니다. 그런 인물이 한국의 전 언론인이었고, 보수논객이었고, 대통령 대변인이었다니, 집 밖에 매어둔 소가 웃을 일이었고, 해외에 나와서 살고 있는 한인들로서는 타 인종들 보기가 민망한 일이었습니다.

그렇다고 해서 우리는 그에게 돌을 던질 수 있는가? 아닐 것입니다. 윤창중 씨의 술 취함은 우리 모두의 모습이었고, 그의 추행은 우리 모두의 행실이었고, 그의 철면피한 해명은 우리 모두의 변명이었다고 생각되었기 때문입니다. 솔직하게 말해서 그동안 한국 사회의 정치, 경제, 사법, 언론의 지도층 인물들을 비롯하여 일반 서민들, 그리고 해외 공관원들과 교민들까지 스스로 자신을 살펴볼 때, 누가 윤창중 씨에게 떳떳하게 돌을 던질 수 있겠습니까? 그런데도 한국의 언론계가 연일 보여준 하이에나식 비판과 한국의 정치계가 보여준 정치공세 태도는 모두 실망스러웠습니다. 이 윤창중 씨 일은 우리에게 비평과 야유의 소재가 아니라 우리 모두가 수치를 느낄 일이었고, 우리의 자성이 필요한 일이었습니다. 어쩌면 우리 모두가 크게 뉘우치고, 우리 자신을 되돌아보아야 했습니다. 그동안 청문회다 뭐다 해서 한국 국회가 보여준 광경은 더 깨끗하지 못한 사람들이 덜 깨끗하지 못한 사람을 청문회하는 그런 모습이었습니다. 그런데도 우리의 사회적 지도자들은 타인에게 돌을 던지기에 바빴습니다. 여기에 우리의 절망이 있습니다. 또 그것은 또 다른, 또 더한 근원적인 인간에 대한 실망이기도 한 것입니다.

예수께서는 십자가에서 죽음의 고난을 겪으시고, 거기서 부활하신 후에, 스승을 배반하고 도망쳐버린 제자들을 찾아가시는 일을 제일 먼저 하셨습니다. 비굴하였고 배은망덕했던 제자들을 찾아가셔서 그들을 용서하시는 일부터 하신 것입니다. 생각해 보면 예수께서 부활하셔서 찾아가실 대상은 그래도 제자들밖에 없으셨을 것입니다. 그래도 예수님의 말뜻을 알아듣고, 다시 뉘우칠 가능성을 가진 대상이 제자들뿐이기 때문이었을 것입니다. 그것은 인간에 대한 하나님의 뜻의 일단을 보여주는 상징적인 일이었습니다. 하나님께서 세상의 죄를 씻어줄 제물로 독생하신 아들을 내어놓으신 것은, 이 세상에는 용서하고, 희망을 걸어볼 대상이 사람밖에 없다는 사실을 아셨기 때문입니다. 아무리 타락하고, 아무리 죄를 짓고, 아무리 악하더라도, 그가 사람이기에 희망이 있다고 보셨던 것입니다.

실망스런 인간들 안에, 희망의 인간이 있습니다. 잘못을 저지른 사람을 돌로 치기 전에 나 스스로를 살피고 부끄러움을 느끼며 자기 개혁을 실천할 때, 그리고 들었던 돌을 버리고, 연민과 동정으로 그 비난의 대상을 돌아보아줄 수 있을 때, 우리는 희망을 가진 인간 가족이 될 수 있을 것입니다. 그래야 우리는 동시대를 살아가는 인간 가족이고, 한 민족이고, 사람일 것입니다. 공자 같은 헛소리를 늘어놓고 있다고 필자를 나무라실 분이 있을 것입니다. 하지만, 우리가 그렇게 할 수 있을 때, 윤창중 씨가 우리 한국인에게 덮어씌운 이 더러운 똥바가지에서 오명과 굴욕을 씻고, 세계인들에게 나설 수 있다고 생각합니다. 그러지 않는다면 윤창중 씨가 보여준 한국인의 그 창피한 실상을 어떻게 바꾸어 나가겠습니까?

사람의 희망은 그 사람의 자기 개혁의 노력이 있을 때 희망이 됩니다.

아무리 실망스러워도, 우리가 희망을 걸 수 있는 대상은 역시 사람뿐입니다.

그리운 세월

찢기에는 너무 아까운
가을 달력을 찢는다.

전혀 퇴색되지도 낡지도 않은 세월을 찢어
추억도 아닌 폐지로 휴지통에 버린다

꿈 이파리 파릇파릇했던 유년을 찢고
사랑을 주고 사랑을 얻던 청춘을 찢고
대책 없이 아비가 되던 그 땀내 나던 시절의 두려움을 찢고
이제는 아직 찬란한 가을을 찢는다.

허옇게 눈 내리는 겨울을 남겨두고
어디서 다시 찾으리 그리운 세월들

찢어내어내면 다시 돌아오지 않을
아까운 세월들

엄마, 언니와 함께
〈Sonu Amelia Kim 2007 / 4세〉

달력을 찢을 때마다 아까운 세월을 생각합니다.

아직은 찬란한 한 계절의 화려한 풍경을 찢어내면서 그렇게 찢기어나가는 것이 달력뿐이 아니라는 것을 깨닫습니다. 그리고 나이가 들수록 그것은 안타까움이었다가, 체념이었다가, 좌절이다가 참담한 괴로움이 되기도 합니다.

두만강 얼음 위의 주검

조선조 500년 마지막 임금 고종 초기, 이사벨라 비숍이라는 영국인 여성 지리학자가 우리나라와 주변국들을 답사하였습니다. 그 비숍 여사가 쓴 「조선과 그 이웃 나라들」이라는 기록에 보면 당시 황해도와 평안도 지역에는 길바닥에 시체가 즐비했다고 하였는데, 그 시체들은 모두 굶어죽은 사람들이었다고 기술하고 있습니다. 또 그 기록에는 배고픔을 견디지 못한 그 지역 사람들은 대여섯 살 난 여자 아이들을 중국인 뱃사람들에게 돈을 받고 팔았는데 그 값이라는 게 고작 쌀 한 말 값이었다고 했습니다. 그런 상황이 어디 황해도와 평안도뿐이었을까요? 아닐 것입니다. 비숍 여사의 발길이 미치지 못했을 뿐, 농토가 더 빈약한 함경도 지역은 더 혹독한 굶주림이 휩쓸고 있었을 것입니다.

보릿고개라는 춘궁기가 반복되면서 그때마다 백성들이 굶어 죽어 나갔는데도 500년 이씨 왕조는 그 문제를 해결하지 못했습니다. 생각해 보면 참 기가 막히는 일입니다. 문신이 무신을 누르고 선비 정치로 조선왕조 500년을 지탱했다는 것은 세계 역사에 유례가 없는 일이었다고 누군가는 자랑 비슷하게 말하였지만, 그게 어쨌다는 것입니까?

국가 정치는 당쟁으로 날이 새고, 백성은 가렴주구의 학정 아래에서 해마다 굶어 죽기를 반복하였다면, 우리는 이 역사를 어떻게 보아야 하겠습니까? 중요한 점은 이것입니다. 어떤 국가, 어떤 정체든, 다수의 백성이 최소한의 양식을 얻지 못해서 굶어 죽는 일이 반복되고 있었다면, 어찌 그런 국가가 떳떳한 국가이겠으며, 어찌 그런 역사가 자랑스러울 수 있겠습니까?

최근에 인터넷 BBC 북한소식 동영상에 두만강 얼음 속에 죽어 있는 북한 여성의 사진이 여과 없이 보도되고 있었습니다. BBC 기자는 기자답게 사실을 보도하였겠지만 우리 한국인들은 차마 눈시울 뜨겁지 않고서는 바라볼 수 없는 사진이었습니다. 들리는 말에 의하면 최근에 북한의 함경도 지역에는 90년대의 "고난의 행군" 시절 못지않은 아사자가 속출하고 있다고 합니다. 북한에서 형편이 가장 나은 평양에서도 불과 한 달 사이에 1kg에 1,500원하던 쌀값이 3,200원으로 치솟았다는 소식이 들려옵니다. 금강산 관광이 허용되던 때의 기록에 보면 그 당시 북한 사람의 평균 월급이 200원에서 최고 500원 정도였다고 합니다. 그동안에 북한의 월급이 올라서 1,000원이 되었다고 보아도, 그 월급에 비해서 1kg의 쌀값 3,200원은 가히 충격적이라 하겠습니다. 평양의 쌀값은 북한의 식량 사정을 대변해 주고 있습니다. 다시 말한다면 돈을 주고도 양식 구하기 어렵다는 것입니다. 이미 북한은 속칭 "꽃제비"라고 불리는 집도 가족도 없이 떠도는 헤아릴 수 없이 많은 숫자의 아동들이 북한과 중국의 국경지역에서 음식 쓰레기를 뒤적이다 죽어가고 있으며, 가족들의 굶주림을 보다 못한 북한의 아녀자들이 양식

값을 벌기 위하여 스스로 두만강을 건너 중국인들의 성 노리개로 자신을 내주고 있다는 것도 이미 잘 알려진 일입니다. 두만강 얼음 속에 묻혀 있는 그 북한 여성 사진도 어쩌면 가족의 굶주림을 보다 못해서 자기 몸이라도 팔기 위하여 강을 건너다 추위에 쓰러진 한스러운 주검의 모습이었을지도 모릅니다.

역사의 앞뒤를 살펴보면 북녘의 우리 동족들은 조선조 때부터 굶주려 왔다고 보겠습니다. 단순히 농토가 모자랐기 때문만은 아닙니다. 백성을 다스리는 지도자들의 무능이 그들을 굶주림으로 내몰았던 것입니다. 문제는, 지나간 조선조는 그만두고라도, 지금 우리 시대의 이 민족적 비극을 우리는 어떻게 이해하고, 무엇을 해야 하는가입니다. 북한 당국자들은 왜 그렇게 오래 인민들의 배고픔을 해결하지 못하고 있으며, 그리고 남한의 지도자들은 이 비극을 어떻게 보고 있다는 말입니까? 최근 북한이 우리 군함을 격침시키고 우리 수역의 섬에 포격을 하여 많은 사상자를 내었습니다. 그리고 그런 북한의 행위에 국민들이 분노하고 이를 반드시 응징하겠다며 주먹에 힘을 주고 있습니다. 그러나 90년대에 북한에서 200만이 굶어 죽었고, 지금도 그에 못지않은 주민이 굶어 죽고 있다면, 그것은 차원이 다른 더 절실한 민족적 비극이고 고통이라 하겠습니다. 우리가 해외에 있건, 중국에 있건, 남한에 있건, 북한에 있건, 우리 속에 한민족의 피가 흐르고 있다면 지역과 정치와 이념을 초월하여 지금 북한 동족이 겪고 있는 이 고통을 우리는 결코 외면할 수는 없습니다.

두만강 위의 얼음 속에 쓰러져 죽은 그 여인의 넋이 지금 우리에게 무엇을 이야기하고 싶어 할까요?

체면치레

"양반은 얼어 죽어도 겻불은 쬐지 않는다"는 우리나라 속담이 있습니다. 겻불이란 쌀겨 태우는 불을 이르는 말입니다. 겻불은 연기가 많이 나고 불기운은 신통치 않습니다. 그러니 양반은 비록 추워도 그 매운 연기를 참고 겻불을 쬐지는 않는다는 말인데, 아니, 얼어붙는 추위에 곁에 불을 두고도 쬐지 않겠다니, 소가 들어도 웃을 일입니다. 비록 과장된 표현이지만 이 속담 한 마디를 두고 보아도 우리나라 체면문화의 한 단면을 보는 것 같습니다. 양반 체면이 무엇이길래 얼어 죽어도 불을 쬐지 않겠단 말입니까?

체면이란 얼굴을 세우는 일입니다. 그 속에는 인간으로서의 존엄성을 지키려는 의도가 분명히 있습니다. 그러므로 체면을 차리는 일을 부정적으로만 생각할 수는 없습니다. 살펴보면 체면을 차리지 않는 민족이 어디 있겠습니까? 중국인들도 체면 세우는 일에는 우리나라 사람들보다 더했으면 더했지 못한 사람들이 아닙니다. 서구 사람들도 체면을 중요시하는 데는 동양 사람 못지않습니다. 일일이 예를 들 필요가 없겠습니다.

문제는 그 체면 세우는 일이 얼마나 합리적인 것이냐에 있습니다. 수 년 전 우리 미주의 교포 사회에서 잘 사시던 분이 갑자기 사업이 어려워지고 생계가 위협을 받자 부부가 아이들까지 데리고 함께 자살한 일이 있었습니다. 누구는 재산 들고 태어난 신분도 아닌데, 또 가난이 무슨 죄도 아닌데, 좀 어려워졌다고 아이들까지 동반 자살을 한 것은 너무나 옹색한 생각이 아닐까 생각되었습니다. 체면이 이렇게 맹목적일 때, 그것은 비난의 표적이 될 수도 있습니다.

이런 잘못된 체면 차리기가 현재 남북한 사이에도 쌓여가고 있습니다.

북한의 경우, 어느 면을 보더라도 남북한끼리의 경제협력을 찾아 머리를 맞대어 협의를 하는 것이 합리적인데도 이를 외면하고 있습니다. 그동안 남한으로부터 전혀 협력을 받지 않은 것도 아니고, 어떻게 보면 받을 만큼은 받았다고 볼 수 있는데, 요즘 와서 남한하고는 상종을 못하겠다는 식입니다. 반면에 중국과는 그다지 유리해 보이지 않는 경제협력조약을 체결하고 있습니다. 북한은 마치 경제협력을 할 나라가 중국밖에는 없다는 태도를 보입니다. 북한의 광물질 채굴권은 대부분 중국인들이 가지고 있다고 합니다. 어떤 사람은 중국 사람들이 북한의 돈 될 만한 것은 다 뽑아서 가져가고 북한은 껍데기만 남았다고 하는 표현까지 합니다. 왜 우리 민족끼리 주고받는 일은 외면하면서 손실을 보면서까지 중국에 매달려야 할까요?

남한은 어떻습니까? 국민들의 정서를 고려한다는 이유로 북한이 그동안의 도발 문제를 먼저 사과해야 한다고 주장합니다. 충분히 이해가 가는 일이지만, 그렇다고 그 사과를 받아내기 위하여 계속 형제의 목줄을 조이고 있는 것도 그다지 좋아 보이지 않습니다. 형제가 굶주림 속에 있는데, 그리고 그 현실을 세계가 다 알고 있는데, 사과만 요구하는 것도 옹색하고 또 너그럽지도 않아 보입니다.

"체면이 밥 먹여주느냐"는 말이 있습니다. 명분 때문에 실리를 놓칠 수 없다는 말입니다. 중국 당국자들의 태도를 보면 이 말의 진가를 알 수 있습니다. 북한의 핵에 대한 우려가 중국인들에게는 없겠습니까? 하지만 그들은 유연하게 북한과의 거래를 트고 실리를 추구하고 있습니다. 핵은 핵이고, 장사는 장사이고, 정치는 정치다 하는 식입니다. 중국인다운 태도입니다. 미국도 여기서는 예외가 아닙니다. 그들은 북한과 남한을 저울질하고 있을 뿐이지 자국의 이해에 조금만 눈금이 기울면 금방 북한과 관계 개선에 나설 것입니다. 이런 때, 우리는 언제까지 서로를 의심하고, 증오하고, 비난하고, 체면이나 세우고 있을 것인지 모르겠습니다.

지금 제가 하는 이야기를 너무 상식적인 이야기이고 남북한 간의 얽히고설킨 불신과 현실 문제를 모르는 소리라고 탓할 독자가 있을지 모르겠습니다. 하지만 문제를 단순화시키지 않으면 해결이 어렵습니다. 아무리 복잡하게 분석하더라도 문제의 해결은 결국 단순한 것에서 찾아야 합니다. 대의를 찾아서 누군가 손을 내밀고, 또 손을 잡아야 하겠습니다.

남한과 북한의 지도자들이 언제까지 체면치레만 내세우고 민족의 슬픔과 고통을 외면하고 있을 것인지 참으로 답답한 마음입니다.

두렵다

빈 페트병을 버리면서
나는 두렵다.

단지 한 번 사용하고 버리다가, 버리는 일에 길드는,
평생 다듬어 쓴 이론서도 왜 이리 말이 많아! 머리말에서 버리는,
눈물의 씨앗으로 사랑하던 사람도 단지 일회용 인연으로 버리는,

처음에는 미안하고,
다음은 무덤덤하고,
나중에는 방자해지는,

마침내 정신은 비고
몸은 버리는

용궁에 간 토끼 / 색종이 수공
〈Sonu Amelia Kim 2007 / 4세〉

오늘의 시대를 버리는 시대라고 말할만합니다. 일회용으로 버려야 하는 것이 너무나 많습니다. 그렇게 버리는 습관에 길드는 현대인들은 일회용 페트병만 버리는 것이 아니라 소중한 것들도 버리게 되는 게 아닐까요? 무섭습니다. 버리는 일에 점점 방자해지는 내가 마침내 정신을 버리고 몸도 버리는 존재가 되지나 않을런지….

탈북 청소년들 문제를 보면서…

요즘 북한을 떠나서 자유 한국으로 오고 싶어 했던 청소년 아홉 명이 다시 북한으로 되돌려 보내졌다는 소식에 우리 모두 안타깝고 마음이 쓰립니다.

이번 일로 한국 정부의 외국공관원들의 안이한 대응에 비판 여론이 비등하였습니다. 그러나 외무부에서는 공관원들이 그 청소년들의 안전을 위하여 신중하게 움직인 것이 결과적으로 역효과를 내었다고 해명하고 있습니다. 뿐만 아니고 라오스 정부도 탈북인들을 돕는 한국인들이 인신매매를 한 사례도 있으므로 청소년들을 자국으로 돌려보내는 것이 그들에게 더 안전했다고 변명하고 나섰습니다. 중국에서도 그 청소년들을 북한으로 되돌려 보낼 때, 어느 국가도 안전 요청을 하지 않았으므로 그 청소년들이 다시 북한으로 돌아가는 일을 위험하게 보지 않았고, 자연스러운 귀국으로 보았다고 해명하였습니다. 그러고 보면 이 사건은 우리나라 해외공관원들을 비롯하여 관련 국가들이 크게 지탄을 받을 일은 없었는데, 결과적으로 생존을 찾아 나섰던 그 아홉 명의 청소년들만 뜻을 이루지 못하고 고통스런 곳으로 되돌아가게 되었다는 이야기가 됩니다. 모두 말이 안 되는 변명들이지만 결과적으로 그들의 무성의는 그 청소년들만 희생시키고, 인솔하던 도우미들의 발만 동동 구르게 하는 일이 되고 말았습니다.

여기서 우리는 한탄스러운 우리나라 관료사회의 무성의한 현실을 보게 됩니다. 북한에서 배고픔을 견디지 못한 청소년들이 목숨을 걸고 그 현실을 벗어나고 싶어 했다는 것 자체가 우리나라의 비극적 현실을 말해 주고, 또 얼마나 긴급상황인가를 잘 알고 있는 우리 공관원들의 태도와 변명은 아무리 이해를 하려고 해도 이해가 안 되는 일이었습니다. 게다가 위험을 무릅쓰고 탈북인들을 돕는 우리 도우미들의 행동이 라오스 정부에게 인신매매 행위로 보여졌다는 점도 가슴 아픈 일입니다. 우리 한국인들이 라우스 당국의 변명을 가능하게 하는 행위가 있지 않았다면 이런 변명 또한 성립되지 않았을 것입니다. 또 중국 당국도 이번 문제에 옹색한 발뺌 성명을 내는 모습에서 그동안 탈북인들 때문에 겪는 그들의 어려움도 엿볼 수 있고 또한 우리 관료들의 무성의를 비웃고 있다고 하겠습니다. 이 모두가 우리나라가 얼마나 불행한 현실에 있는지를 보여주고 있습니다.

우리는 남북한을 포함한 우리 민족 자신에게 그 책임이 있다는 점을 알아야 하겠습니다. 남북한의 갈등이 어제 오늘의 일이 아니고, 한국전쟁 이후 그동안 일어난 고통스럽고 가슴 아픈 일들이 산처럼 쌓여가고 있는 오늘입니다. 이런 때 북한 거주 동포들이 북한 체제 속에서 어떤 행동을 취한다는 것은 사실상 불가능합니다. 따라서 이런 현실을 타개하는 모든 노력은 우리 남한과 해외에 나와 있는 한국인들의 몫이라고 생각합니다.

우리가 무작정 해외공관원들을 나무란다고 해서 무엇이 해결될 일이 아니고, 그렇다고 관련 국가들을 비난한다면 앞으로 우리의 입지만 좁아지고 국제 관계만 나빠질 것입니다. 아무리 쓰라리고 가슴 아픈 현실이 벌어졌다고 하더라도 이 모든 문제가 우리 스스로가 만들어낸 역사이므로 우리가 저마다 책임을 느끼고 풀어나가는 자세가 필요하다고 보겠습니다.

우리나라 해외공관원들은 제발 교포사회에 군림하는 자세를 버리고 자국의 국민들을 어떻게 보호할 것인지에 성의와 노력을 기울여야 하겠습니다. 모든 국민들도 이번 일을 통해서 이미 한국에 나와 있는 새터민들의 삶에도 한 번 더 관심과 애정을 가지고 되돌아보아야 하겠고, 또한 지금 북한에는 배고픈 형제들이 그 아홉 명의 청소년뿐이 아니라는 사실에도 주목해야 하겠습니다.

이번에 유엔에서 발 빠르게 그 아홉 명의 청소년의 안전을 북한당국에 확인 요청을 하여준 것은 참으로 고마운 일이었습니다. 우리도 정부가 어떤 일을 해야 하고, 국민들이 무엇을 해야 할지를 우리 모두 함께 생각해야 하겠습니다.

생계의 방법

유태인의 『탈무드』에 이런 이야기가 있습니다.

레빈이라는 사람이 아내에게 줄 선물로 다이아몬드 반지 하나를 샀습니다. 회사의 점심시간에 그는 자기 친구, 시에겔에게 그것을 보여주었습니다. 시에겔은 "자네 그거 얼마에 샀는가?"라고 물었습니다. "500달러라네." "그것 참 내 마음에 드는 물건이네. 내가 700달러를 주겠네. 그러면 자네는 200달러를 남기지 않는가?" 그렇게 레빈과 시에겔은 합의가 이루어져 반지는 시에겔에게 팔렸습니다. 다음날 레빈은 반지가 못내 아쉬웠습니다. 그래서 다시 시에겔에게 가서 800달러에 되사겠다고 제안했고, 시에겔은 반지를 레빈에게 넘겨주었습니다. 순식간에 그는 100달러를 벌었습니다. 그러나 시간이 갈수록 그 반지에 대한 애착심이 가시지를 않았습니다. 시에겔은 전화를 걸어 레빈에게 말했습니다. "여보게! 자네가 그 반지를 내게 다시 판다면 내가 1,000달러를 주겠네." 그래서 레빈은 기분 좋게 다시 200달러를 챙길 수 있었습니다. 시에겔은 그 반지를 자기 동업자인 버만에게 보여주고 1,500달러를 불렀습니다. 반지를 본 버만이 합의해서 시에겔은 500달러를 벌 수 있었습니다. 다음날 레빈이 시에겔에게 전화를 걸어 반지를 되돌려 준다면 1,200달러를 주겠다는 제의를 해 왔습니다. 시에겔은 대답했습니다. "미안하네. 나는 그것을 1,500달러에 버만에게 넘겨주었다네." 이 말을 들은 레빈이 소리쳤습니다. "자네는 바보였구만. 어떻게 그런 짓을 할 수 있단 말인가?" 의아해진 시에겔이 물었습니다. "내가 뭘 잘못했단 말인가? 내 물건을 500불을 남기고 판 게 잘못이란 말인가?" 그러자 레빈이 탄식하듯이 말했습니다. "우리는 그 반지로 생계를 유지해 나갈 수 있다는 것을 자네는 정녕 몰랐단 말인가?"

유태인들의 해학은 단순한 우스갯말만은 아닙니다. 이 이야기에도 삶의 경제논리에 밝은 유태인들의 지혜가 번뜩이고 있습니다. 이 다이아몬드 반지라는 물질을 인간관계의 신뢰라고 보고 그것을 사회적 윤리관 위에 놓고 보면 그 숨겨진 뜻이 잘 드러납니다. 한 사람이 지켜가는 신뢰가 타인에게 번지게 되면 그것은 더 큰 믿음으로 되돌아오고 마침내 상호 신뢰사회라는 탄탄한 이상향이 건설됩니다. 동서고금을 통해서 상호 신뢰야말로 인간 생존의 중요한 수단이었던 것입니다. 그러나 그 상호 신뢰라는 것도 한쪽이 정도 이상의 욕심을 챙기면 깨어지고 맙니다. 신뢰란 그 관계의 정도에 알맞게 그리고 성실하게 이루어져야 합니다. 레빈이 볼 때, 500달러에 반지를 팔아넘긴 시에겔은 너무 근시안적인 안목으로 관계의 신뢰를 버리고 지나치게 자기 이윤만을 획득함으로써 오히려 장기적인 상호 생계의 길을 잃고 말았던 것입니다.

요즘 우리 조국의 남한과 북한을 보면서 이 『탈무드』의 이야기가 더

욱 절실하게 다가옵니다. 남북한이 금강산 관광과 개성 공단, 그리고 각종 인도적 지원으로 상호 신뢰를 쌓았습니다. 그러나 한쪽이 지나치게 이 신뢰를 아전인수식으로 이용하고 말았습니다. 북한이라는 시에겔은 이상한 자존심이랄까요, 자기 방식이라는 구실로 이 신뢰관계를 어렵게 하고 일방적인 자기 추구 행동을 하였습니다. 핵무기 개발로 주변 국가들을 불안하게 하는가 하면, 돈을 내고 금강산 구경을 간 관광객을 쏘아 죽이고, 정당한 이유 없이 천안함에 어뢰 공격을 감행하여 47명의 목숨을 희생시킵니다. 그럼으로써 남북한의 상호 신뢰, "생계의 방법"은 무너지고 말았습니다. 아무리 명분 있는 이유를 찾아낸다 할지라도 인명을 앗아가는 행위 앞에서 믿음이란 그 존립이 불가능해집니다.

최근에 중국과 대만이 상호 무역에서 관세를 철폐했다고 합니다. 우리보다 더 유연한 관계의 중국과 대만이 한 단계 더 다가서서 다이아몬드 반지를 서로 팔고 사고 있습니다. 그들은 치열한 무한 경쟁의 국제 사회에서 더 나은 서로의 생계방법을 찾고 있습니다. 힘의 균형으로 볼 때 중국과 대만은 비교가 안 될 정도로 기우는 관계이지만, 그들은 상호 의존, 상호 호혜, 상호 신뢰를 쌓아가고 있습니다. 그에 비하면 바로 이웃에 있는 우리 남북한은 이미 쌓은 서로의 믿음마저 함부로 무너뜨리고 있습니다. 다이아몬드 반지를 서로 사고팔기는커녕, 이윤도 없이 깨부수어 쓰레기통에 버리고 있습니다. 아쉽고 답답한 일입니다. 지금이라도 굶주리는 동족을 위하여, 그리고 민족의 내일을 위하여, 대승적인 차원에서 남북한의 지도자들이 진정한 신뢰를 이루어 나가는 성의를 보일 수는 없는 것일까요?

아침 드시다

아침 드셨어요! 인사하던 때가 있었다.
아침밥이니, 아침식사니 하는 어휘를 쓰면
어쩐지 궁색하고 여유가 없어 보여서 우리 선조들은
언어가 아니고 마음으로 서로의 아침식사 여부를 물었다
정녕 우리 선조들은 구차스럽게 밥을 먹는 일보다
아침을 드셨다. 밝고 환한 아침을 감사하게
음식보다 더 소중한 밝은 햇살과 맑은 공기와
새로운 하루를 아침으로 드셨다
설령 비루먹은 삶에 넉넉한 음식을 못 드셔도
아침을 겸손하고 경건하게 충분히 드셨다
아침 드셨어요 하고 인사를 하던 때 그 인사가
인사하는 사람과 인사받는 사람이 주거니 받거니
서로 넉넉히 아침을 드는 일이라는 걸 알았다
사람이 그 하루를 살아가는 아침의 필요가
어찌 밥과 국 한 그릇, 그 음식뿐이리
가족이건 이웃이건 나누고 나누어도 다함이 없는
그윽한 염려로 묻기에도 서로 아심찮은 마음의
인사가 되고 존경이 되어 허기를 밀어내던 분들
알고 보면 참 배부르게 아침을 드셨다
거기다 약소한 음식까지 곁들여 하루를
아침 햇빛처럼 따뜻하게 긍정하며
자네도 아침 잘 들었는가 대답하던 때가 있었다

엄마 품에서
〈Sonu Amelia Kim 2007 / 4세〉

우리는 식사를 했는지를 묻는 말로 인사하던 때가 있었습니다. 우리는 그런 인사를 궁핍한 살림살이에서 나온 것으로 치부해버리기 쉽습니다. 그러나 우리 선조들은 그런 인사를 통해서 인간이 가진 그 진한 유대감과 상부상조의 섬김을 표현하는 인사로 삼았습니다. 그런 면에서 그 인사는 생각할수록 아름답고 피가 통하는 안부였습니다.

통일세

〈장님 소녀〉라는 19세기 때의 그림이 있습니다. 황금 들녘을 배경으로 작은 손풍금을 무릎에 놓고 있는 눈먼 소녀가 어린 여동생과 함께 길가 둔덕에 앉아 있습니다. 그들은 그곳을 지나는 여행자들에게 손풍금을 연주해 주고 잔돈을 구걸하는 처지입니다. 하지만 오늘은 비가 와서 지나가는 여행객이 없습니다. 다만 이제 비가 그치고 멀리 지평에 드리운 하늘을 배경으로 쌍무지개가 뜨자 어린 여동생이 고개를 돌려 쌍무지개를 바라보며 장님 언니에게 그 광경을 설명하고 있습니다. 이 그림을 보고 있으면 그 어린 여동생의 상기된 목소리가 들려오는 듯합니다. 그러나 이 그림에서 가장 인상적인 것은 그 장님 소녀의 얼굴 모습입니다. 비록 장님이고 구걸해야 하는 고단한 삶을 살아가는 소녀지만 동생이 들려주는 그 무지개를 마음으로 그려보는 그녀의 얼굴은 한없이 해맑고 예쁘고 평화롭습니다. 비 때문에 하루 벌이를 공쳤지만 마음에 그려보는 무지개로 생존의 염려를 극복하고 있습니다.

이 그림은 19세기 영국 최고의 화가 존 에버렛 밀레이(John Everett Millais)의 작품입니다. 이 화가는 자신의 성장 배경이 불우했었지만 그 불운을 극복하고 불멸의 작품을 그려내는 화가로 성공한 사람입니다. 그래서일까요? 그의 그림은 고통스런 내용이면서도 화면을 밝고 아름답게 설정함으로써 그 고통 너머의 행복을 바라보게 합니다. 그의 그림 〈장님 소녀〉를 보고 있으면 인간의 현실적인 고통이란 마음에 그리는 희망이라는 무지개로 극복할 수 있다고 강변하는 화가 밀레이의 목소리가 들려오는 것 같습니다. 저도 한때 그 〈장님 소녀〉 인쇄본 그림을 사무실 벽에 붙여두고 있었습니다. 이민살이의 삶이 너무 고달프고 힘들 때, 그 그림을 통해서 밀레이가 주는 희망의 목소리를 듣곤 했습니다.

사람에게는 오늘의 현실이 아무리 힘들고 고달파도 그 너머 내일의 무지개를 그려보면서 그 고달픈 현실을 극복하고 꿈을 현실로 만드는 능력이 있습니다. 그래서 사람은 신의 영역으로 들어갈 구원받을 존재이지, 본능으로 살아가는 짐승으로 타락할 수 없는 존재였던 것입니다.

지난 주말, 우리는 광복 60주년 기념일을 보냈습니다. 비록 타국에 나와서 살아도 우리 교민들은 광복절 60주년을 보내면서 생각이 많았을 것입니다. 특히 미국 교민으로서 우리의 선배들이 자랑스럽습니다. 조국의 광복을 위해서 그 어려운 타향살이에서도 독립자금을 보내고 머나먼 거리에서도 독립투쟁에 참여하였다는 것은 긍지를 가질 만한 일이었습니다. 우리의 선배들은 보다 나은 조국의 내일을 바라보았기 때문입니다. 그들은 당시 암울한 조국의 현실에도 조국 광복이라는 희망을 마음에 새기면서 살았습니다. 비록 고국은 일제의 지배를 당하는 상황이었고, 자기는 남의 땅에서 서럽게 사는 이민자였지만, 조국의 광복을 도움으로써 민족이라는 공동체 안에서 자기 존재를 확인하며 살았던 것입니다.

광복 60년이 되었지만, 우리 민족에게는 아직 진정한 광복이 완성되지 않았습니다. 그것은 북쪽에 있는 2천만 동족이 아직도 자유를 누리지 못하고 고통 속에 있기 때문입니다. 그래서 한국인이라면 누구나 민족의 통일과 북한 동족의 자유라는 희망의 쌍무지개를 한시도 잊지 않고 바라보며 살아오고 있습니다.

이번에 이명박 대통령이 광복절 기념식에서 민족의 통일을 준비하기 위한 "통일세" 제정을 논의하자고 국민들과 정치권에 제안하였습니다. 그것은 말할 수 없는 불행 속에 살아가고 있는 2천만 북한 동족들에게나, 그 동족들의 고통을 가슴에 박힌 가시처럼 느끼며 사는 자유지역의 우리들에게나, 민족의 내일에 또 하나의 영롱한 무지개가 바라보게 하는 소식이었습니다. '통일세'라는 것은 경제적인 토대를 구축하여 현실적으로 통일을 준비하자는 것입니다. 말로만 통일을 외친다고 해서 통일이 이루어지는 것이 아닙니다. 정치도 필요하고, 국제관계도 고려해야 하고, 무엇보다 남북 간의 상호 신뢰가 필요하지만, 그에 못지않게 경제적인 토대를 구축하는 것도 필수적이라 하겠습니다. 그 일이 정말 성사되어 법이 제정되고 온 국민이 이를 동의하는 일이 이루어질 것인지는 아직 모를 일이지만, 대통령이 그런 제안을 하였다는 것만으로도 우리 민족의 마음에 무지개가 뜨고 있습니다. 생각해 보면 너무 늦었지만 지금이라도 하는 생각과 함께.

흥부 놀부의 후일담

여러분 중에 우리의 고전, 흥부놀부전의 후일담을 들어보신 일이 있으신지 모르겠습니다. 물론 없으시겠지요. 후일담이란 존재하지 않으니까요. 하지만 한 번 생각해 볼 수는 있을 것입니다.

찢어지게 가난했던 동생 흥부가 착한 심성으로 치료해 준 강남 제비 덕에 벼락부자가 되고, 반면에 천하의 심술쟁이 놀부가 동생 흥부의 치부를 시기심으로 흉내 내다가 졸지에 패가망신한 이야기 흥부 놀부. 그 종결부에서부터 후일담을 시작해 보십시다.

가산이 풍비박산 나고 생존이 위기에 몰린 놀부가 가만히 있을 리가 없습니다. 동생 흥부를 찾아갑니다. 그가 과거의 흥부처럼 형수가 아닌 제수에게서 주걱으로 뺨을 맞아가며 양식을 좀 나눠달라고 애소했을까요? 그럴 리가 없습니다. 놀부는 흥부처럼 애소하는 스타일의 인간이 아닙니다. 심술과 자존심으로 뭉쳐진 놀부는 얻으러 가는 주제에도 동생 집의 대문을 발로 걷어차고 고래고래 소리 지르면서 양식 정도가 아니라 재산을 모두 내놓으라고 으르렁댑니다. 그는 만약 재산을 형님에게 순순히 내어주지 않는다면 어떤 보복이 따를지 모른다고 위협합니다. 단순히 위협으로 끝나지 않고 흥부네 저택의 담 너머에서 주먹 같은 돌멩이를 안으로 날리고, 대문에 불을 질러 소방대를 출동하게 하는가 하면, 조카들을 납치하고 대가를 요구하는 등 별별 야료를 다 부립니다. 그러한 놀부를 두고 흥부는 어떤 반응을 보일까요? 흥부 부인이 밥주걱으로 놀부의 뺨을 때려 내쫓을까요? 아닙니다. 그건 착한 흥부 가족들이 할 수 있는 일이 아닙니다. 흥부는 그때마다 형님을 집안으로 모셔 들이고 산해진미의 상을 차려 배부르게 대접하고 난 후에 결코 적지 않은 액수의 금전을 들려서 돌아가게 합니다. 흥부로서는 형님의 몰락이 가슴 아프고 안쓰러워서 형님 가족과 합가하여 모두 한 집에 같이 살기를 청합니다. 그러나 오만방자한 놀부는 "내가 네 집 행랑살이나 하라는 것이냐"고 호통을 치면서 "그러려면 아예 네가 가솔을 데리고 나가라. 대신 내 가족이 들어와 살겠다"고 합니다. 그러면서 원래 성실하게 사는 일에는 관심이 없는 놀부는 흥부를 위협해서 뜯어간 돈으로 기생집에 가서 음주가무로 세월을 보내는가 하면, 조폭들과 사귀어 동생 흥부에게서 더 큰 돈을 뜯어낼 방법을 짜내거나, 아니면 통째로 흥부네 재산을 접수할 망상에 젖어 지냅니다. 이래서 흥부놀부전의 후일담은 그 본편을 빰치는 긴장과 폭력과 술수가 이어지는 스토리로 엮어지게 됩니다.

후일담이 이쯤 오면 흥부 놀부의 이야기가 단순한 전래소설이 아니라 현대 우리 민족의 남북한의 형편을 조명해 주는 상징이기도 하다는 것을 이해하게 될 것입니다. 남한 국민들이 착한 마음으로 밤낮으로 뛰어서 강남 제비의 기적을 이루어내는 동안, 북한 정권은 심술과 해코지로 세월을 보내다가 졸지에 공산주의의 몰락으로 가산이 탕진되고 말았습니다. 그런데 그 이후가 문제입니다. 남한에 대한 북한의 도발과 납치, 위협 등은 남한의 발전과 안전에 심각한 장애로 작용합니다. 필요 이상의 군사비용, 필요 이상의 외교노력, 그리고 그치지 않는 긴장에 시달려야 합니다. 그동안 남한이 북한 지원에 쏟아 부은 자금이 적지 않은데도 북한의 폭력성은 더 큰 조공(?)을 요청하고 있습니다.

그러면서도 놀부는 지금까지 자신이 사귀어온 조직폭력배에 멱살이 잡혀 있습니다. 그나마 그 폭력배에게 충성함으로써 겨우 생존을 부지하고 있습니다. 그러자니 굶주리는 자기 가족들에게는 무리한 인내를 강요하고, 이웃의 조폭에게는 아부를, 형제 흥부에게는 해묵은 공갈을 반복하고 있습니다. 놀부 가족들의 배고픈 신음 소리가 울타리를 넘어 들린 지 오래고, 이렇게 엇나가는 형제를 울타리 너머에 두고 있는 흥부의 고민은 깊어지고 있습니다.

여기서 우리는 동생 흥부에게 난국을 타개해 나가는 선한 지혜가 요청되고 있음을 알게 됩니다. 첫째는 놀부의 폭력에 대처해야 합니다. 둘째로는 신음하는 놀부네 가족의 배고픔을 해결해 주어야 하고, 셋째로는 태생적으로 폭력 근성의 놀부가 전시대적인 망상에서 깨어나기를 촉구해야 합니다. 그리고 네 번째로는, 조폭의 손아귀에 있는 놀부네 가족을 빼내어 끌어안는 형제 통합을 이루어내야 합니다. 흥부 역할을 해야 하는 남한 정부는 이 네 마리의 토끼를 동시에 잡고 이 이야기를 해피엔딩으로 이끌어가야 합니다. 여기에 우리 민족의 내일이 걸려 있습니다.

곡우(穀雨)

왜 젖어야 모두 일어나는지 봄에는
빗소리에 어설픈 아침잠이 깨듯이
겨울을 건너온 언 가지들 몸 젖자 문득
실눈 뜨고 초록 어린 순들 깨우겠지
눈 뜨는 일이나, 잎새 길러내는 일들이
모두 눈물겨운 일들이지만 어쩌리
이때쯤에는 천지가 촉촉한 눈물뿐인 걸
일어나 빗줄기 속에 샤워를 마치고
하루를 열고 나서는 출근길이
젖는 일부터 시작하는 날 아침에는
나도 아직 언 밭에 나가 싹 틔우는 봄보리로 서고 싶다
너도 더 자라야지 하시며
하늘 저편에서 자식 애달파 눈물 뿌리시는 어머니
교훈처럼 착한 곡식으로 키워주는
비에 젖는 곡우의 아침

수선화를 보며 / 그려서 오리기
〈Sonu Amelia Kim 2007 / 4세〉

곡우에는 비가 내립니다. 봄보리를 키워서 자라게 하는 고마운 봄비입니다. 이 봄비에 얼었던 땅이 녹고, 나무와 풀뿌리들은 새싹을 틔우기 위하여 기지개를 켜게 됩니다. 생각해보면 봄비는 어머니의 젖무덤에서 젖어드는 유젖 같은 것이고 자식을 일깨우는 부모님과 선진들의 『채근담』 같은 것입니다.

교환의 불륜

화폐의 기원을 찾는 학자들은 인류 최초의 돈이 암소(cows)였을 것이라고 추리합니다. 인류가 농경사회를 이루면서 노동력도 되고, 양식도 되고, 젖도 나오고, 새끼도 낳는 암소가 재물 교환의 가치 기준이 되었을 것으로 보았기 때문입니다. 그 당시 사람들이 가진 물물교환 형태는 상상력을 발휘해서 구성하면 대강 이런 것이었다고 합니다. 처음에는 어떤 농사꾼이 옥수수를 가지고 사냥꾼 집으로 가서 짐승 가죽으로 만든 신발을 바꾸어 옵니다. 그러나 그 다음, 사냥꾼에게 아직 넉넉한 옥수수가 있는데 농부가 다시 옥수수를 들고 신발을 달라고 하면 사냥꾼은 옥수수보다는 신발을 꿰맬 바늘이 필요하다고 말합니다. 그러면 그 농부는 그 옥수수를 가지고 대장장이를 찾아가서 자기의 옥수수를 먼저 바늘로 바꾼 다음, 그는 다시 사냥하는 사람을 다시 찾아가서 그 바늘을 주고 신발을 바꾸어 오게 됩니다. 거래가 좀 복잡해지게 된 것입니다. 그래서 여기저기 다니거나, 각기 다른 물건을 들고 필요처를 찾아다니지 않아도 되는, 공통적으로 누구나 축적하여 가져도 되는 물건을 주면 쉽게 거래가 이루어집니다. 옥수수는 많이 가지고 있게 되면 썩을 수도 있고 또 스스로 불어나지 않지만, 암소는 자라나고, 또 젖을 제공하고, 더 많은 노동력도 제공하게 되니까 축적과 이윤의 효과가 있어 누구나 원하게 됩니다. 그래서 암소가 인류사에 최초의 화폐로 등장하게 됩니다. 물론 곧 이어서 꿀, 기름, 소금, 포도주, 금, 은 따위가 교환가치의 화폐로 등장합니다. 그러나 이런 원시적인 거래에도 분명한 원칙이 있었는데, 그것은 거래 당사자가 서로 상응하는 적정 가치의 교환이 그것이었다고 합니다.

하지만, 자본주의 체제가 세계를 점유하고 있는 현 시대에도 물물교환에 의존하는 나라가 있습니다. 북한이 그렇습니다. 북한은 자본주의의 도입을 꺼립니다. 간단히 말한다면 자본주의는 시장을 열어야 하고, 국제 은행 자본이 유통되어야 하고, 자유로운 교환체계가 이루어져야 하는 제도입니다. 이런 제도는 국민들을 통제의 울타리 안에 두어야 하는 북한으로서는 도입이 불가능합니다. 그래서 북한은 아직도 물물교환 형태의 국제거래를 유지하고 있습니다. 그러나 북한과 물물교환을 할 수 있는 국가는 그다지 많지 않습니다. 그래서 물물교환의 대상국가가 점차 중국 하나로 좁혀지게 되었습니다.

이런 틈에 중국 상인들은 마음껏 북한을 벗겨가고 있다고 합니다. 단적인 예로, 지난 연초, 중국 상인들은 극한적인 선까지 양식이 부족했던 북한에 쌀을 싣고 가서 중국 현지 가격의 세 배, 네 배를 받았고, 그 대신 북한의 광산에서 채굴한 광물들을 현 국제 시가의 3분의 1도 못 미치는 가격으로 가져갔다고 합니다. 들리는 소식에 의하면 북한의 지하자원 채굴권은 전부 중국인들의 손에 넘어가 있다고도 합니다. 말하자면 선사시대에도 없었던 무역 불균형이 북한과 중국 간의 무역 현실이 되고 있습니다. 중국 상인들의 북한과의 거래는 단순히 교환의 불균형이 아니라 "교환의 불륜"이라고 할 정도입니다. 그것은 상거래의 이윤추구가 아니라 윤리부재의 수탈이기 때문입니다. 중국이 계속 북한을 감싸고 있는 것은 정치적이고 군사적인 이유도 있겠지만 무엇보다 마음대로 수탈이 가능한 북한을 세계시장에 내놓고 싶지 않기 때문일 것입니다. 연전에 북한 정권은 중국의 지나친 교환가격 책정과 거기에 따른 북한 정부 관리들의 부정이 드러나 대대적인 숙청이 있었고, 그것은 끝내 화폐개혁이라는 악수를 두게 하였다고 합니다.

북한이 핵무기를 개발하는 데 안간힘을 쏟는 이유가 그들의 국방 문제에 국한되어 있지 않습니다. 그들은 좀 더 큰소리치고, 확실하게, 그리고 한 번에 막대한 교환가치가 있는 재산으로서 핵을 선택한 것입니다. 그러므로 북한의 핵은 단순한 무기가 아니라 매력적인 물물교환의 상품이라고 보겠습니다.

저는 지금 북한 문제에 대해 아는 체 하려는 게 아닙니다. 우리가 좀 더 진정성을 가지고 북한의 내 핏줄들을 바라보자는 것입니다. 굶주리는 나라 형편에도 도발을 저지르고, 핵무기 개발이라는 악수를 두고 있는 북한을 우리는 어떻게 읽어야 하겠습니까? 북한을 단순히 3대 세습이나 노리고, 국제적인 문제아로만 보아서는 해결의 길이 없을 것입니다. 체제상 자본주의를 채택할 수 없는, 그런 여건 때문에 주변 국가에 수탈을 당하고, 그런 현실에 분노하는, 그래서 결국 핵을 선택하게 되었습니다. 그러나 북한은 결코 바보가 아닙니다. 그들은 나름대로 생존의 수단을 찾습니다. 그런 내 형제를 우리는 어떻게 생각하고 대해야 하는지, 그리고 그들을 위하여 우리는 무엇을 해야 하는지를 고민해야 합니다.

점점 꼬여가는 북한 문제를 해외에 나와서 살고 있는 우리 한인들이 좀 더 열린 마음으로 어떤 실마리를 찾아볼 수는 없는 것일까요?

돕는 일은 항상 조심스럽다

이웃에 있는 가난한 사람을 재정적으로 돕는 일은 여러 면에서 조심스러운 일입니다.

자기의 소유 욕구를 억누르고 재정을 나누어줄 마음을 갖는다는 것도 어려운 결정이고, 또 도움을 받는 사람의 마음도 헤아려 따뜻하고 정이 오가는 도움이 되게 하려고 자기를 낮추고 배려와 정성을 기울이는 것도 어려운 자세입니다.

따뜻한 교감이 오고가지 않는 도움이란 별로 도움이 되지 못하는 경우가 많습니다. 아니, 그 도움이 진정한 도움이 안 되는 것을 넘어서 오히려 서로 간 감정의 골을 깊게 만드는 경우도 있습니다.

로스앤젤레스에 살아보면 "집 없는 사람"들을 돕는 경우가 많은데, 이들에게 음식을 나눌 경우, 돕는 사람들은 먼저 자기의 차림새부터 신경을 써야 합니다. 비까번쩍하게 차려 입고 나간다면 "집 없는 사람"들로부터 욕이나 얻어먹고 돌아와야 합니다. 그런 때는 "집 없는 사람"들과 비슷한 차림새로 나가서 가능한 대로 겸손하게, 정성껏, 음식을 나누어야 합니다. 왜냐하면 그들이 어쩌다 "집 없는 사람"이 되었지만 그 사람의 기본적인 가치가 달라진 것은 아니기 때문입니다. 도움을 주는 사람이나 받는 사람이 태어날 때부터 그런 차이를 가지고 태어난 것도 아니고, 정말 어쩌다가 서로 다른 삶을 살게 된 것일 뿐입니다. 따라서 언제든지 입장이 바뀔 수도 있습니다. 그래서 돕는 일에서 '나는 너보다 우월하고 너는 나보다 열등하기 때문에 돕는다' 는 태도는 삼가야 합니다. 그런 태도로는 물질은 오고가겠지만 마음은 오고 가지 않게 됩니다. 도움이 어설프면 오히려 도와주지 않음만 못하게 되는 경우도 많습니다.

요즘 북한이 많이 어렵다고 합니다. 북한이 어렵다는 이야기는 북한 동족들의 굶주림이 심하다는 것을 말합니다. 중국에서 원자재 가격 폭등과 시장의 불안정을 이유로 곡물 수출을 금지하고 있기 때문에 북한의 어려움이 가중되고 있습니다. 이런 때 한국 정부의 대북 자세가 겸손하지 못했을 수도 있습니다. 북한의 자존심에 상처를 입혔을지도 모르겠습니다. 그래서인지 최근 북한의 대남 발언이 사나워지고 있습니다. 그렇다고 해서 북한의 이런 행동을 두둔하는 것은 결코 아닙니다. 북한은 그동안 얻어서 쓴 사람다운 겸손과 인내가 필요한 것입니다. 북한이 지나치게 자존심이나 드러내고 함부로 떠들면 점점 더 어려워질 뿐입니다.

저는 이명박 정부의 입장을 이해합니다. 국민들의 대북 감정이 워낙

안 좋기 때문에 새 정부로서는 종전의 김대중 정부, 노무현 정부처럼 "퍼주기 식"이라는 국민들의 오해에서 벗어나기를 바랐을 것입니다. 또 한국의 국민들도 새 정부가 대북 원조에서 "주고도 욕먹는" 식에서 벗어나기를 요청하고 있기 때문일 것입니다.

그러나 요즘 북한은 핵을 포기하라는 주변 강국들의 압력과 자국 내의 어려운 식량사정, 그리고 국제 자본주의 시장에 익숙하지 못한 처지 때문에 신경이 매우 예민해져 있을 것입니다. 북한이 안팎으로 어려운 처지에 있다는 것은 누구나 알 만한 사실입니다. 이런 때, 우리 정부로서는 북한을 자극하거나 그들을 비하하는 말은 삼가야 하겠습니다. 그들이 무서워서가 아니라 거기 굶주리는 사람들이 바로 우리의 동족이기 때문입니다. 아울러 자괴감이 깊은 북한을 돕는 일에서 우리 남한 정부는, 미국이나 중국이 하는 태도와는 다르게 충분한 배려와 인내와 아량을 가져야 합니다. 그래야 서로 동족이라는 감정이 더욱 확실해지고, 우리의 소원인 통일을 생각해 볼 수 있기 때문입니다.

최근 이명박 정부가 도움받는 쪽의 입장을 좀 더 배려해서 대북 발언을 하였더라면 하는 아쉬움이 남습니다. 그러나 한편으로는 이명박 정부가 북한의 신경질적인 반응에 침착하게 대응하는 자세에서 우리는 안도감을 갖기도 합니다. 정부가 대북 자세에서 이런 배려를 계속 가져야 하고, 남한의 국민들도 좀 더 너그러운 마음을 가져야 하겠습니다. 다시 말하지만 무엇을 주었다고 해서 자꾸 생색을 내면 아니 주는 것만 못하게 됩니다. 그래서 돕는 일은 항상 조심스러운 것입니다. 돕는다는 것은 물질을 주고받는 게 아니고 마음을 주고받는 것입니다.

우리가 북한을 최선껏 배려해준다면 언젠가는 북한도 남한의 성의를 이해하는 때가 오리라 생각합니다. 이것이 우리의 희망입니다.

그동안 북한 고아들을 돕는 심부름을 해 오면서 가지게 된 필자의 생각입니다.

진단

참새도 가슴이 아픈지
돌담 위에서 부리를 벌린 채 숨을 할딱인다

세상에 가슴 아프지 않은 날갯짓 있으리
안 된다고 그래서는 안 된다고 한들
당신은 아는지 그 숨결에 담긴 한스러움을

숨이 가쁜 참새는 또 숨 가쁘게 날아가고
이번에는 또 남은 시멘트 담이 가슴 아픈지
여기저기 균열이 가고 있다
오래 앓고 나면 금 가지 않은 벽 있으리

아침 출근 넥타이를 매다가
와이셔츠 위로 가슴에 손바닥을 대본다
숨 가쁘고, 금 가는 곳이 여기쯤이겠지
아프지 않은 그리움 있으리
서둘러 마음을 다독인다

자화상 / 그려서 오리기
〈Sonu Amelia Kim 2007 / 4세〉

사람은 눈에 보이는 사물의 모습에서 세상의 모든 인연의 맥을 읽습니다. 잘 보면 숨 가쁜 참새가 사람이고, 균열이 가는 시멘트 담이 참새이고, 모두 그 속에서 가슴앓이를 합니다. 누구나 가슴 한쪽에 손댈 수 없는 아픈 상처 같은 그리움을 간직하고 있기 때문입니다.

나라 찾기

단재 신채호 선생에게 이런 일화가 있었습니다.

그분은 아침마다 세수를 할 때, 허리를 굽혀 얼굴을 씻지 않고 빳빳하게 서서 씻었습니다. 그러니 세숫물이 저고리며 바지를 흠뻑 적시는 건 물론, 사방으로 물이 튀었습니다. 보다 못한 가족들이 허리를 좀 굽히고 세수를 하면 옷이 젖지 않고, 물도 쏟아지지 않을 터인데 왜 그러느냐고 핀잔을 주었습니다. 그러자 단재는 버럭 화를 내면서 "일본 놈들에게 허리를 굽히는 놈들이 많은데 나까지 허리를 굽히란 말이냐?" 하고 "나는 우리나라가 독립할 때까지 절대로 허리를 굽히지 않을 작정이다"고 말했습니다.

단재 신채호 선생은 일제가 만든 호적에 이름을 올릴 수 없다며 1936년 중국 여순 감옥에서 옥사할 때까지 호적 없이 지내셨습니다. 그동안 해방이 되고, 그분이 돌아가신 지 73년이 지난 올해 3월, 국가유공자법이 개정되면서 서울가정법원은 신채호 선생을 비롯한 독립유공자 62명에 대한 가족관계등록부(호적) 작성을 허가했습니다. 하지만, 새로 발급된 가족관계등록부에는 가족관계 입증이 어렵다는 이유로 자손들은 빠진 채 독립유공자 본인의 이름만 기재됐습니다. 2달 뒤 신채호 선생의 친손자는 사망한 아버지 신수범 씨를 신채호 선생의 친아들로 인정해 달라며 국가를 상대로 소송을 냈습니다. 법원은 "제적등본과 고령신씨 족보 등 자료를 확인한 결과 고 신수범 씨가 신채호 선생의 친아들이 맞다"며 신씨의 주장을 받아들였습니다. 독립운동가인 단재 선생의 가족들이 선생의 가족관계등록부에 가까스로 이름을 올릴 수 있게 되기까지 70여 년의 시간이 걸린 셈입니다. 편법이 판을 치는 세상에서 독립운동가의 자손들이 이런 문제 하나를 해결하는 데 얼마나 먼 길을 걸어야 했는지! 우리나라 관료들의 허세가 보입니다. 하기야 나라 독립의 유공자가 되는 일이 편법으로 되어서야 안 되겠지요. 그러나 70여 년이라니, 너무했다 싶습니다.

우리나라가 일제의 속박에서 벗어난 해가 1945년이니까 64주년을 맞게 되었습니다. 그동안 우리나라는 어쩌면 독립투사들이 바라던 것보다 더 많은 발전과 빠른 국력 성장을 이루어왔습니다. 우리나라는 일제의 속박에서 벗어난 지 불과 60여 년 만에 일본의 국력을 위협하는 경쟁국가로 발돋움하였고, 세계 선진국 대열에 올라섰습니다.

그러나 우리 국민들이 정말 경제적 수준만큼 일제의 속박에서 벗어나서 문화적, 도덕적, 독립을 이루고 있는 것일까요? 이 말은 단순히 우리가 지배국가의 강제에서 벗어나는 것을 의미하는 것이 아니고 독립국가로서 세계에 나설 만한 국민적인 수준을 올려놓았느냐를 말하고자 하는 것입니다. 감옥에서 나온 사람이 단순히 자유롭다는 것만이 아니라 전과자라는 이름을 극복하고 의젓한 가정과 도덕적인 인물로 사회적인 지위를 이룩했을 때 그는 진정한 자유인이라고 할 수 있습니다. 그가 약간 돈을 벌고 경제적으로 나아졌다고 해서 인간 대접을 받는 것은 아닙니다. 그처럼, 지배국가에서 벗어난 국민들이 사회 전반에서 정직성을 회복하여야 세계 국가 중에서 떳떳해질 수 있습니다. 하지만 우리는 아직도 저마다 떳떳해졌다고 말하기에는 조금씩 주저되는 상태에 있습니다. 북한의 도덕성은 말할 것도 없고, 경제적인 기적을 이루었다는 남한도 관료들의 도덕성, 정치인들의 도덕성, 경제인들의 도덕성, 일반 국민들의 도덕성이 아직은 그다지 떳떳해 보이지를 않습니다. 일일이 예를 들 필요는 없겠지요. 해외에 나와 사는 우리 국민들도 이 점에서는 한 사람 한 사람이 아직도 개선되어야 할 점이 많아 보입니다.

역사학자였던 단재 선생이 허리를 굽히지 않겠다고 고집했던 것은 단순히 일제에 항복하지 않겠다는 뜻만은 아닙니다. 그는 사학자로서 역사 앞에 자기를 굽히지 않을 만큼 떳떳한 인간이 되는 것이 진정한 독립이라고 보았던 것입니다. 그런 면에서 8 · 15 광복 64주년을 맞이하는 세월이기는 하지만 아직도 우리는 완전한 자유를 찾아가는 도정에 있다는 생각을 하게 됩니다.

쇠고기 수입 파동을 보면서…

고국의 쇠고기 파동을 보면서 미국에서 살고 있는 우리 한인들은 그다지 마음이 편하지 않고 생각도 여러 갈래로 엇갈립니다.

먼저, 무엇보다도 이명박 대통령이 첫 미국 나들이를 하면서 그동안 소원하였던 양국 간의 관계를 다시 친밀한 관계로 개선하면서 미국산 쇠고기 수입협상을 너무 성급하게 마무리했다는 생각입니다. 어쩌면 그동안 끌어오던 쇠고기 수입협상을 마치 미국에 선심을 쓰는 것처럼 마무리하였습니다. 그런 협상이 그동안 협상과정을 지켜보던 한국민들의 정서에 거부감을 주었다는 생각입니다.

다음으로는 그동안 미국이 한국으로의 쇠고기 수출에 대한 집요한 자세를 보인 것이 한국민들에게는 일종의 압력으로 받아들여지고, 그래서 그 협상 타결이 한국민들에게 피해의식으로 받아들여졌다고 생각합니다.

또 하나의 생각은, 지난 선거에서 참패를 당한 한국의 진보세력들이 이번 쇠고기 협상에 대한 국민들의 불만을 이용하여 집권 보수세력에 일대 타격을 가하는 기회로 잘 활용하고 있다는 생각입니다. 어쩌면 김영삼 정권 말기까지 한국 사회에 만연했던 진보세력들의 극단적인 데모가 다시 부활했다는 생각입니다.

어떤 연유에서든지 국민들의 불만을 발 빠르게 잠재우지 못하고 사태가 악화되는 것을 막지 못하는 이명박 정부의 느슨한 대처가 부족한 지도력의 일면을 보여주고 있습니다. 이제 막 새로 출발한 정부의 입장을 이해할 수도 있겠습니다만, 한 국가를 이끌어가는 지도자들의 능력이 우려스럽습니다.

이런 여러 가지 사항을 이해하더라도 미국에 사는 우리 한인들의 마음은 여전히 많이 불편합니다. 한국인들은 너무 여유가 없다는 생각입니다. 먼저는, 쇠고기 수입에 조금도 손해를 보지 않으려 한다면 국가간의 무역을 어떻게 하려는지 걱정이 되기 때문입니다. 장사란 이윤과 손해를 서로 주고받는 것입니다. 손해를 보지 않으려고 하는 게 장사이지만, 반면에 손해를 수용하지 못하는 장사는 그 장사를 계속할 수가 없게 됩니다. 이 문제를 뒤집어놓고 생각한다면 내가 보는 이익은 누군가의 손해를 바탕으로 가능한 것입니다. 그러므로 이익만 보려는 장사꾼은 누군가에게 계속적인 손해를 요구하는 바와 다를 바 없습니다. 때로는 손해를 보는 것을 수용할 줄 아는 업자가 사업을 계속할 수 있고, 또 성공을 거둘 수도 있습니다.

그리고 다음으로는 우리의 수출 시장이 되어주는 미국을 너무 섭섭하게 하는 게 아닌지 걱정이 됩니다. 그동안 북한이 미국과의 관계에서 보여준 불성실은 우리 남한 국민들이 보기에도 너무 지나친 면이 많았습니다. 이제 북한의 핵무기 협상에서 보여주는 미국의 태도는 옛날과 많이 다릅니다. 더 이상 속지 않겠다는 태도가 역력합니다. 그동안 북한이 사소한 문제에서 성실했더라면 그렇게도 원하는 미국의 도움을 이끌어내는 일에 요즘처럼 어려움을 겪지 않을지 모르겠습니다. 어쩌면 북한이 핵을 보유하는 것도 미국이 수용했을지도 모릅니다. 그러나 북한은 그러한 신뢰관계를 구축하지 못했습니다.

이번 남한 국민들이 보여주는 쇠고기 수입과 관련된 문제에 아직은 미국인들이 이해하는 편입니다. 쇠고기 수입에 따른 남한 국민들의 요구를 수용하리라 생각합니다. 그러나 이런 관계는 정말 중요한 시기에 미국의 협조를 이끌어내는 일에 커다란 걸림돌이 될 가능성이 큽니다. 북한의 태도와 그들이 겪는 불신의 결과들은 많은 것을 우리에게 시사하고 있습니다. 걱정스러운 일이라고 하겠습니다. 쇠고기 수입 문제에서 지금 한국 국민들이 미국과의 신뢰관계, 호혜관계를 너무 여유 없이 어그러뜨리고 있습니다. 그러므로 이쯤에서 한국 국민들이 쇠고기 수입 문제를 매듭지었으면 좋겠습니다. 양보도 한계가 있고, 장사도 주고받는 자세가 좀 부드러워야 합니다. 그래야 사는 일이 좀 수월해 집니다. 일본이 미국과의 관계에서 보여주는 조용하고 부드러운 관계 유지는 우리에게 많을 것은 시사해 주고 있습니다.

한국의 쇠고기 수입 파동을 보면서 여러 사람들이 이야기도 하고 글도 썼지만, 미국에 살고 있는 우리 한인들은 마음이 그래도 여전이 불안합니다. 땅은 작아도 생각은 크게 하는 한국의 국민이 되어주었으면 하는 바람입니다.

이승의 국경을 넘다

더 갈 데가 없는 남의 땅에서
슬쩍 다시 가버리는 사람 있다

살다 보면 제 땅과 남의 땅의 구분감각이 없어지는지
길도 없는 국경을 넘어 어느 날
다시 이민 가는 사람이 있다

어디나 다 같은 남의 땅
여기저기 떠돌다 보면 가버리는 일에 익숙해서인지
한 번 잘라낸 인연 다시 자르기가 수월해서인지
친구들도 모르게, 아니 안들 어쩌랴만,
가는 데 무슨 말하랴 싶어서인지
굳게 입 다물고 가는 사람 있다

남의 땅에서 살려면 겁이 없어야 한다
누가 비켜주길 기다리랴,
제 몸 던져 제 자리 만드는 법을 알아내야지
자신만만하게 이빨을 쑤시며 일어나
식탁의 가족들을 다그치며 타향살이를 가르치던 사람,

메이드 인 코리아의 "빨리빨리"로
가버리는 일에도 겁 없는 사람 있다

땀내 나는 은행 잔고도 두고
'동포여 민족끼리 뭉칩시다' 도 두고
'이 녀석아 정신 채려, 여기는 남의 땅이야' 도 두고
기왕 남의 땅이라면 더 거침없이 사는 땅이 있는지
비밀스럽게 저 혼자 가버리는 사람 있다

입국 승인 비자도 없이
돌아오는 항공 편도 없이
낯선 나라로 이승의 국경을 넘는 사람 있다

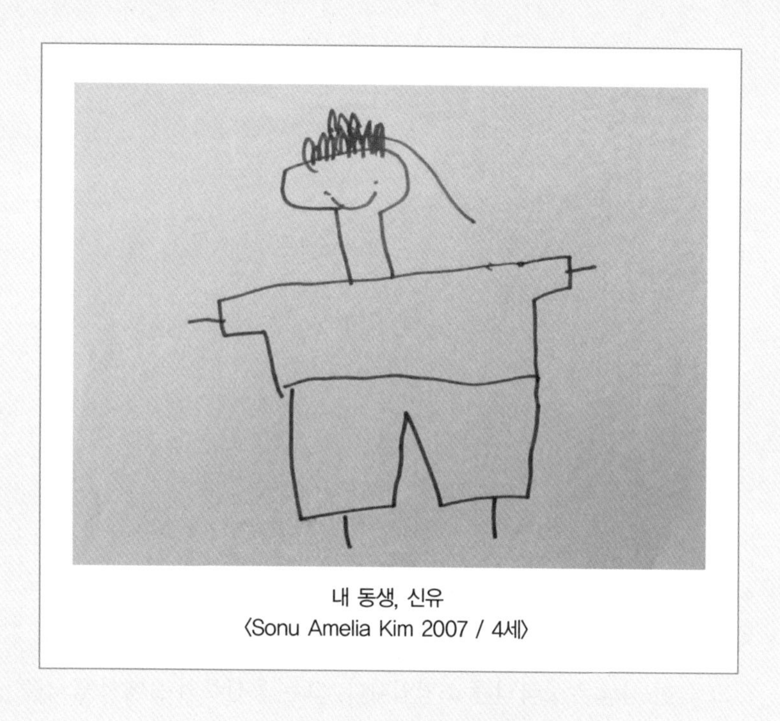

내 동생, 신유
〈Sonu Amelia Kim 2007 / 4세〉

남의 땅에서 친구들이 세상을 뜨는 걸 보면 슬픔이라는 감정만은 아닙니다. 마음 한구석이 멍멍해지고, 오랫동안 저려옵니다. 이민이라는 그 험한 여정을 넘어온 사람들은 어디로 가든지 겁이 없습니다. 어디든 도달하는 거기서 다시 시작할 수 있을 것만 같아집니다. 그래서 이승의 피안을 떠나는 일도 수월해 지는지….

인물의 평가

세계의 근대 역사가들은 제2차 대전 이후 아시아를 끌어 올린 지도자를 뽑아보라고 하면 네 사람을 꼽는다고 합니다.

그중 한 사람은 중국의 등소평입니다. 그는 공산주의 틀에서 중국을 이끌어 내어 과감하게 자본주의 시장을 받아들이게 하였습니다. 그는 모택동주의의 굳어진 체제를 헐고 탁월한 정치력으로 미국과 국교를 열었고, 국가의 체제는 공산주의, 시장은 자본주의라는 곡예에 가까운 길을 열어 13억 중국 인민의 배고픔을 해결하여 나갔습니다.

또 하나의 인물은 싱가포르의 리콴유입니다. 그는 제2차 대전 이후 말레이시아 연방에서 쫓겨난 싱가포르라는 신생 독립국가를 떠맡았습니다. 국토 대부분은 늪지대였고, 국민들은 가난하고 무지했으며, 중국 공산주의자들의 끊임없는 파업과 반정부 시위의 악순환이 계속되는 형편없는 나라였습니다. 그런 싱가포르를 리콴유는 불과 30여 년 만에 세계 기업들이 '가장 안심하고 기업 활동을 할 수 있는 나라' 라는 평을 받는 1등급 수준의 국가로 끌어 올렸습니다. 그의 성공열쇠는 영국식 민주주의 정체와 청렴결백한 관료체제였습니다.

또 하나의 인물은 오랜 동족상쟁에 시달린 월남과 월맹을 통일한 호치민입니다. 호치민은 막강한 미국의 비호 아래 있으면서 부정부패가 만연했던 월남의 응오 딘 지엠 체제를 무너뜨리고 미국과의 전쟁을 승리로 이끌면서 베트남을 단일국가로 만들어 내었습니다. 중국 공산주의의 지원을 받아서 전쟁을 승리로 이끌었지만, 결코 중국에 예속되지 않는 베트남으로, 그리고 그 자신은 철저한 무소유로 국민 지지를 이끌어 내었고, 통일 베트남을 이룩하였습니다.

끝으로 또 하나의 인물로는 한국의 박정희를 꼽습니다. 그는 '군사쿠데타' 라는 어려운 출발을 했지만 강력한 지도력과 불굴의 신념으로 세계에서 가장 가난한 나라에서 새마을운동으로 한강의 기적을 이루어내었습니다. 그는 북한의 폭력과 미국의 간섭, 그리고 일본의 경제적인 침략과 중국의 정치적 위협 아래서 새마을운동을 주도하여 한국이 숙명적으로 안고 있던 가난의 굴레를 벗겨내었습니다.

그러나 이 네 지도자에 대한 평가는 보는 사람에 따라 긍정적인 면모만 가지는 것은 아닙니다. 등소평은 공산주의의 수정주의자라는 오명과 비난에 시달렸고, 리콴유는 30년 독재와 극단적인 정체유지에 비난을 받기도 했습니다. 베트남 전쟁 말기에 사이공을 탈출했던 월남사람들은 호치민을 '천하에 나쁜 놈' 으로 평가합니다. 그리고 박정희는 죽어서도 그 독재에 고생하던 사람들의 증오와 저항을 받습니다. 따라서 아시아의 네 지도자들의 평가는 아직도 현재진행형에 머물고 있다고 보아야 하겠습니다. 지도자의 평가는 시간의 흐름에 씻겨 이런 얼굴, 저런 행위가 감정과 이해타산의 탁류를 벗어난 다음에야 바르게 내릴 수 있을 것입니다.

최근에 노무현 전 대통령의 자살을 두고 한국 사회는 많은 정서적 불안을 보이고 있습니다. 그러나 노무현이라는 지도자의 평가는 좀 더 시간을 두고 보아야 합니다. 요즘 한국 정치계는 전직 대통령에게 정치보복을 금하는 법을 만들자는 성급한 목소리도 들려옵니다. 전직 대통령을 두고 국가적으로 창피한 모습을 노출시키는 것은 이제 그만두자는 것입니다. 이해는 되지만, 좀 더 생각해 보면 이것은 매우 위험하고 근시안적인 생각입니다. 한 국가가 부정부패에서 벗어나기 위하여 중단 없는 개혁의 발걸음을 걷는 와중에서 전직 대통령에게 면죄부를 주자는 이야기는 부정부패의 척결을 그만두자는 이야기와 같습니다. 정의로운 사회로 가기 위해서는 만인이 법 앞에서 평등해야 합니다. 부정부패를 척결하지 못하면 국가 발전을 기대할 수 없습니다.

노무현 씨의 죽음을 두고 목소리를 높이는 사람들이 꽤 많지만, 감정에 치우쳐 한국의 현실을 외면하고 있다는 생각이 드는 것이 이 때문입니다. 그렇게 청렴을 주장하던 노무현이라는 전직 대통령이 정말 65억이라는 돈을 받아 개인적으로 썼는지, 아니면 정말 억울한 일인지, 만약 그런 부정을 저질렀다면 다음 정부는 그것을 눈감아주어야 하는 일인지, 국민들이 국가적 현실에 비추어 좀 더 차분하게 생각해야 하겠습니다. 언론인과 정치인, 지성인들도 냄비에 물 끓듯이 요란을 떨 것이 아니라 국민이 올바른 생각을 갖도록 도와주어야 합니다.

그런 면에서 교수들의 시국 선언문이라는 것도 성급하고 많이 어색해 보입니다. 지금은 노무현 씨가 죽었다는 사실에 감정이 치우쳐 시국 선언문을 발표하는 것이 중요한 것이 아니라, 정말 전직 대통령이 말과는 달리 부정한 돈을 받았는지, 안 받았는지를 바르게 조사해야 합니다. 자꾸 떠들면 진실은 가려지고 사건만 남을 수 있습니다. 그래서 교수들의 시국 선언문이라는 게 어쩌면 진실을 가리는 행위가 될 수도 있습니다. 한 국가가 도덕성을 바로잡아 가려면, 대통령 신분이라고 해서 그 조사를 멈추거나 흐지부지해서는 안 됩니다. 시국 선언문으로 진실을 덮을 수는 없습니다.

독도와 문화적 건망증

미국민들은 역사에 대한 심한 건망증에 시달리고 있다고 합니다. 1990년, 미국 대학생들의 역사의식을 조사한 한 통계에 의하면 조사에 응한 학생의 거의 절반이 남북전쟁의 시기를 모른다고 대답했습니다. 또 다른 통계에 의하면 미국 성인 60%가 제2차 대전 당시 일본에 원자폭탄 투하를 명령한 대통령이 누군지 모른다고 합니다. 그 조사에 응한 사람의 20%는 원자폭탄이 떨어진 장소는 물론이고, 어떤 나라와의 전쟁에서 사용되었는지조차 모른다고 합니다.

미국 사회의 집단 건망증은 단순히 교육방법의 부재에서 온다기보다는 미국의 문화현상에 그 이유가 있다고 전문가들은 진단하고 있습니다. 서부 미시건대학교에 있는 스티븐 버트맨 교수는 이런 미국인의 역사적 기억력 상실을 "문화적 건망증"이라고 명명하였습니다. 지난 2000년에 출간한 그의 저서 『문화적 건망증』에서 그는 미국인들이 자기의 기억에서 역사적 사건을 지워나가게 되는 이유를 두 가지 요인에서 찾았습니다.

첫째 이유는 미국인의 소비성향에서 비롯된다고 보았습니다. 소비를 미덕으로 삼는 의식에서는 항상 낡은 것은 버리고 새것을 추구하게 마련이며, 새로운 제품은 좋은 것이고 오래된 제품은 낡고 쓸모가 없는 것이므로 빨리 잊어버려도 된다는 의식의 지배를 받게 된다고 합니다. 그런 사회에서 과거사는 별로 중요하지 않게 된다는 것입니다.

둘째 이유는 미국인들의 기술향상에의 추구에 두었습니다. 기술은 미래 지향의 속성을 가집니다. 그래서 과거의 전통문화를 중시하는 역사보다는 새로운 변화를 끊임없이 추구하는 기술문화의 여러 측면들이 미국인들의 머리에서 과거를 지워나간다고 보았습니다. 이렇게 새로운 기술을 추구하는 미국인들은 이제는 그 새로운 기술 정보마저 머릿속에 담아두기에는 너무 벅차서 그 정보를 컴퓨터 저장에 맡기는 현실에 있다는 것입니다.

이러한 현상은 미국에만 국한되지 않습니다. 지금 세계의 선진국 신세대들은 모두 비슷한 현상에 빠져들고 있습니다.

대부분의 선진국 젊은이들은 역사적인 사실보다는 미래적인 기술 추구에 다투어 몰입하고 있습니다.

이런 "문화적 건망증"을 이용하는 나쁜 국가들이 있습니다. 중국이 그렇고, 일본이 그렇습니다. 그들은 신세대들의 역사적 사실의 건망증을 이용하여 역사적 진실을 바꾸어나가고자 합니다. 중국이 지난 10여 년 동안 추진해 오고 있는 동북공정이 그렇고, 이번에 일본이 독도를 자국의 영토라고 교과서에 기록하는 것이 그렇습니다. 그들은 멀리 내다보고 새로운 세대들의 건망증을 교묘하게 이용하여 역사적 진실을 바꾸고 남의 땅을 자국 영토로 바꾸려고 합니다. 중국의 동북공정은 분단된 한국의 북쪽을 넘겨다보는 역사왜곡의 작업입니다. 아울러 일본이 독도를 자기 영토라고 우기고 교과서를 바꾸면서까지 자국의 해역을 넓혀나가려고 합니다. 모두 시간의 흐름과 세계인의 문화적 건망증을 이용하여 역사적 진실을 바꾸려는 것입니다.

요즘 일본은 독도를 자기 땅이라고 교과서에 올리면서 한국민들의 반발이 거세지자, 쌍방이 보다 냉정하자고 주문합니다. 냉정하게, 말썽을 일으키지 말고, 사건화하지 말고, 잠잠하게 양국의 정치력에 맡기자고 합니다. 중국도 마찬가지입니다. 동북공정 작업을 그대로 유지하면서 우리나라 정부에게는 양국이 더 이상 문제화하지 말자고 합니다. 타협할 수 없는 제안입니다. 이런 문제를 떠들지 않고 조용히 하자는 이야기는 상대방에게 요구할 일이 아니라 스스로의 황당하고 간교한 계책을 그만두어야 조용해지는 것입니다. 그러므로 선심이나 쓰듯이 조용하자고 하는 이야기는 모두 속이 환하게 들여다보이는 수작입니다.

최근에 한국 정부에서 독도 문제에 대처하는 독립부서를 만든다고 하는데 이것은 너무 근시안적입니다. 지금은 일본과 중국의 도전을 동시에 대처하는 종합적인 국토관리 부서를 만들어야 합니다. 그리고 남의 나라 국토분쟁에 그다지 관심이 없는 세계인들의 건망증을 어떻게 일깨우도록 해야 하는지를 차분하게 숙고하고 다양한 문화적 방법을 치밀하게 실행해야 할 것입니다. 이런 문제는 장기적인 안목이 필요하고, 기억의 건망증을 통해 국토의 침략을 감행하여오는 그들보다 더 나은 방법을 찾아 세계인의 머리에 우리의 진실을 주입시켜나가야 하겠습니다.

나라 밖에 나와서 살고 있는 재미 한국인들도 이 일에서는 국외자가 아닐 것입니다.

사막의 비

사막에 비가 내리는 날은
떠나온 사람들이 잠시 고향을 보는 날이다

봄비에 젖어들던 그 땅, 그 흙냄새
떠나온 사람들만 내 땅의 짜고 비린 살냄새 기억할 줄 알지

사막을 적시는 빗물들이
두고 온 사람들의 얼굴을 그리고, 고향 산하를 그리고
어느덧 돌아가는 하늘길도 그린다

뜨거운 사막 돌에도 마침내 물길 스미어
젖은 땅은 사막이라도 사막이 아니듯이
젖으면 아무리 먼 고향도 먼 땅이 아니듯이
헤어진 사람도 아주 헤어진 사람이 아니다

떠나와 가슴 단단한 사람들도
짜고 비린 제 살냄새에 젖어드는
사막 비 내리는 날에는

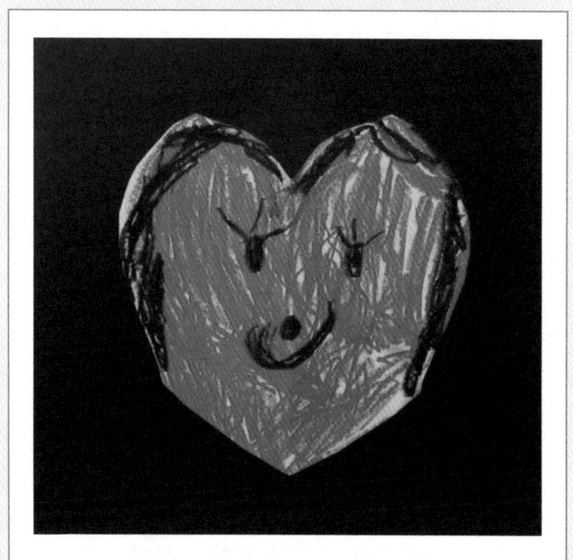

사랑하는 동생, 신유 / 그려서 오리기
〈Sonu Amelia Kim 2007 / 4세〉

캘리포니아에서 비가 내리는 날은 이민 온 사람들은 마음까지 젖어듭니다. 참 오랜만에 하늘에서 내리는 빗물에 먼지발 땅이 젖어드는 것을 보면, 아시아의 이민자들은 떠나온 고국을 그립니다. 그리고 빗줄기 속에서 젖은 유리창 너머로 고향 풍경이 젖은 모습으로 떠오릅니다.

싱가포르를 보면서 한국을 보는 마음

전 싱가포르의 수상이었던 리콴유 씨가 자서전 『싱가포르 이야기』를 집필하여 3년 만에 출판을 하게 된 해가 1998년이었습니다. 그리고 그 다음 해, 1999년에 한국의 문학사상사에서 한국어 번역본을 출간하였습니다. 필자는 한국어본이 나오자마자 이 책을 로스앤젤레스에서 주문하여 읽었습니다. 필자는 또 같은 해에 한국인 필자가 쓰고 중국인 언론인이 감수했다고 하는 등소평의 전기 『붉은 별 등소평』도 읽었습니다. 모두 700페이지가 넘는 분량이었습니다.

리콴유의 『싱가포르 이야기』는 그가 직접 집필한 자서전이기 때문에 읽는 사람이 그의 신념을 가감 없이 가늠할 수 있었습니다. 싱가포르는 영국의 지배를 받았던 말레이시아 연방의 중국 접경 영토로서 작은 섬이었습니다. 조수가 낮을 때에는 554제곱킬로미터(제주도 두 배만 한 크기)의 싱가포르에는 인구의 75%인 200만이 넘는 중국인들이 살고 있었습니다. 주변에는 3만 개가 넘는 섬들이 있는데 거기에는 1

억이 넘는 말레이시아인, 이슬람교도들, 그리고 인도네시아인들이 살고 있었습니다. 그의 표현대로 한다면, "싱가포르는 말레이시아의 바다에 떠 있는 중국계 주민들의 작은 섬"이었습니다. 이 섬은 친 말레이시아인들의 세력, 이슬람의 세력, 그리고 중국 공산주의자들의 세력이 함께 들끓는, 그러면서도 국토의 70%가 늪지대이며, 말레이시아 지역에 주둔하고 있는 영국 군대의 생필품을 조달하는 것이 국민 경제를 지탱하여 주는 보잘것없는 섬이었습니다. 게다가 국민들의 지적 수준이 바닥을 기고 있는 실정이었고, 중국 공산주의자들에 의한 노동 파업과 테러가 그칠 날이 없는 섬이었습니다. 오죽하면 말레이시아 연방의회가 싱가포르를 통해서 자국으로 침투해 오는 공산주의자들의 파업과 테러를 차단하기 위하여 싱가포르를 말레이시아 연방에서 잘라내어 버렸겠습니까. 싱가포르는 그렇게 억지로 독립국가로 잘라 내침을 받은 나라였습니다. 그때가 1965년 8월이었습니다.

리콴유 수상은 그때로부터 25년 만에 싱가포르를 세계에서 가장 주목받는 아시아의 국가, 기업하기에 가장 편한 지역, 정직하고 깨끗한 나라, 그리고 경제는 세계 선진국 수준으로 만들었습니다. 리콴유 수상은 그 무지했던 국민을 깨우고, 정직성을 국가의 기본 틀로 세우고, 공산주의의 테러와 파업을 몰아낸 자리에 싱가포르를 아시아의 보석으로, '아테네 이후 가장 놀라운 도시국가'로 건설해 내었습니다. 그는 대중의 인기에 영합하지 않았으며, 어느 강대국가의 정치지도자들에게도 굽실거리지 않는, 아울러 국민을 위하여 변하지 않는 신념으로 일한 지도자였습니다.

세계인들은 그런 지도자를 따르고 밀어준 싱가포르 국민들과 관료들을 부럽게 바라보게 됩니다.

필자는 지금 독서 이야기를 하는 게 아닙니다. 요즘 서울에서 일어나는 현실을 바라보면서 10년 전에 읽었던 『싱가포르 이야기』를 되짚어보게 됩니다.

지금 서울은 미국 쇠고기 수입 문제로 촛불 시위가 뜨겁습니다. 좌경화 파업꾼들은 국민들의 거부감을 촛불 시위로 이끌어 반정부 시위로 바꾸고 있습니다. 그들의 손에 "흔들리는 의식"으로 동조하는 젊은이들과 거기에 편승하여 부추기고 충동하는 언론, 국민의 눈치나 보는 야당 정치인들, 그리고 유가 상승의 어려움 속에서 자기 이익이나 챙기려는 노동연맹들, 아직도 국민들에게 겸허하게 다가서지 못하는 정부 여당 지도자들에 의해서 보기가 민망한 현실이 노출되고 있습니다. 거기에는 진정 국가를 생각하는 이가 잘 보이지 않습니다. 우리의 불행이 여기에 있습니다.

난세에 영웅이 난다는 말이 있습니다.

이명박 대통령이 경제대통령이 아닌, 한국을 다시 태어나게 하는 민족의 지도자가 되어줄 수는 없을까요? 그는 이미 대통령입니다. 국민의 눈치나 보는 정치인이 아니라 소신을 가지고, 국가를 위해서 목숨이라도 바칠 각오의 대통령이 되어주었으면 좋겠습니다.

가까운 일본은 어떤 태도를 취했을까요?

싱가포르의 리콴유와 국민들이었다면 이런 일에 어떻게 처신했을까요?

허구의 연기와 진실의 표정

알 만한 분은 다 알고 계시지만, 연극 분야에 스타니슬라브스키 방식(The Stanislavsky Method)이라는 숙어가 있습니다. 배우의 심리묘사 연기방식의 대명사가 된 관용어입니다. 이 연기방식은 러시아의 연극 배우이자 연출가였던 콘스탄틴 스타니슬라브스키(본명은 Konstatin Sergeyevich Alekseyev)가 19세기 말 러시아 연극의 관례였던 배우들이 늘어놓는 연설조의 장광설과 과장되고 틀에 박힌 연기의 매너리즘을 깨고 선보이기 시작한 심리묘사 연기를 말합니다. 말하자면 배우가 연극을 대사에만 의존하지 않고 그 배역 인물의 성격과 순간마다의 심리적 변화를 표정과 목소리, 그리고 행동을 통하여 정교하게 묘사함으로써 연극의 사실감을 극대화한다는 것입니다.

그는 극작가 단첸코와 함께 모스크바 예술극단을 창설하고, 배우들에게는 완전무결한 연기를 집요하게 요구한 인물이었습니다. 그는 체호프가 1차 공연에 실패한 희곡 〈갈매기〉를 작가의 사양을 끈질기게 설득해서 다시 무대에 올려 공전의 히트를 날렸습니다. 그 공연은 희곡이 시시했던 게 아니라 배우들이 연기가 문제였다는 게 밝혀지고, 소위 스타니슬라브스키 방식이 각광을 받는가하면, 체호프가 다시 대작가로 부상하는 사건이 되었습니다.

이 스타니슬라브스키 방식은 한 세기를 넘어 오늘의 연극, 영화배우 지망생들에게도 여전히 요구되는 연기수업의 매우 중요한 메소드가 되고 있습니다.

그런 영향 때문일까요? 요즘에는 일반 사람들에게도 "표정관리"란 말이 폭넓게 쓰이고 있습니다. 이 표정관리란 자기 자신의 성격과는 달리 사회관계를 위해서 자기 표정을 연기한다는 말입니다. 무뚝뚝한 성격, 혹은 고민스럽고 고통스런 내적 갈등을 숨기고 그 타인과의 친화력을 발휘하여 왕따를 당하거나 손해를 보지 않으려는 현대인들의 표정 연기를 일컫는 말입니다. 이런 "표정관리"는 재계와 정치계에서 더 중요한 과제가 되고 있습니다. 국민들을 속이기 위하여 "표정관리"에 매우 섬세한 노력을 해야 하는 세상이 되었습니다.

여기에 허구의 연극이 사실적인 연기를 추구하는 데 반해서 사실적인 사회활동에는 진실한 표정이 외면되고 연극적인 허구, 표정관리가 판을 치는 역설이 존재하게 되는 것입니다.

국제정치에서 이 표정관리에 탁월한 나라는 중국입니다. 미국 정부의 대 중국 담당 외교관 한 사람은 세계의 협상 테이블에서 중국과의 협상이 가장 어렵다고 술회한 적이 있습니다. 중국의 지도자들 얼굴에는 표정 변화가 없기 때문에 그들의 속내를 읽을 수가 없었던 것입니다. 어느 면에서 중국은 진실과 허구의 두 가지 표정을 모두 감추는 나라였습니다.

중국과는 달리 최근에 와서 가장 허구적인 표정의 협상자는 북한일 것입니다. 그들은 언제나 말과 현실이 다르고 표정과 속마음이 다른 자세로 일관해왔습니다. 그 가장 두드러진 현장이 핵 문제를 둘러싼 "6자회담"일 것입니다. 말하자면 북한은 핵을 포기하지 않으면서도 핵 포기를 미끼로 주변 국가로부터 재정 지원을 얻어내기 위해 가장 허구적인 표정관리로 일관해 오고 있습니다. 극단적이고 공개적으로 미국 제국주의를 비난하면서 뒤편으로는 구걸의 손길을 내미는 식입니다. 말하자면 북한은 스타니슬라브스키의 방식을 가장 역설적으로 사용한다고 보겠습니다.

그러나 남용은 언제나 부작용을 불러옵니다. 그런 국가는 양치기 소년처럼 언젠가는 위기를 만나게 되고 그 위기를 타개할 힘이 자신에게 없을 때 불행한 사태를 당하게 됩니다. 최근에 북한은 핵 검열을 "강도식 내정간섭"이라고 비난하고, 다시 핵 개발을 시작하겠다고 하면서 한국 정부에 재정 지원을 요구하고 있습니다. 위협적인 제스처로 남한의 지원을 얻어내겠다는 것입니다. 표정과 진실을 마구 뒤바꾸어가며 상대방을 당혹하게 하는 수법도 자주 쓰면 약효가 떨어지게 됩니다. 북한도 내 민족이라고 생각할 때, 허구적인 연극의 표정관리를 현실의 표정관리로 마구 써먹는 그들이 참 안타깝습니다. 그들은 연극과 실제를 뒤바꾸어 생각하는 게 아닌가 싶어 씁쓸해지기도 합니다.

깨어 있으라
내가 너희에게 하는 이 말이
모든 사람에게 하는 말이니라

마가복음
13장 17절

5

세상과 세월의 틈새길을 걷다

송순태 시와 에세이

꿈 – 이민촌 일기

내 본적지가 어딘지 꿈을 꾸어보면 안다
호적등본을 떼지 않아도 내 유년의 집에 문패가 걸리고
호주의 이름보다 더 분명한 아버지의 젊은 얼굴이 보인다
떠나온다고 해서 제 태어난 땅은 떠나지는 게 아니다
어느 골목에서 내 무릎의 흉터가 새겨졌는지 생애의 이력서가 뜨고
먼 바다로 흘러다닌 항해일지가 두터워질수록
닻줄 풀어 떠난 어머니의 부두는 어제처럼 가깝다
드난살이같이 서러울 때마다 굳은살 박히던 가슴이
객지의 새벽 고향의 꿈 머리에서는 부드럽게 풀어진다
사는 일이 떠도는 길이라서 날마다
다시 떠나기 위해 신발 끈을 조이고
지나온 길들은 꼬여서 돌아갈 실마리가 보이지 않을 때
내 돌아갈 주소가 어딘지 꿈을 꾸어보면 안다
꿈은 늘 해결사처럼 쉽게 귀향길 신작로에 나를 세우고
항공표 없이도 벌써 도달하여 저녁연기 오르는 고향 집이 보인다
장성한 세월이라고 해서 소년의 꿈이 지워지는 것이 아니다
이름도 잊어버린 친구들이 모여서 갈대처럼 손을 흔들며
아무리 멀어도 고향은 먼 게 아니라고 요란하게 웃는다
깨고 나면 새벽 침대가 혼자서 넓어 쓸쓸하다

벽걸이 그림
〈Sonu Amelia Kim 2008 / 5세〉

꿈은 정직하게 그 사람의 생각을 꾸밈없이 보여줍니다.

이민자들의 꿈은 대개 그 배경이 고향입니다. 꿈에서는 사람을 만나도 고향 사람이기 일수이고, 거리를 걸어도 고향 거리가 대부분입니다. 그래서 이민자들은 호적등본 없이도 고향이 어딘지 꿈으로 짚어볼 수 있습니다.

새해 아침의 생각

금년 새 아침에는
희망이니 소원이니, 혹은 약속이니 결심이니
이런 말은 드리지 않겠습니다.

지나놓고 보면, 나의 희망이란 대부분이 허영이었고
지키지 못한 결심 위에 다시 결심이 쌓여
내 지난 세월은 부끄럽고 무거웠습니다.

소원이란 또 얼마나 사치스러웠으며
약속은 또 얼마나 부질없었습니까.
엎드려 드린 기도마저 얼마나 고집스러웠습니까.

이제는 완강한 내 어깨의 높이를 낮추고
감출수록 드러나던 나의 가난
진정한 뜨거움도 없이 함부로 써서 때 묻고 색 바랜 나의 사랑
여기서 모두 내려놓습니다.

나에게 다시 허락하시는 이 소중한 새해 아침
천만금의 보석보다 더 영롱한 첫 햇살 앞에서
다만 목이 메어서, 목이 메어서
무릎 꿇은 마음, 처음 말을 배우는 아이처럼
가만히 입속으로 이 말씀밖에 드릴 게 없습니다.

고맙습니다.
아버지

위 글은 필자가 「새해 아침에」라는 제목으로 쓴 시입니다. 생각해 보면, 우리는 대부분 새해를 맞이하면서 소원 한 가지쯤은 마음에 담거나 하나님 앞에서 기도드리곤 합니다. 정초에 한국의 뉴스에서는 수많은 사람들이 동해의 해돋이를 보기 위해서 추위를 무릅쓰고 어두운 새벽 바닷가나 산등성이에 모여 해 뜨기를 기다리고 있는 영상을 보여주었습니다. 정월 초하루의 해돋이라고 해서 평소의 해돋이와 무엇이 다르겠습니까마는, 그렇게 수고를 아끼지 않고 모여든 사람들은 새로운 시간의 해돋이라는 상징 앞에서 어떤 소원을 빌고 싶은 게 아니겠습니까? 하지만 새해 아침에 빌고 빌었던, 그리고 마음에 새기려 했던, 그 요란한 소원이나 희망이나 결심들이 작심삼일, 미처 정월이 다 가기도 전에 벌써 뇌리에서 잊어버리기 시작하는 사람들이 얼마나 많습니까? 그렇게 기억하지도 못하는 소망, 지키지도 못할 약속, 허영스러운 희망을 우리는 새해라는 시간 앞에서 요란하게 내걸곤 합니다.

뜻있게 새로운 시간을 대하는 사람이라면, 새해 아침에 드리는 소원이나 결심이나 약속 같은 것을 기도 드리기 전에 먼저 해야 할 일이 있습니다. 그것은 자기 자신의 현주소를 정직하게 살피는 일입니다. 나는 누구인가? 나는 지금 무슨 일을 하며, 무엇을 추구하는 삶을 살고 있는가? 내가 살아온 궤적이 내 생애 속에서 어떤 결과를 드러내고 있는가? 내가 내 가족을 위하여 진정 무엇을 주고받았으며, 내 이웃과 내 소속 사회에서 사람들과 어떤 뜻, 어떤 가치 어떤 행동을 주고받았는지를 정직한 마음으로 더듬어보아야 하겠습니다. 이렇게 자기 존재의 현주소와 무게를 분명하게 확인할 수 있을 때 비로소 나의 미래에 대한 올바른 목표를 가질 수 있는 게 아니겠습니까?

우리가 누리는 삶의 시간은 매우 짧습니다. 나이가 들수록, 내가 진정 해야 할 일이 무엇인가를 명확하게 가지면 가질수록, 우리에게 주어진 시간이란 매우 짧은 것이라는 사실을 뼈저리게 느낍니다. 그 짧은 생애의 시간을 아주 정직하게 수지계산을 맞추어보지도 않은 채, 엄벙덤벙 살아오고, 또 부질없는 소원을 새해의 삶에 덧칠이나 할 수는 없는 게 아니겠습니까? 생애의 석양에 서 있는 사람들은 알게 됩니다. 그 짧게 부여된 자기 삶의 시간을 스스로 얼마나 어리석게 낭비해왔는가를! 그리고 짙은 후회감, 가슴 치는 아픔에 시달리게 됩니다.

제 경험에 비추어 우리에게 가장 아름답고 따뜻한 가치는 감사하는 마음과 사랑하는 행위였습니다. 잘 생각해 보면 내가 한 생애 살고 가는 이 세상은 얼마나 감사한 곳인지! 내 가족, 내 이웃, 내 공동체에서 동시대를 살아가는 한 분, 한 분은 얼마나 소중하고 사랑할 만한 분들이었는지! 깨닫게 됩니다. 그리고 무엇보다 내가 살다가는 이 세계를 너무나 좁게, 너무나 아는 것 없이 살다가는 것이 아닌지, 한스러운 생각이 듭니다. 좀 더 공부하고, 좀 더 다녀보고, 좀 더 만나고, 좀 더 연구해 보고, 좀 더 감상하며 살았어야 했습니다. 무엇보다도 나는 사람으로서 어떻게 살 것인가를 생각해 가며 살았어야 하였습니다. 이러한 자기 성찰 없이 사는 것은, 나에게 주어진 시간을 낭비하는 것이었습니다. 걱정하고, 싸우고, 미워하며 사는 것이 얼마나 어리석은 것인가를 알아야 했습니다. 그러기에는 우리에게 주어지는 시간이란 너무나 소중한 것이었습니다.

이런 자기 확인과 세계 인식에 이르러서야 우리는 비로소 새해 아침에 하나님께 드려야할 소원과 결심을 제대로 가지게 되고 또 부단한 노력으로 이루어갈 수 있는 게 아닐까 싶습니다. 이런 확인과 목표가 꼭 새해 아침에만 있어야 하는 것도 아닐 것입니다.

우리의 선택

요즘 기상상태가 심상치 않습니다. 세계적으로 폭우와 폭설의 피해가 급증하는가 하면 지진과 쓰나미, 토네이도와 홍수, 그리고 극지의 해빙과 평원의 지반 붕괴가 계속되고 있습니다. 이런 기상이변은 그 규모와 빈도에 있어서 상식을 뛰어넘고 있으며 우리가 발붙이고 살아야 하는 유일한 거처인 지구가 사활의 임계선을 넘나드는 중병현상을 보이고 있다고 해석되고 있습니다.

이런 일은 과학자들이 이미 수십 년 전부터 예언해 오던 일로서 급기야 지금 우리의 코앞에서 연쇄적으로 일어나고 있습니다. 지구온난화에 대한 과학자들의 비명에 가까운 경고는 1997년에 세계 지도자 회의에서 온실가스 배출량을 줄이기 위한 교토 의정서가 채택되게 하였고, 그리고 2007년에는 유엔의 기후변화위원회(IPCC)에서 지구온난화에 대한 경고성 보고서가 발표되었습니다. 그리고 이어서 2010년 서울 G20 정상회의에서 온실가스 배출 저지가 뜨거운 과제로 토론되었습니다. 그러나 이 모든 경고는 중국과 인도의 경제 개발에 따른 세계 온실가스의 증가로 무색해지고 말았습니다. 그들은 심각해진 공해 문제는 그동안 경제호황을 누려온 미국과 일본, 그리고 유럽 국가들이 책임을 져야지, 왜 우리가 떠안아야 하느냐는 거센 반론과 아울러 온실가스 억제를 위한 막대한 비용 부담을 거부하였기 때문입니다. 결국 환경 개선이란 경제 개발이라는 과제 그 다음에나 생각할 문제로 떠밀려난 셈입니다.

그런데 최근에 전 미국 부통령이었던 엘 고어 씨가 『우리의 선택(Our Choice)』이라는 책을 펴내어 세계인들의 관심을 모으고 있습니다. 우리가 이 책을 주목하는 이유는 환경 개선과 경제 개발이 서로 상충되는 과제가 아니라, 진정한 환경 개선만이 지속적인 경제 발전을 가져올 수 있다는 엘 고어의 주장 때문입니다. 그는 이 책에서 이 두 마리 토끼를 함께 잡을 수 있는 기술과 방법을 소개하고 있습니다. 말하자면 그는 어떤 관념적인 이론을 제시하는 것이 아니라 실제적인 방법과 통계수치들을 자기 주장의 증거로 제시하고 있습니다. 그는 지금이라도 우리가 선택하고 행동한다면 우리의 환경 개선과 경제 발전을 동시에 할 수 있다고 주장합니다. 경제 개발을 이유로 환경 문제에 소극적이던 국가들에게 딜레마의 열쇠를 제시하고 더 이상 핑계할 수 없게 하고 있는 셈입니다.

그러나 엘 고어의 주장은 오늘 세계 지도자들을 대상으로 하는 것이 아닙니다. 그는 세계인들 하나하나를 설득하고자 하고 있습니다. 아무리 과학자들의 경고가 절실하고, 정치지도자들이 이 문제를 해결하려고 하더라도 결국 세계 기상이변의 최종적인 실천 당사자는 오늘을 살고 있는 세계 68억 인구 개개인이고, 또한 기상이변의 피해도 그 개개인이 감당해야 하기 때문입니다. 이번 일본의 후쿠시마 재난과 그 지역 주민들이 겪는 비참한 현실은 아무도 오늘 이 이상기온의 비극에서 비켜갈 수 없다는 것을 보여줍니다. 오늘 지구 표면에서 사는 우리 개개인들이 삶의 현장에서 얼마나 지구온난화에 책임을 느끼고 온실가스 축소에 노력하느냐에 우리 운명이 달려 있습니다.

필자가 나가는 교회에서 예배 후 교우들의 점심시간 이후에 보면 적지 않은 먹다 남은 음식물들과 일회용 접시들이 쓰레기로 버려지고 있습니다. 우리는 이를 줄이기 위하여 씻어서 다시 사용하는 접시를 쓰자고 제안하고 있습니다. 그리고 교우들 자신들이 음식물을 남기지 않도록 자기의 식사량에 맞춰 가지고 가서 가능한 한 음식을 남기지 말자고 호소하고 있습니다. 그래서 교회 점심식사 후의 쓰레기는 조금씩 줄어들고 있습니다. 음식은 얼마든지 있다는 생각이나, 나중에 설거지하기가 귀찮다는 이유로 많은 쓰레기를 만들어낼 수는 없다는 생각이 실천으로 이어지고 있습니다. 우리 교우들은 이런 노력이 지구의 공해를 당장 해결한다고 생각하지 않습니다. 그러나 이런 작은 노력이 합쳐지면 큰 결과를 낳을 수 있고, 또 그렇지 못하더라도 지구 현실 앞에서 떳떳한 개인으로 설 수 있다고 보았습니다.

이것은 하나의 작은 노력이지만, 우리 개개인이 온실가스를 만들어

내는 일을 줄이고 오늘의 지구인으로서 책임 있는 삶을 살려고 노력할 때, 하나님께서는 지구 기상변화의 가공할 위험에서 우리를 건져주시리라 믿습니다. 그리고 이런 실천적인 삶이 곧 우리 시대 그리스도인의 믿음이라고 저는 생각합니다.

곡비 – 이민촌 일기

자식 둘을 불에 태운 후레아비였지 우리는
낡은 자동차 안에 이민살이가 너무 비좁다고
애들아 우리 같이 불타서 잿가루나 되자 하다가
난 너무 뜨겁구나 너희들 먼저 타거라로 변한 아비,
우리는 불타다가 반쪽 얼굴로 남은 아비였지
몹쓸 소식은 불길로 이민촌의 마른 가슴들에게 옮겨 붙고
동족들은 공범, 앗 뜨거! 모두 비명을 질렀다
그날부터 잠들 수가 없는 동족의 아비들은 성냥을 들고
밤새도록 제 가슴에 불을 지르며 울었다
꿈속에서라도 우리 같이 타자꾸나 애들아 타서 연기나 되자
아무 데서도 사는 일에 걱정이 없는 연기나 되자
애들아, 뜨거워도 참자, 너희에게는 사는 일이 욕되었고
우리는 타다 만 숯덩이로 남아 시도 때도 없이 타는 일로 욕되구나,
못다 크고 재가 된 어린것들아, 우리 가슴에 못이 되는 눈물 싹들아
너희에겐 이민살이가 너무 비좁았고
우리는 돌아앉아 성냥이나 그으며
오래 쿨럭이는 늙은 방화범들이지

* 자동차 안에서 불을 질러 아이 둘과 함께 자살을 기도한 아버지가 뜨거움을 못 견뎌 자신은 탈출하고 아이들만 타서 죽은 사건이 로스앤젤레스 이민촌에서 있었다.

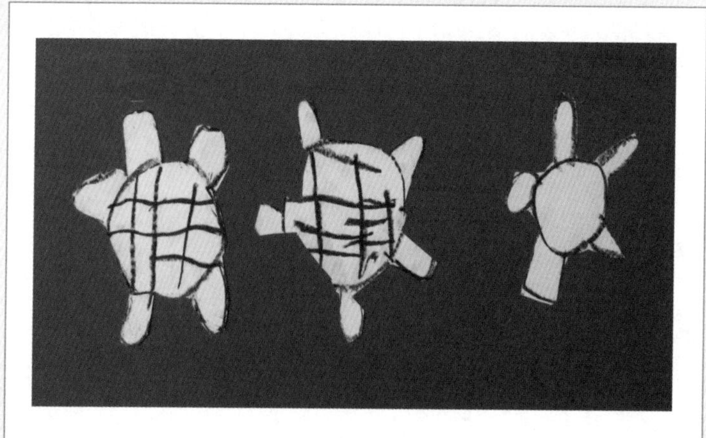

거북이 삼 형제 / 그려서 오리기
〈Sonu Amelia Kim 2007 / 4세〉

이민촌에서 살다 보면 눈물겨운 일이 많습니다. 그 어려운 일들이 신문에 나오면 이민자들은 저마다 구석진 곳으로 돌아앉아서 남몰래 흐르는 눈물을 닦습니다. 이민자들은 사는 일이 얼마나 힘들고, 무섭고, 엄숙한 일인지를 몸으로 겪어서 알고 있습니다. 그래서 이민자들은 서로 모른 척해도 서로의 마음속에 있는 슬픔과 고통과 서러움을 알고 있습니다.

무기수, R. 스트라우드

잘 아시는 이야기 하나 드리겠습니다. 미국을 빛낸 역사적인 인물들을 손꼽으라고 한다면 여러 분야의 인물들이 나오게 됩니다. 여성 탐험가 수잔 버처(Susan Butcher), 천재 영화인 스티븐 스필버그, 방송인 오프라 윈프리, 야구왕 베이브 루스(Babe Ruth), 여성화가 조지아 오키프(Georgia O' Keeffe), 비행기를 발명한 라이트 형제, 자동차 왕 헨리 포드, 로큰롤 가수 엘비스 프레슬리, 의료 역학자 조나 실크(Jonas Silk), 우주인 닐 암스트롱(Neil Armstrong) 등등… 많은 사람들을 떠올리게 됩니다. 그중에 이미 영화로도 소개된 적이 있는 전설적인 무기수 조류학자 로버트 스트라우드(Robert Stroud)가 있습니다.

영화는 극적인 요소를 위하여 여러 가지 이야기가 덧붙여지지만 실제 이야기는 이렇습니다. 그는 19세에 그가 살던 마을 알래스카 저누(Juneau)의 작은 댄스홀에서 여자 친구 문제로 살인을 저지릅니다. 그리고 12년 형을 선고받고 워싱턴 주 맥네일 교도소에 수감되었습니다.

거기서 부엌에서 음식을 훔쳤다고 자기를 일러바친 동료 죄수를 칼로 찔러 상해를 입혀 6개월 징역형이 첨가되었습니다. 하지만 그는 천재적인 머리를 가졌습니다. 그는 원래 초등학교 3년의 교육을 받았을 뿐이었는데 그는 형기 중 3년 만에 캔사스 주립대학의 통신강의로 공학(engineering), 음악, 수학, 신학까지 4개의 학위를 획득하였습니다. 그러나 불행하게도 12년 6개월의 형기가 만기되어 출소를 며칠 앞둔 1916년 어느 날, 멀리 알래스카에서 찾아온 동생과의 면회를 거절한, 괘씸한(?) 간수를 살해함으로써 그는 사형 언도를 받게 됩니다. 이 소식을 듣게 된 그의 어머니가 당시의 대통령 우드로 윌슨과 그 부인에게 눈물 어린 탄원서를 보냈고, 윌슨 대통령은 스트라우드가 급한 성격으로 살인을 저질렀지만, 감옥에서 3년 만에 4개의 학위를 획득한 천재적인 두뇌의 소유자라는 점을 참작해서 사형을 사면하여 주었습니다. 그러나 그는 평생 동안 석방 없는 독방 무기수로 형을 살게 되었습니다.

그는 어느 비 오는 날, 하루에 한 번 허용되는 형무소 뜰 산책에서 비와 추위로 죽어가는 어린 참새 한 마리를 발견하고 독방으로 가지고 와서 극진한 정성으로 살려내었습니다. 이 작은 사건이 그가 미국 역사에서 불멸의 조류학자가 되게 하였습니다. 그는 그 새를 돌보면서 새의 생리를 알게 되고 카나리아 한 쌍을 구해서 새의 질병과 예방, 치료 등을 연구하게 되었습니다. 감옥 당국에서는 그의 새 연구가 한 사악한 인간의 갱생을 의미한다고 보고 그를 도와주었습니다. 그의 독방은 새 연구실로 변하여 수백 권의 참고도서와 실험기구, 화학물질, 그리고 의약품들로 가득차고 수백 마리의 카나리아를 비롯한 각종 새들이 함께 살게 되었습니다. 그가 이런저런 사유로 샌프란시스코의 악명 높은 알카트라즈 섬 형무소로 옮겨갈 때는 여러 트럭의 연구물들이 따라서 운반되었다고 합니다.

그가 집필한 연구 논문들이 밀반출로 출간되기 시작하면서 그는 곧 미국 동물학계의 카나리아 학자로 알려지기 시작하였고, 1942년 그의 조류학적인 업적을 세상에 알리는 불멸의 저서 『새의 질병 연구(Digest of the Diseases of Birds)』가 출판되어 조류학자로서 금자탑을 쌓았습니다. 하지만 무기수로서의 형량은 어김없이 그를 독방에 가두어 두었습니다. 그는 56년을 감옥에서 보낸 끝에 노쇠해진 몸으로 1959년 미주리주의 연방 종합병원에서 76세를 일기로 영욕의 생을 마감하였습니다.

연말입니다. 2012년이 끝나가고 있는 요즘, 저는 문득 알버트 스트라우드의 삶이 생각납니다. 한 사람이 아무리 어두운 삶을 살았을지라도 어느 날 자기 삶을 가치 있고 참되게 살려고 결심만 한다면, 그리고 성실하게 실천해 나간다면, 그의 과거와는 별도로 위대한 삶을 살 수 있습니다. 로버트 스트라우드의 삶이 그것을 증명해 보여줍니다.

성탄절과 새해가 오면 사람들은 부질없이 들뜨거나, 막연한 핑크빛 새해의 꿈에 젖어듭니다. 하지만 진정 가치 있는 삶이란, 과거에 얽매이지 않고, 오늘이라는 시간 속에서 묵묵히 바른 삶을 실천해 나갈 수 있을 때 결실되는 것이라고 생각됩니다.

뜻이 있는 그림

16세기에 네덜란드에서 활동한 피터 브뤼헐(Pieter Brueghel de Oude)이라는 이름의 화가가 있었습니다. 그는 주로 사회의 하층 계급 인물과 삶을 그려내어서 세계 미술사에 이름을 남긴 화가였습니다.

그가 살던 당시는 교권의 전성시대였습니다. 따라서 대부분의 화가들이 성모 마리아와 예수의 생애를 그리거나 사회 지배계층이던 귀족들과 사제들의 삶을 그렸습니다. 그러한 그림을 그려야 화가로서 인정을 받는 시대였습니다. 그 시대의 성화를 보면 예수께서 살아 계시던 때에는 감히 구경도 못했던 값비싼 옷을 16세기 화가들은 성모와 성자에게 입혔습니다. 그래야 그림이 팔리고 화가는 대접을 받았기 때문입니다.

그런 사회적인 분위기에서 브뤼헐은 거지와 농민들, 하류계급의 삶을 그렸습니다. 건초 만들기, 거지들, 농민들의 춤, 장님을 이끄는 장님 등 작품 이름만 들어도 그의 그림이 어떤 내용을 담고 있는지를 짐작하게 됩니다. 그것은 시대 조류를 거슬러 가는 행위였습니다. 그의 뛰어난 화법과 황금빛 색상이 무척이나 정교하고 아름답지만 그런 실력으로 당시 잊혀진 존재였던 거지나 농민들의 모습을 그린다는 것은 시퍼런 권력을 쥐고 있는 교권으로부터 미움을 받을 위험이 있었고, 지배계층의 관심과 구매욕구와는 거리가 먼 예술생산이었습니다. 그래서 그의 그림은 바라보는 그림, 상품으로서의 그림이 아니라, 소외받는 계층에도 소중한 삶이 있다고 항변하고 증언하는 그림으로 미술관에서나 보존하는 작품이었고, 역설적이게도 그런 이유로 그의 미술은 미술사에 살아남았습니다.

이 글을 쓰다 보니 현재 미국에서 활동하는 화가 한 분이 생각납니다. 뉴욕의 인물화 대가들 그룹에서 활동하는 해리 안(한국명 안승윤)이라는 화가가 있습니다. 이 분의 그림 대부분 거지나 노점상인, 혹은 해어진 구두짝 등입니다. 그래서 그의 뛰어난 묘사력과 아름다운 색상의 그림은 일반인들에게 팔리지 않습니다. 다 해어지고 떨어진 구두짝, 남루한 거지 노인이 그려진 그림을 사서 벽에 걸어두고 감상할 사람이 흔치 않기 때문입니다. 그래서 해리 안의 작품은 그의 개성을 알아보는 미술관에서나 겨우 구매하여 주는 그림이 되고 있습니다. 주변에서는 돈이 되는 그림을 그리라는 핀잔 성격의 권유도 많지만 그는 이런 그림을 계속 고집하여 그리고 있습니다. 그는 아무도 눈여겨보지 않는 헌 구두짝에서 일회용 소비사회의 비정한 망각과 훼손된 윤리를 보았습니다. 그는 이런 오늘의 풍조에서 필요하면 쓸개라도 빼어줄듯이 아첨하고, 효용가치가 없어지면 언제 보았느냐는 듯이, 또는 헌신짝처럼 버리고 돌아서는 인간관계의 불행을 보았던 것입니다. 그래서 그는 버려진 구두짝을 정성스럽게 화폭에 담아 그려내고 있습니다. 한

때 그 주인의 체중을 받쳐주고 그 발을 보호하여 주다가 낡았다는 이유로 무참히 버림받은 구두를 해리 안은 작품으로 재탄생시켜 우리에게 되돌려 줍니다. 우리는 낡은 구두짝 작품을 바라보면서 무심코 버렸던 것에 대한 연민의 시선을 갖도록 요구받습니다. 그리고 그 자각을 통하여 우리의 삶을 받쳐주는 사물들과 동시대를 살고 있는 인간가족의 소중성을 깨닫습니다.

요즘 한국의 전 대통령 전두환 씨가 300점이 넘는 그림을 은닉재산으로 보관하고 있다가 사법당국에 압류되었다는 뉴스를 보았습니다. 소위 값나가는 그림들이 돈세탁의 수단으로 전락한 서글픈 현장을 보았고, 그 미술품들이 예술로서의 가치가 아닌 은닉재산의 가치로 뒤바뀐 도착된 현실을 보았습니다. 우리는 포장되어 집달리들의 손에 들려 나오는 값비싼 그림들을 보면서 그림이 아니라 권력자들의 치부를 숨겨주는 물건(?)들을 구경하는 셈이었습니다. 예술과는 거리가 먼 사람들이 그 값비싼 예술품을 창고에 은닉하고 있으면서 돈세탁이나 생각하고 있었다면, 얼마나 희극적이며, 얼마나 비극적인가 하는 생각을 하게 되었습니다. 마치 어느 졸부가 〈모나리자〉를 구입하여 그 얼굴에 금칠을 하고 있는 격이라고나 할까요?

16세기의 가난한 사람들, 그들도 한 인간으로 예술의 주목을 받아야 한다고 그림으로 항변한 브뤼헐의 정신과, 21세기 오늘날, 도를 넘는 소비사회의 위험과 비정성을 그려내고 있는 해리 안의 작품정신이, 전두환 씨 일가의 전방위 치부수단 앞에서 무색해지고 있었습니다.

안경을
벗고 싶다

막 피어나는 목련 한 송이를 보면서

잔디에 몸을 뉘인 낙엽 한 잎을 보면서

젊은 여자가 안고 있는 아기의 눈망울을 들여다 보면서

석양을 바라보며 앉은 노인의 뒷등 어깨를 보면서

물보라의 파도 끝에 제 그림자를 밟고 선 어린 물새들 보면서

저녁 어둠 속에 우두커니 선 키 큰 나무를 보면서

그때마다 물에 빠지는 시선을 어쩌지 못한다

하늘이건 땅이건

왜 이렇게 서러운지 몰라서

나무와 햇빛과 나
〈Sonu Amelia Kim 2007 / 4세〉

이 세상에는 가엾고 안쓰럽지 않은 것이 없습니다.

생명을 가진 것은 가진 것대로 가엾고, 바위나 언덕이나 들판이나 늘 가만히 있는 것들은 그것들대로 바라보면 모두 가엾습니다.

지구의 위기 앞에서

일본이 동부지역 해안의 대지진으로 비틀거리고 있습니다. 그 지진은 가공할 해일을 불러왔고, 또 화산 폭발로 이어졌으며, 연이어 그 지역의 원자로가 폭발하였습니다. 더 비관적인 것은 지금 현재 일본으로서는 이 사태를 타개할 방도가 별로 없다는 점입니다. 만일 이러한 현상이 계속 악화된다면 이 재난이 일본만의 재앙으로 그치는 것이 아니라 인류의 대재앙으로 번지게 될 것이라는 점에서 세계는 지금 경악하고 있습니다.

우리는 인류가 쌓아 올린 문명과 자본, 그리고 시장이라는 것이 세계적으로 얼마나 섬세한 조직이고 허약한 것이인지는 이미 우리가 잘 알고 있습니다. 일본의 참사가 알려지자 최근 천정부지로 치솟던 원유값이 떨어지고, 월가의 주식시장 그래프가 심한 충격 파장을 그리는가 하면, 세계의 소비시장이 경직되고 있습니다. 지리적으로도 일본의 원전 여섯 기가 연쇄적으로 파괴될 경우, 그 방사능의 피해에서 세계 어느 국가도 피해 갈 수가 없다고 합니다. 중국의 황사가 기류를 타고 태평양을 건너 북미 대륙까지 도달하는 것을 보면 방사능의 피해가 어떤 결과를 가져올 것인지를 쉽게 내다볼 수 있을 것입니다. 불과 며칠 사이에 일본의 재난을 농담거리로 매스컴에 올렸던 유명 인사들이 시청자들의 항의로 줄줄이 현직에서 물러나고, 사과성명을 내는 사건들을 보면서 세계인들이 이 위기를 얼마나 심각하게 생각하는지를 짐작하게 됩니다.

그동안 인류는 지구 에너지를 문자 그대로 "물 쓰듯이" 써왔습니다. 세계의 모든 도시마다 자동차가 홍수를 이루었고, 선진국이라면 저마다 마구 전력을 소비하는 게 당연하였으며, 인간의 대량소비를 위한 제조공장들이 밤낮으로 가동되었습니다. 그 모두가 에너지 소비를 바탕으로 이루어졌습니다. 이를 위하여 세계의 모든 국가들은 에너지 확보에 매달리고, 석유에만 의존할 수 없게 되자 원자력 발전기 건설에도 힘을 쏟아왔습니다. 그러나 여기에 우리의 한계와 비극이 있었습니다. 석유 소비와 원자력 발전 시설은 이제 지구의 안정을 위협하는 공해로 이어지고 심각한 자연이변을 불러들였습니다. 어쩌면 지구는 그 안정권이 무너지는 임계선상에 도달하고 있는지도 모르겠습니다. 그동안 크고 작은 지구의 이변에도 크게 동요하지 않았던 세계인들이 일본의 참사에 경악하는 이유는 바로 지구의 내일이 심상치 않다는 것을 느끼기 때문입니다.

우리는 요즘 자주 쓰는 "위기를 느낀다"는 말의 의미를 되새겨 보아야 하겠습니다. 그것은 막연한 두려움을 말하는 것이 아닙니다. 과학자들이나 세계 정치지도자들에 대한 원망도 아닙니다. 우리 인류의 후회나 자책도 아닙니다. 그런 것으로는 내일을 타개해 나가야 하는 우리의 자세가 될 수 없기 때문입니다. 그 말은 어떤 가공할 사태에 직면하여서라도 오늘 우리는 미래를 위하여 불굴의 노력을 기울이겠다는 각오의 의미로 새겨들어야 합니다. 그것은 좌절이 아니라, 새롭게 일어서겠다는 뜻이며, 우리의 과오를 되풀이하지 않겠다는 의지이며, 겸손하게 자신으로 되돌아가 스스로 개혁하겠다는 뜻입니다. 그럼으로써 우리는 이 재난의 어떤 결과에도 부끄럽지 않은 대처가 가능해지기 때문입니다.

사도 요한은 십자가 처형이라는 위기를 앞에 둔 예수의 모습을 이렇게 쓰고 있습니다.

"유월절 전에 예수께서 자기가 세상을 떠나 아버지께로 돌아가실 때가 이른 줄 아시고 세상에 있는 사람들을 사랑하시되 끝까지 사랑하시니라."(요한복음 13장)

위대한 스승께서는 생의 마지막 위기 앞에서도 인류를 사랑하셨습니다. 말만이 아닌 실천하는 사랑이었습니다. 그분의 사랑을 우리 시대에 대입해 본다면 전등 스위치 하나라도 내리고, 할 수 있는 대로 자동차 사용을 줄이며, 물자를 아끼고, 음식물을 버리지 않는, 사소한 성의로 위기의 세계를 끝까지 사랑하셨을 것이라고 하겠습니다.

이런 사랑이 오늘의 위기 앞에서 가져야 할 구체적인 삶의 자세가 아니겠습니까?

굶주림 문제

장 지글러(Jeon Ziegler)라는 스위스 출생의 사회학자가 있습니다. 필자가 이 분에 대하여 가진 관심은 그의 저서 『왜 세계의 절반은 굶주리는가?』를 읽으면서 시작되었습니다. 그는 인도적 관점에서 빈곤과 사회구조에 대한 글을 계속 써왔고, 이름 있는 기아 문제의 연구학자로 알려져 있습니다. 지글러 교수는 제네바 대학과 불란서 소르본 대학에서 강의하였고, 2000년부터 2008년까지 유엔 인권위원회 식량 특별 조사관으로 활동하였으며, 2008년에 유엔 인권위원회 자문위원으로 위촉을 받았습니다. 따라서 그의 저서 『왜 세계의 절반은 굶주리는가?』에 실리는 통계와 정보는 그 저자의 이력으로 볼 때 우리가 신뢰할 만하다고 하겠습니다.

지글러 교수가 열거하는 기아 문제의 이유는 대강 몇 가지로 요약됩니다. 첫째는 북반구에 사는 선진국의 사람들이 엄청난 부를 가지고 호화롭게 살고 있으면서도 빈곤국가들에게 나누어주는 일에는 인색하기 때문입니다. 둘째는 세계 정치와 자본주의 경제체제, 그리고 다국적 기업들의 끝없는 이윤 추구로 제3세계가 계속 유린되기 때문입니다. 셋째는 제3세계 빈곤국가들의 만연한 부정부패로 국가 경제가 수탈되고, 그나마 유엔의 지원조차 국민들에게 제대로 전달되지 않기 때문입니다. 넷째로 제3세계를 휩쓸고 있는 전쟁으로 그 나라 국민들의 삶이 계속 파탄에 이르기 때문입니다. 다섯째는 세계적으로 진행되고 있는 이상고온으로 제3세계 국가들의 농경지가 계속 사막화되고, 전례 없는 가뭄과 홍수로 곡물 생산이 떨어지고 있기 때문입니다.

이런 이유들로 유엔 식량농업기구(FAO)의 집계에 의하면 2007년 현재, 9억 2,500만 명이 심각한 기아 상태와 만성 영양실조에 허덕이고 있는데 이 수치는 해마다 7,500만 명씩 늘어나고 있으며 계속 상승할 것으로 보았습니다.

지글러 교수의 주장에 따르면, 오늘날 세계 옥수수 생산량만 가지고도 기아 인구를 충분히 구제할 수 있다고 합니다. 그런데도 그 옥수수 생산량의 4분의 1은 부유한 나라들의 소들이 먹고, 또 나머지 옥수수들은 바이오 연료생산에 들어가고, 나머지는 물엿 생산에 들어갑니다. 그리고 남은 옥수수는 부유국가들의 창고에 쌓여 있으면서 비싸게 팔리기 때문에, 기아국가들이 그 비싼 옥수수를 살 엄두도 못 냅니다. 부유국가들의 식탁에 오를 맛있는 쇠고기를 위하여 소들은 배불리 먹고, 제3세계의 사람들은 굶어서 죽는 게 오늘의 현실이라는 주장입니다.

그러나 지글러 교수는 더 쇼킹한 정보를 제공합니다. 1970년 9월,

칠레에서 대통령 선거가 있었습니다. 여기에서 인민전선이라는 좌파 정당의 아옌데라는 젊은 후보가 36.5%의 득표로 당선되었습니다. 그는 소아과 의사로서 어린 아기들의 영양실조에 의한 죽음을 해결하기 위하여 정치투쟁에 나섰고, 당선되면 하루에 0.5그램의 분유를 무상 배급하겠다고 국민들에게 공약하였던 것입니다. 그는 대통령에 당선되자, 부패 공무원들을 척결하고, 사회 제도 개선에 나서는가 하면, 공약대로 분유의 무상 배급을 위하여 칠레의 국내 목장 우유 생산을 점검하였습니다. 거기서 그는 스위스의 다국적 기업 "네슬레"가 칠레의 우유 생산을 독점하고 있다는 것을 알았습니다. 그는 "네슬레"에게 우유를 사겠다고 제안했습니다. 그러나 "네슬레"는 사회주의 대통령 아옌데의 개혁으로 칠레가 정상화될 경우, 칠레의 우유사업 독점에 어려움이 온다는 것을 알고 아옌데 대통령의 우유 제공 요청을 거절했습니다. 3년 동안의 긴 협상과 투쟁에도 "네슬레"는 요지부동이었고, 칠레에 대한 미국과 서방세계의 원조도 끊어졌습니다. 그들은 오히려 군부와 반대세력을 움직여 군부 쿠데타를 일으켰고, 1973년 9월 11일 오후 2시 30분에 아옌데와 그의 동료들은 대통령궁까지 진격한 우파 군인들에게 살해되었습니다. 그리고 칠레 국민들은 다시 굶주림에, 어린이들은 다시 영양실조에 허덕이다가 죽어가게 되었습니다. 한 나라의 개혁의 꿈이 거대한 다국적 기업 앞에 무너진 것입니다.

우리는 아는 것이 중요합니다. 우리의 풍요한 밥상 너머 저쪽에 배고픔으로 몸부림치는 세계 인구의 절반이 있다는 것을.

하려던 말

수신이 안 되는 이름을
오래 부르다가 그만두었을 것입니다.

김소월이 부르다가 죽었다던 그 이름이
아직도 남아 있었던 것인지

소월처럼 죽지도 못하고,
때늦은 시간에 부르다가 부르다가 그만두었을 것입니다.

하려던 말은 그저 그렇게
시들었을 것입니다

공중전화기에 길게 목을 매달고
자살한 저 수화기

어둠 속에서
경고음도 목이 쉬어
목매단 채 끝났을 것입니다

우리 엄마
〈Sonu Amelia Kim 2008 / 5세〉

거리에서 아직 공중전화기를 사용할 때, 가끔 수화기가 전선줄에 매달려 대롱거리고 있는 것을 보면, 아마 저 통화는 부르는 사람이 끝내 응답이 없어 틀림없이 자살했을 거라는 생각을 하곤 하였습니다. 그리고 안타까웠습니다. 망상이지만 어쩌면 그 매달린 수화기가 그렇게 목매단 사람을 닮았는지….

식량

"인구와 식량"을 말하면 케케묵은 이야기를 하는 것 같지만, 요즘 다시 뜨거운 감자가 되고 있습니다.

한때 세계는 식량 문제가 해결되었다고 생각한 적이 있었습니다. 하지만 아니었습니다. 그동안 미국과 유럽 선진국들은 화석연료 문제를 해결하겠다고 농산물(특히 옥수수)을 증류하여 소위 "바이오" 연료를 만드는 데 치중하여 왔는데 지금 난관에 봉착하고 있습니다. 막대한 곡식을 연료 생산에 쏟아 부어 세계 식량이 바닥나고, 곡가가 천정 높은 줄 모르고 뛰어 올랐습니다. 하지만 요즘 와서야 그 바이오 연료라는 것이 화석연료 못지않게 가스를 만들어낸다는 것이 밝혀져 지구의 온난화를 막는 데 아무 도움이 안 된다는 것을 알았습니다. 결론적으로 선진국 정치지도자들과 일부 과학자들의 성급한 행동이 식량 문제만 난관으로 몰아넣는 결과를 가져왔습니다.

농경지는 한정되어 있습니다. 지구상에서 바다를 제외한 땅의 넓이는 130억 헥타르 남짓한데 그중에 고산지대와 얼음지역, 그리고 사막을 제외한 농경 가능 지역이 49억 헥타르로 지구 표면의 30% 정도입니다. 게다가 지금 현재 농사를 짓고 있는 땅은 14억 헥타르로서 지구 표면 땅의 10%를 조금 넘습니다. 나머지 경작 가능 지역 20%는 목초지역으로 남아 있는데, 이를 농경지로 개발하려면 비용이 너무 많이 들어 채산이 안 맞는데다가, 이를 개간할 경우, 지구 표면 녹지대의 불균형을 초래하여 기존 경작지마저 사막화될 위험을 가지고 있다는 것입니다. 결국 인류가 농사를 지을 땅은 지구 표면의 10% 정도가 고작인 셈입니다.

한편으로는 지구 인구가 가공할 정도로 불어나고 있습니다. 1800년대에는 세계 인구 10억이 20억으로 불어나는 데 123년이 걸린 데 비해, 다시 30억으로 불어나는 데는 불과 33년이 걸렸고 2000년대에 인구가 60억으로 불어나는 데는 40년이 채 걸리지 않았습니다. 인구는 그야말로 기하급수로 늘어나 2050년에는 90억에서 100억이 되리라고 합니다.

엎친 데 덮친 격으로 문제가 하나 더 있습니다. 육식 편중현상이 그것입니다. 현재 세계 인구의 절반인 30억의 중국인들이 살기가 나아지면서 무서운 기세로 육식을 선호하고 있습니다. 이는 개발도상국에서 선진국으로 가는 나라들의 공통현상이기도 합니다. 그중에 한국도 예외가 아닙니다. 이 육식 편중현상이 또한 식량사정의 어려움을 더하고 있습니다. 오늘의 축산기업은 옛날 방식과 다릅니다. 옛날에는 소를 목장에 방목하여 풀을 먹여 기르는 방식이었지만 육류 소비가 급증하자 축산방식은 이제 소를 목장에서 기르는 것이 아니라 축사에서 대량으로 기르는 방식으로 전환되었고, 사료는 풀이 아닌 곡식사료로 대체되었습니다. 문제는 그 쇠고기를 먹기 위하여 인류는 지금 매우 어리석은 방식을 취하고 있다는 데 있습니다. 1kg의 쇠고기를 얻기 위하여 6kg의 보리를 소에게 먹여야 합니다. 바꾸어 말하면 질 좋은 곡식 단백질 100kg을 4.5kg의 저급한 동물성 단백질, 쇠고기로 바꾸어서 먹는 것입니다. 이런 비율은 돼지고기나 닭고기에서도 크게 다르지 않습니다. 한 사람이 쇠고기로 한 끼 식사를 한다면, 곡식으로 20명이 먹을 수 있는 식사를 혼자서 먹어치우는 셈입니다. 이런 불합리를 현재 한국 인구 4천만에게 적용하거나, 중국인 30억에 적용할 때, 육식을 통한 식량 낭비가 어느 정도인지를 쉽게 이해할 수 있을 것입니다.

이런 현실이 세계 모든 선진국들에게도 똑같이 적용되고 계산된다면 세계의 식량난이라는 것이 왜 야기되는 것인지를 이해할 수 있을 것입니다. 이 이야기는 식사에서 육식을 제거하자는 극단적인 제안이 아니라 불고기와 삼겹살을 먹어야 식사를 잘했다고 생각하는 통념이 얼마나 어리석은 것인지 생각해 보자는 것입니다.

시대는 우리에게 삶의 현명한 처신을 요구하고 있습니다.

불황을 이기는 힘

요즘 미국의 경제사정이 매우 어렵다는 것을 모르는 사람이 없을 것입니다. 하지만 그 어려움의 실체가 어느 정도인지를 정확히 아는 일은 쉽지 않았습니다. 최근에 타임지는 여론조사를 통해서 미국이 가지고 있는 경제적인 어려움이 어느 정도인지를 도표를 통해서 누구나 알아보기 쉽게 밝혔습니다. 7%의 미국인들이 몰게이지를 갚지 못해서 주택을 잃었습니다. 이것은 미국 인구 3억 중에서 대략 2천1백만 명이 집을 잃었다는 이야기가 됩니다. 그리고 13%가 굶주림을 겪으며, 27%가 건강보험을 포기하고, 29%가 친척이나 친구에게서 돈을 빌리는 처지이고, 34%가 직장을 잃고 구제금을 받으며, 40%가 학자금이나 은퇴연금 불입을 포기하고, 70%가 휴가나 가족 오락비를 포기하고 있다고 합니다. 이것은 미국인들이 얼마나 경제적 고통을 겪고 있는지를 보여줍니다. 그리고 15%가 집에서 이발을 하고, 21%가 스스로 자동차를 손보고, 23%가 스스로 잔디를 깎고, 28%가 스스로 집 청소를 하고, 29%가 스스로 집수리를 하고 있다고 합니다. 이것은 또한 미국의 노동시장이 얼마나 얼어붙어 있는가를 말해 줍니다.

최근 뉴욕의 월가에 성난 젊은이들이 모여 대다수 국민들의 고통을 외면하는 금융기관의 과대한 이윤 추구와 경제계 큰손들의 호화판 삶을 비판하고 나섰습니다. 아울러 일자리를 확대해 줄 것과 부익부 빈익빈으로 치닫는 경제적 불균형의 시정을 요구하고 나섰습니다. 이 젊은이들의 데모는 대다수 미국인들에게 공감을 얻고 연륜을 초월하여 많은 수가 이 대열에 가담하는가 하면, 미 전국으로 확산되고 나아가 세계적인 운동으로 번지고 있습니다. 이런 현상들을 보고 있으면, 대체할 만한 경제체제가 없는 상태에서 자본주의의 몰락을 보게 되는 것 같아서 마음이 서늘해지곤 합니다. 자본주의 경제체제는 이미 인류에게 숨 쉬는 공기와 같다고 말한 경제학자가 있습니다. 은행이 없는 사회나, 크레디트카드나 수표가 통용이 안 되는 신용사회를 우리는 생각할 수조차 없습니다. 우리는 이미 공산주의 경제체제가 몰락하는 것을 목격하였습니다. 그런데 자본주의마저 불평등 분배의 임계선을 넘게 된다면, 그래서 무너진다면, 인류는 그 혼란을 어떻게 감당해야 하는 것인가, 그 결과로 무자비한 폭력과 약탈의 무정부주의가 나타나지나 않을까 걱정하지 않을 수 없습니다.

원래 자본주의는 섬세한 도덕성을 바탕으로 가질 때 발전할 수 있는 경제체제라고 학자들은 보았습니다. 그러나 최근 세계 자본시장의 거품이 번지면서 사람들의 허영에 불을 지르고 부를 추구하는 큰손들의 횡포가 윤리적인 도를 넘어섰습니다. 금융가의 큰손들이 저지른 부도를 메우기 위하여 결국은 국민들이 부담해야 하는 막대한 정부 자금이

투여되었습니다. 그런데도 금융기관들의 윤리의식은 돌아오지 않고 무분별한 이윤 추구와 자기들만의 호화판 삶을 누리고 있습니다. 젊은 이들이 분노하는 이유가 여기에 있습니다.

필자는 지금 구름 잡는 경제원리 이야기를 드리는 것이 아닙니다. 뉴욕의 월가까지 갈 게 뭐 있겠습니까? 우리 한인 사회는 어떻습니까? 타인의 고통을 나의 돈벌이 기회로 생각하는 사람이 우리에게도 있을 수 있습니다. 그런 사람들은 샤일록의 종국을 기억할 필요가 있습니다. 아무리 자본주의가 개인의 이윤 추구를 보장한다고 해도 한계가 있습니다. 가난한 사람들의 호주머니를 무자비하게 벗겨내는 일이나, 경영주로서 일군들에게 너무나 야박한 임금을 주는 일, 아직까지는 견딜 만한데도 종업원을 내보내는 일, 그다지 손해가 안 가는데도 생산가를 자꾸 올리는 일, 그러면서도 자기는 경제적인 부를 쌓아가는 일들이 계속된다면 결과는 어떻게 될까요? 우리들의 한인 사회도 가진 사람들과 가지지 못한 사람들이 동반 몰락을 자초하게 될 것입니다. 한 사회가 제대로 서려면 먼저 그 사회가 섬세한 도덕성을 유지해야 합니다. 자본주는 어려운 시대가 닥치면, 자기 자본의 이윤을 줄이면서 노동시장을 보호해야 합니다. 그래야 그 사회는 위기를 극복할 수 있게 됩니다. 나 혼자만이라도 살겠다고 가진 자의 횡포를 계속하면, 머지않아서 폭력과 약탈의 대상으로 추락할 수 있습니다.

그러고 보면 우리는 섬세한 도덕성을 가지고 고통받는 사람들과 함께하는 것이 이 불황의 시대를 헤쳐 나갈 수 있는 힘이라는 것을 깨닫습니다.

오전 편지

오전에 쓰는 편지는
아직 해맑은 태양빛처럼 밝지

오전엔 맑은 정신으로 일을 하듯이
당신을 생각하는 마음을 담아 오전에 쓰는 편지는
조금도 과장이나 허풍이 없어서
정성껏 사랑한다고 쓸 수 있지

사랑한다고 말해놓고 그 말이 진위를
스스로 이모저모 살펴볼 수 있는
오전에 쓰는 편지

뜨겁지도 차지도 않게 일상의 온도를 담은
사랑한다는 말 한 마디는
사는 일처럼 평범하지

아, 평범한 온도로 사랑할 수 있다는 것은
오래도록 변하지 않을 사랑이라는 것을
편지를 쓰면서 스스로 알 수 있지

그렇게 담담하게 사랑하는 일이 새삼 소중한 것을
오늘 하루 일들이 후회 없는 보람으로 오리라는 것을 믿듯이
내 사랑도 조금도 부끄럽지 않으리라는 것을
오전 편지를 쓰고 있으면 알 수 있지

사랑한다고, 진실로 사랑한다고
마치 오전 일을 하듯이 그 말 한 마디를 쓰고 나면
오래도록 따뜻한 여운이 남는
오전에 쓰는 편지는

Springtime
〈Sonu Amelia Kim 2007 / 4세〉

오전 시간에 사랑하는 사람에게 편지를 쓰는 사람은 허풍이나 과장이 없는 진실한 편지를 쓸 수 있을 것이라고 생각해본 적이 있습니다. 밤에 쓴 편지를 믿지 말라는 말이 있습니다. 그러므로 편지는 오전에 쓰는 것이 좋으리라 생각합니다.

몇 년을 살아도 깨끗한 방

"문순공 이황이 단양 군수로 있다가 떠난 때의 일이다. 아전이 관사를 수리하려고 들어가 방을 보니, 도배한 종이가 맑고도 깨끗하여 새것 같았다. 요만큼의 얼룩도 묻은 것이 없었다. 아전과 백성들이 크게 기뻐하였다."

이 글은 조선조 중기에 한학과 시문으로 뛰어났던 이식이라는 선비가 쓴 『택당집』에 올라와 있는 문순공 이황에 관한 언급인데 지금 한양대학교 국문과 정민 교수가 번역하여 옮겨놓은 것입니다. 문순공 이황이라고 하니까 조금 생소하게 들리겠지만 조선조 성리학의 대가 퇴계 선생의 이름이 이황이고 자는 경호, 호는 퇴계, 시호가 문순이었습니다. 그래서 사료에는 자주 문순공 이황이라고 소개되기도 합니다.

필자는 지금 조선의 선비 이야기를 하려는 것이 아니고, 이황 선생의 삶의 태도를 이야기하고 있습니다. 얼핏 보면 그것은 아주 사소한 일, 참 별거 아닌 이야기라고 생각할 수도 있습니다. 그런데 주목할 것은 "아전과 백성이 크게 기뻐하였다"는 대목입니다. 왜 그랬을까요? 먼저는 새로 부임하는 군수를 위해서 사택을 수리할 일이 없어졌으니 수고를 아끼게 된 아전이 기뻐하였겠고, 또 가난한 단양군의 관청 살림에 돈을 절약하게 되었으니 백성이 기뻐할 수도 있었겠다 싶습니다. 하지만 훌륭하고 정결했던 분에 대한 존경과 그런 분을 군수로 모시고 있었다는 자부심이 아전과 백성을 기쁘게 했다고 볼 수도 있겠습니다.

하지만 이 짧은 이야기는 퇴계 선생의 저 도저한 성리학의 완성보다 더 절실하게 그분의 삶의 진면목을 보여줍니다. 그분은 몇 년 동안 생활하던 집을 이제 막 도배를 해 놓은 것처럼 정결하게 사용하였습니다. 그것은 단순히 청소를 잘하면서 살았다는 것 이상입니다. 자기가 사용하는 물건, 깃들어 사는 집, 활동하는 주변을 정결하게 아끼고 보존했다는 것은 그가 사는 세상을 어떤 마음가짐으로 살았는지를 보여줍니다.

마구 쓰고 버리고 더럽히면서 사는 분들이 많은 것은 예나 지금이나 크게 다를 바 없습니다. 더구나 적잖은 분들이 공공시설이나 물건은 더 마구 쓰고 훼손합니다. 그러면서도 내 물건 내가 쓰는데 무슨 간섭이냐고 하는 분들이 있습니다. 그런 분들이 오늘 심각한 지구 환경을 책임져야 할 분들입니다. 산업 폐기물이 어떻고, 자동차 배기가스가 어떻고 하는 말은 한 걸음 다음의 이야기입니다. 모든 지구 환경 문제의 핵심에는 마구 쓰고 더럽히는 분들의 잘못된 심성이 그 이유로 도사리고 있습니다. 그런 심성이 도저히 쌓을 곳이 없도록 쓰레기를 양산해 내고 있는 것입니다. 요즘은 버려지는 냉장고, 컴퓨터, 가전제품들 처리로 세계가 몸살을 앓고 있습니다. 얼마든지 더 사용할 수 있는데도 소비욕구를 이기지 못해 버리고 새로 사는 것입니다. 무슨 물건이든지 아껴서 깨끗하게 쓰면 오랫동안 새것처럼 쓸 수 있습니다. 어떤 분은 많이 쓰고 많이 버려야 경제가 돌아간다고 말하기도 합니다. 그렇지 않습니다. 마구 쓰고 버려왔기 때문에 지금 세계경제가 바닥을 드러내고 있습니다.

그러나 이 퇴계 선생의 이야기에서 더 중요한 점이 있습니다. 선생의 그 청결은, 물질에 국한된 것이 아니고, 단양 군수로서 그 관료생활의 청렴을 단적으로 보여준다는 점입니다. 청렴하게 사는 것, 남의 것과 자기 것의 선이 분명하고, 함부로 부당하게 처리하거나 공공재정을 전용 내지 남용하지 않는 것, 이런 점이 아전과 백성을 기쁘게 했다고 보겠습니다.

게다가 더 중요한 것이 있습니다. 그것은 선생이 시간을 깨끗하게 사용했다는 점입니다. 퇴계 선생이 몇 년간 사용한 방이 새로 도배한 것처럼 깨끗했다는 것은 자기에게 주어진 시간을 날마다 새롭고 깨끗하게 사용했다는 고결한 삶의 상징입니다. 그는 자기 삶의 시간을 성리학이라는 높은 학문을 이루어 세상의 질서를 찾는 데 썼습니다.

시간만 나면 술자리나 벌이고, 도박으로 밤을 새는 분들이 적잖은 세상에서 퇴계 선생의 짧은 일화가 우리의 옷깃을 여미게 하고, 자기의 존재를 저울질해 보게 합니다.

수상한 봄

올 봄 기온은 정상이 아닙니다. 구태여 먼 지역의 기상이변을 이야기할 필요도 없겠습니다. 제가 살고 있는 워싱턴 주 밴쿠버라는 작은 도시의 기온도 예외가 아닙니다. 3월 초순, 봄이려니 하고 다투어 핀 꽃들이 고운 제 모습 한 번 펼치지도 못하고 때 아닌 냉기류와 그치지 않는 빗줄기와 느닷없는 폭설에 모두 참살되고 말았습니다. 4월 초순인 며칠 전에는 아침엔 찬란한 햇빛이더니 오전에 가서 갑자기 하늘이 어두워지고 비가 쏟아졌습니다. 그리고 잠시 비가 그치는 듯하다가 짙은 안개가 몰려왔습니다. 또 조금 후에는 다시 햇빛이 잠깐 비치다가 금방 때 아닌 함박눈이 내리더니 다시 콩알만 한 우박으로 변했습니다. 불과 한나절에 기후 변화가 가히 총천연색이었습니다. 그런 이상 기온을 바라보는 마음들도 그다지 편할 리가 없습니다. 우리가 얼마나 함부로 살았으면 지구가 이렇게 이성을 잃고 비틀거릴까 하는 연민과 우려가 함께 느껴졌기 때문입니다.

말이 나왔으니까 하는 말이지, 저는 요즘 한국의 환경보호론자들의 주의 주장에 그다지 무게를 두지 않습니다. 걸핏하면 피켓을 들고 나서서 주먹을 흔들며 환경을 핑계 삼아 국가 정책에 제동을 거는 사람들이 그다지 좋아 보이지 않습니다. 좁은 땅에 조밀한 인구의 우리나라 자연 환경이 그런 식으로 개선될 것 같지 않기 때문입니다.

환경 문제는 완력과 주장의 문제가 아니라 개개인의 절제와 실천의 문제입니다. 대낮에도 전등을 켜고 살고, 조금만 추워도 난방을 높이고, 마치 돼지고기나 쇠고기가 올라야 식탁이 되는 것처럼 사는 소비불감증의 사람들이 대다수라면 아무리 떠들어도 환경보호는 물 건너가는 것입니다. 다시 말하지만 환경보호란 한 사람의 삶의 태도에서 시작되는 것이지 국가적인 정책만으로 실효를 거둘 수 있는 문제가 아닙니다. 그러므로 진정한 환경보호자라면 정치성이 강한 시위나 투쟁을 벌일 일이 아니라 자원의 절약과 소비의 절제를 실천하는 조용한 사회운동이 필요하다는 생각입니다.

얼마 전 무소유의 삶을 우리에게 가르친 법정 스님이 입적하시면서 자기 저서들을 절판하라는 유언을 남겼다고 합니다. 책 같지도 않은 책을 마구 출판해 내는 현실에서, 자기의 저서까지 남겨서 물질적, 정신적 낭비를 더하는 공해를 막자는 뜻이었겠지요. 그러나 웃지 못할 일이 벌어졌습니다. 그분의 저서를 사겠다는 사람들이 벌떼같이 서점으로 몰려와서 아우성치는 바람에 금방 책이 매진되었고, 심지어 인터넷에서는 웃돈을 붙여서 거래가 되고 있다고 합니다. 자기 생애의 깨끗한 마무리를 원하는 법정 스님의 무소유의 뜻이 무색해지고 말았습니다. 자기 돈으로 법정의 책을 사두겠다는 사람들을 누가 말리겠습니까만, 법정의 무소유 당부는 그야말로 공염불이 된 셈입니다. 환경론자들이 주먹을 쥔 팔을 흔들며 떠드는 환경보호라는 것도 어쩌면 이런 식이 아닐까 싶습니다.

세탁기의 빨래는 어쩔 수 없지만 부엌의 설거지는 세척제를 쓰지 않고 밀가루 한 접시로 기름기를 지워 씻는다는 주부를 보았습니다. 또 북한 동포들의 굶주림을 생각해서 밥을 남기지 않기로 결심했다는 분도 있습니다. 또 어떤 이웃은 쓰레기를 아주 꼼꼼하게 분리해서 재활용을 돕는다는 이야기도 들었습니다. 이렇게 자기 편리와 낭비를 조금씩 줄이면서 절제하고 지각 있는 삶의 실천이 필요한 것입니다.

우리는 하나님의 은혜로 잠시 이 지구라는 혹성에 태어나 생명을 누리다가 떠나야 하는 존재들입니다. 그 잠시의 삶이란 천상병의 「귀천」을 들먹이지 않아도 아름답고, 소중하고, 감사한 시간들입니다. 또 우리가 잠시 머물고 가는 이 지구라는 혹성은 더 말할 나위 없이 고마운 공간입니다. 그러므로 내가 살다가 떠나가는 자리를 우리 다음에 생명을 가지고 태어나는 이들에게 좀 깨끗하게 물려주고 떠나기 위하여 우리 모두 마음과 현실의 빗자루를 들어야 하겠습니다.

시절이 하 수상합니다.

철새 – 이민촌 일기

생각해보면 안다.
그 누구도 사는 법을 배워서 사는 사람은 없지
처음으로 히말라야를 넘는 어린 철새들
보이지도 않는 길이 두려울 때는 끼룩끼룩 소리 지른다.

나 말고 누가 여기를 지나간 적이 있을까, 지도는 지워지고
바라보면 어디에도 기대거나 멈추어 쉴 곳은 없었지
하늘이나 바다가 아니고 땅이라 한들
물새 떼 어지러운 발자국에 사는 길은 묻히고
저마다 제 나름으로 보이지 않는 곳으로 발길 내밀었지

생각해 보면 안다.
날이 저문들 무엇이 아쉬우리
해 지는 자리에도 어차피 길이 남는 건 아니다.
열심히 날개 풀어 건너노라면
그때마다 산이나 바다가 자리를 옮겨주었을 뿐

네가 지난 자리 아무리 그려보아도 그건 지도가 아니다.
지평을 향하는 어린 철새들아.

내 동생 신유와 함께
〈Sonu Amelia Kim 2007 / 4세〉

사는 일에는 지도가 없습니다. 더구나 이민자들에게는 나침반도 없습니다. 그래도 열심히 날개를 저어 삶의 히말라야를 넘습니다. 하나도 쉬운 삶은 없지만 열심히 살면 따뜻한 남녘에 도달하리라는 꿈이 있습니다.

경제 위기와 도덕성

작년에 불어 닥친 미국 발 세계 경제 위기의 전조로서, 2001년 미국의 7대 기업이었던 엔론의 도산이 있었습니다. 그때 엔론에 자금을 투자했던 주식 자본주들과 펀드 투자자들은 줄줄이 손을 털어야 하였습니다.

그러나 이 사기극 속에서 용하게 자금을 회수한 SRI(사회책임투자) 펀드회사가 있었습니다. 보스턴 소재의 트릴리언 머셋 매니지먼트 회사의 사장 존 버베리안은 엔론이 어딘가 이상하다는 것을 감지했습니다. 엔론이 펀드 매니저들에게 타이코(CEO 소득 전문 조사 기관)의 해외활동에 관하여 너무 많은 것을 묻지 말도록 주의를 준 것에 그는 주목하였습니다. 그리고 곧 엔론의 도덕성에 금이 가고 있다는 것을 감지했습니다.

엔론은 2만 2천 명의 사원과 연매출 1,110억 달러의 회사였습니다. 미국의 경제잡지 『포천』은 이 회사를 6년 연속 "미국에서 가장 혁신적인 기업"으로 선정했습니다. 그리고 3년 동안 "일하기 좋은 100대 기업"으로 선정했습니다. 엔론은 기업 성과지표를 알리는 보고서를 통해서 환경 문제와 관련된 상을 여섯 차례나 받았습니다. 엔론의 회장 케네스 레이는 부시 대통령의 친구이며 후원자로서 정치계에도 큰손으로 두각을 나타내었습니다.

그러나 이러한 화려한 기업이 뒷면에서는 "제도적, 체계적, 조직적, 창의적"(?)인 분식회계로 조작한 성과지표를 내세워 사기극을 연출하고 있었고, 회사의 주역들은 회사의 자금을 제멋대로 착복하고 있었습니다. 트릴리언 머셋 매니지먼트 회사의 사장 존 버베리안이 이런 상황을 눈치챘을 때는 이미 엔론이 기울어지고 있을 때였지만 그는 시급하게 주식을 반환하고 돈을 뽑아 상당수 고객의 자금을 보전할 수 있었습니다.

기업이건 투자자이건 간에 우리가 눈여겨볼 것은 도덕성입니다.

『메가트랜드 2010』의 저자 패트리셔 에버딘은 이 점을 강조했습니다. 그녀는 인간이 추구해 온 자본주의가 공산주의를 극복하고 세계를 통일하였지만 이 자본주의의 미래에 대한 성패는 인류가 그 자본주의를 얼마나 도덕적으로 운영하고, 이용하고, 추구하는가에 달려 있다고 보았습니다. 자본주의가 도덕성을 잃을 때, 지금까지 인류가 쌓아온 부는 죄악과 고통으로 도산할 가능성이 있다고 경고하였습니다. 불란서의 칼럼니스트로서 명성을 날린 기 소르망도 그의 인터뷰 저서 『자본주의의 종말과 새 세기』에서 자본주의는 완전무결한 것이 아니기 때문에 그 사상적 기원인 프로테스탄트 윤리 실천이 필요하다고 지적하였습니다. 최근에 불어 닥친 세계의 경제 위기는 곧 기업과 정치와 금융계의 도덕적 이탈에 근본적인 원인이 있었습니다. 미국을 위시한 소위 선진국가들은 저개발국가인 중국, 인도, 남미 국가와 동남아 국가의 값싼 노동력을 이용하여 너무 흥청거리며 살았습니다. 아주 좋은 물건들을 이해할 수 없을 만큼 헐값으로 사들여 과소비로 놀아났습니다. 특히 미국인들은 그 분위기에 취해서 갚을 수도 없는 빚으로 자기 형편에 넘치는 주택들을 사들인 것입니다. 스스로의 땀이 배이지 않은 사치와 과소비는 부도덕한 것이고, 곧 몰락을 몰아왔습니다.

미국의 새 대통령 버락 오바마가 위기 극복을 위하여 구조조정과 고통분담을 호소하는 것은 쉽게 말해서 모든 사람들이 삶의 현장에서 도덕성을 회복해 달라는 말과 같습니다. 현재의 경제 위기를 극복하는 길은 생산자와 소비자가 도덕성을 회복하는 일입니다. 자기 노력과 분수에 맞게 절약하며 쓰고, 사는 일에 겸손해야 합니다. 그래야 기업이건 가정이건 상호 신뢰를 회복하게 됩니다. 그리고 제3세계 사람들의 고통을 이해하고 서로 나누는 일이 필요합니다. 지금 세계가 오바마를 주시하고 있지만, 자본주의 사회를 사는 사람들이 기 소르망이 파악한 대로 그리스도인적 도덕성을 시급히 회복하지 않는다면, 버락 오바마도 이 경제 난국을 어찌해 볼 도리가 없는 것입니다. 그리고 우리는 더 큰 몰락이라는 낭떠러지에 매달리게 됩니다.

잘 산다는 것을 물질을 마구 소비하면서 비싼 집에 산다는 것으로 생각해서는 안 됩니다. 잘 산다는 것은 규모 있게 살고 근검절약하는 삶을 말하는 것입니다. 작고 오래된 집이라도 깨끗하고 예쁘게 정돈해서 산다면, 대궐 같은 집을 쓰레기통처럼 잡동사니로 채우고 사는 것보다 더 나은 것입니다. 이것은 또한 삶의 도덕성이 어떠해야 하는가를 말해 주는 하나의 상징이기도 합니다. 가난하더라도 정직해야 인간이 떳떳해질 수 있습니다. 아무리 돈이 많아도 주색잡기로 날이 새는 사람이라면 그는 쓰레기에 불과합니다.

다급한 경제적인 불황 앞에서라도 우리는 이 점을 생각하지 않으면 안 됩니다.

베이징 올림픽의 뒤안

1994년 중국의 허난(河南)성의 수도 정저우(鄭州)의 한 병원에 65세의 가오야오지에(高耀杰, 약칭 '가오')라는 여성 의사가 허난성의 한 농촌 상차이(上蔡) 현에서 온 두 명의 아낙을 진찰실에서 만났습니다. 그녀는 많이 놀랐습니다. 허난성은 중국에서 가장 가난한 성에 속했고, 따라서 허난성의 농부들이 병원에 오는 일은 보통 없었기 때문입니다. 특히 200km나 떨어진 상차이 현에서 환자가 오는 일은 희한한 일이었고, 더구나 그 두 아낙은 에이즈 환자였기 때문입니다.

허난성의 정저우를 제외한 각 현의 농촌에는 의사도 없고, 병원도 없고, 보건소도 없었습니다. 그곳의 농부들은 병이 들면 전통적인 약초 뿌리에 의존하지만 그래도 치료가 되지 않을 때는 조용히 죽어가는 것이 상례였습니다. 그러나 그 두 아낙은 매일 반복되는 열 때문에 견디다 못해 죽음의 공포감에서 먼 지역까지 의사를 찾아올 결심을 했던 것입니다. 그런데 에이즈라니! 가오 의사는 그때까지 에이즈 환자를 본 일이 없었지만 오랜 의사생활의 직감으로 그 병이 에이즈라는 것을 알았습니다.

그런데 어떻게 그 외딴 농촌에 에이즈 감염환자가 발생할 수 있다는 말인가? 가오 의사는 두 여성을 살피다가 팔에 있는 무수한 주사바늘 자국으로 발견하고 그제야 그 이유를 알았습니다. 그들은 살아가기 위해서 피를 팔아왔던 것입니다. 그 두 아낙은 1980년대부터, 말하자면 그때로부터 10년 전부터 한 주일에 두 번씩 피를 팔아서 생계를 유지한 대부분의 상차이 사람들 중 두 여자였습니다. 중국의 피 장사들은 그 농촌 사람들로부터 한 사람당 400ml의 피를 뽑고 10위안(1달러 25센트)을 주었습니다. 그러나 점점 더 영리해진 피 장사들은 특수한 기술 하나를 더 도입하여 매혈현장에서 뽑은 피를 기계에 넣고 원심분리를 시켜 혈장만 뽑아내고 혈구와 혈소판이 남은 피를 다시 농부들에게 넣어주었습니다. 그리고 피 값을 절반으로 깎았습니다. 그런데 그 피 장사들은 경비를 아끼기 위해서 오직 하나의 주사기만 사용하였고, 그 되돌려주는 피의 찌꺼기에서 에이즈는 확산되어 나갔던 것입니다. 허난성의 농촌에서 피를 파는 수만 명의 농부들의 다수가 에이즈에 환자가 되었던 것입니다.

가오 의사는 이 현실을 즉시 허난성의 공산당 지도부에 보고하였습니다. 그러자 당국은 가오에게 "입을 다물라"고 지시했습니다. 그리고 상차이 현을 봉쇄했습니다. 아무도 드나들지 못하게 한 것입니다. 그리고 상차이 현을 허난성의 지도에서 없새 버렸습니다. 상차이 현은 중국 현실에서 증발한 것입니다. 당국은 에이즈를 몹쓸 병이라고만 말했고, 세계건강기구에 보고하지 않았습니다. 당국은 그 몹쓸 병이 위대한 중국에서 발생한다는 것은 그들의 체면을 깎는 일이었던 것입니다. 그리고 그 환자들을 위해서 돈을 쓸 생각은 애초부터 없었습니다. 가오 의사에게도 그날부터 감시와 조사와 소환이라는 험난한 핍박이 시작되었습니다. 그러나 가오는 영리한 의사였습니다. 천신만고 끝에 외국 기자들을 만나서 이 사실을 털어놓고, 지원을 요청했습니다. 그녀는 세계에 알려지게 되었고, 베이징 정부도 그녀를 숙청할 수 없게 되었습니다.

그런저런 연유로 중국에 수백만의 에이즈 환자가 생겨나자 1996년에 매혈을 중단시켰고, 2000년에 중국 정부는 겨우 에이즈를 중국의 병으로 수용하고 조치를 취한다고 발표했습니다. 그리고 상차이 현에 급수를 시작했습니다. 그러나 크게 달라지는 건 없습니다.

아직도 가오 의사는 생명을 건 두 명의 젊은 학생을 데리고 새벽 달구지 포장 밑에 숨어서 상차이에 드나들며 환자들을 돌보지만, 그들이 할 수 있는 일이란 죽어가는 환자들을 위로하고 그 가족들에게 감염을 막는 방법을 일러주는 것이 고작입니다.

베이징 올림픽! 이번 올림픽을 위해서 중국은 유례없는 거액 3,000억 위안(47억 달러)를 쓰면서, 그리고 베이징의 대기 오염을 바꾸기 위해 4차례의 인공강우까지 내리게 하면서 중국이 세계강국이라는 이미지를 심는 일에 바빴습니다. 하지만 중국의 뒤곁은 너무 어둡습니다. 올림픽 개최를 위해서 중국의 13억 서민들, 그 56개의 소수민족이 치러야 했던 통제와 희생과 억제는 엄청난 것입니다.

중국의 올림픽 개최를 비난하거나 배 아파서 하는 이야기가 아닙니다. 세계인들이 베이징 올림픽을 즐기는 것만큼, 인격의 사각지대에 놓인 사람들의 고통과 희생도 살펴보자는 것입니다. 그래야 우리가 사는 세계는 진정한 면에서 조금씩 나아질 수 있기 때문입니다.

안개—이민촌 일기

전방은 언제나 뿌연 허방이다
만용이든 겸손이든 혹은 무지이든 간에
발걸음을 내딛을 때만 보폭만큼씩 시야를 열어주었다
누구는 약속을 하고 산다지만 계획을 세워서 산다지만
알고 보면 약간 용감했다든지 아니면 몇 번 더 망설였을 뿐
언제 누구에게나 시간은 속내를 보여준 일이 없다
바지 끝이 젖어들 때는 춥고 불안하였고
내딛은 발밑이 단단하게 느껴질 때 비로소 잠시 긴장을 풀었지
하지만 누군가가 밝혀둔 꿈같은 가로등을 만나면
잠시 그 아래 서서 동그란 행복을 맛보지

하지만 당신이여
언제 비가 내릴지, 언제 단애의 절벽에 서게 될런지
사는 일은 언제나 오리무중
요즘에는 이름 있는 기상학자들도
일기예보를 위해서는
도리 없이 주사위나 던진다고 한다

놀이방에서
〈Sonu Amelia Kim 2007 / 4세〉

이민자들의 삶은 언제나 안개 길이다. 아무리 타국생활에 익숙하다한들 뿌리가 깊지 못한 사람들은 전방이 희미할 수밖에 없다. 본토인들의 정서와 삶의 방식에 낯설 수밖에 없기 때문이다.

상호 이타주의

찰스 다윈이 『종의 기원』을 들고 나온 이후에 진화론이 발전하고 유전자 메커니즘이 밝혀지면서, 모든 생명체는 제한된 자원을 둘러싸고 경쟁하며, 그 과정에서 승자는 자신의 유전자를 다음 세대에게 물려주고 패자는 역사에서 사라져 간다는 게 자연과학자들의 견해였습니다. 다시 말한다면 모든 생물은 본능적 선택과 환경적 선택에 의해서 선택된 것은 살아남고, 선택받지 못한 것은 사라진다는 것이고 따라서 이 세계는 생존본능에 따라 살아남기 위한 약육강식이 계속된다는 것이 진화론의 요지입니다. 거기에는 희생이니 양보니 하는 행위는 끼어들 틈이 없습니다.

이런 진화론의 이론을 막아서서, 그렇다면 인간이 서로 돕고 살 수 있는 능력은 어디서 오는가? 하는 질문에 대한 학자들의 이론이 최근에 활발해지고 있습니다.

이 의문의 이론에 체계를 세우고 나온 학자가 미국의 로버트 트라이버스입니다. 그는 1971년에 발표한 논문에서 "이기적 이타주의"를 들고 나왔습니다. 그의 이타주의의 기본 줄기는 "네가 나의 등을 긁어주면, 내가 너의 등을 긁어준다"는 호혜적인 행동으로 요약됩니다. 그는 이 이론을 검증하는 사례로 물고기의 세계를 예로 들었습니다. 아주 작은 물고기 종류 중 반 정도는 큰 물고기들의 몸에 붙어 기생하는 생물들을 먹고 삽니다. 큰 물고기들의 몸을 청소하여 주는 것입니다. 반면에 큰 물고기들은 이 작은 청소군 물고기들을 잡아먹지 않는다고 합니다. 그들은 서로에게 이득이 되기 때문입니다.

이 로버트 트라이버스의 이론은 결국 인간의 문제로 귀결됩니다. 인간은 약육강식의 진화론적인 존재로만 이해될 수 없다는 것입니다. 인간사회에서 계약이니, 교환이니, 양보니, 의무니, 지원이니 하는 어휘들은 약육강식의 언어가 아니라, 호혜주의 정신에서 나오는 언어들입니다.

이러한 상호 이타주의의 삶은 생물계 전반에서 풍부하게 발견되고 있습니다. 이를 두고 다시 생물학계의 과학자들은 이러한 호혜주의적인 행동의 요인은 유전적인 것인가 환경적인 것인가를 규명하려고 노력해 왔습니다. 이러한 와중에 최근 영국의 동물학자 매트 리들리(Matt Ridley)가 2003년에 펴낸 『본성과 양육(Nature Via Nurture)』이 학자들뿐만 아니라 세인들의 관심을 끌고 있습니다. 그는 이 저서에서 유전과 환경, 혹은 본능과 교육으로 풀이되는 본성과 양육의 두 가지 이론을 역사적으로 충실하게 검토하면서 결과적으로 생물계, 특히 인간에게 나타나는 상호 이타주의는 본성과 양육이라는 두 가지 조건에 의해서 상호 보완되어 나타난다고 보았습니다. 너무나 삭막한 찰스 다윈의 진화론에서 200여 년이 지나서야 이제 겨우 세계의 학자들은 인간의 본성과 양육에 관심을 기울이고 있다고 하겠습니다. 인간뿐만 아니라 모든 생물계도 살벌한 진화론적인 잣대로만 이해될 수 없었던 것입니다.

최근 세계가 자원전쟁에 돌입한 듯이 보입니다. 화석연료인 석유가격이 하늘 높은 줄 모르고 뛰어 오르자, 이어서 건축의 기본자재인 철강 가격이 뛰고, 다시 이번에는 곡물 가격이 두 배, 세 배, 뛰어 오르고 있습니다. 석유 값과 철강자재 값이 뛸 때까지만 해도 다급하지는 않았는데, 곡물가가 뛰어 오르자, 매점매석이 시작되고 이제는 세계가 경악하고 있습니다. 곡물가의 불안에 대한 심리현상은 인류의 생존을 위협하는 문제로 번질 수 있기 때문입니다. 이렇게 되자 최근 유엔이 곡물가격 안정을 위해서 손을 쓰기 시작하고 각국에 협조를 당부하고 있습니다.

결국 세계는 인간의 상호 이타적인 삶의 태도에 희망을 걸 수밖에 없습니다. 내가 쌀을 사재기하면, 결국은 쌀이 모자라지 않는데도 세계는 비참한 굶주림에 빠져들게 된다는 점을 사람들이 인식하고 사재기를 자제하는 것입니다. 그래야 우리 인류는 생존의 한계 자원이라 할 수 있는 곡물가격 폭등을 막을 수가 있습니다.

필자의 견해로는 이제 세계의 인류는 맹목적인 진화론 숭배에서 벗어나, 상호 이타주의 차원에 이르고 있습니다. 이러한 인간과 자연 존중의 의식이 확고해진다면, 최근의 곡물가격 폭등과 사람들의 사재기 욕구는 곧 극복될 수 있으리라 생각합니다. 모자라는 양식도 자제할 줄 알고 지혜 있게 나누어 쓰면 모든 파국을 막을 수 있습니다.

사람은 타인을 위해 희생할 줄 아는 본성을 가졌고, 그렇게 양육되어 왔습니다. 이것이 진실입니다.

시간을 정복한 사람

사람은 태어나는 날부터 한정된 시간을 부여받아서 살아갑니다. 그가 살아갈수록 사용할 수 있는 시간은 줄어듭니다. 시간은 되돌릴 수도 없고, 저축해 둘 수도 없습니다. 정확한 수치로 시시각각 소멸합니다. 다만 그 시간을 소중하게 써서 무엇인가 이룩한 사람은 보람을 거두게 되고 허둥지둥 살면서 아무런 업적도 이루지 못한 사람은 뼈저린 후회감에 떨게 됩니다. 시간은 자기 생애에서 가장 꼼꼼히 관리하고 소중하게 아껴 써야 하는, 비할 데가 없는 귀한 재화입니다. 썩지 않는 일을 이루어내는 사람에게만 시간은 소멸하지 않는 영원성을 부여합니다. 우리가 꿈꾸는 구원이란 그런 게 아닐까 싶습니다.

시간을 정말 소중하게 사용한 사람이 있습니다.

그도 평범한 사람들처럼 가족을 부양하기 위해서 직장을 가지고 근무해야 하였습니다. 그리고 가족과 시간을 보내야 하였고, 친구들을 사귀었습니다. 게다가 그는 매일 8시간 이상을 자고, 거의 매일 운동과 산책을 즐겼으며, 한 해 평균 60여 차례 공연과 전시회를 관람하였습니다. 또 그는 동료와 후배들에게 애정 어린 편지들을 즐겨 썼습니다. 평범한 사람이라면 이러고도 무슨 또 다른 일을 할 수 있을까 싶을 것입니다.

그런데도 이 사람은 1972년, 82세로 생애를 마감하였을 때, 70권의 학술 서적과 1만 2,500여 장의 연구논문(책으로 단행본 100권 분량)을 남겼습니다. 그의 논문들은 한 가지 분야에 머문 것이 아니고, 철학, 역사, 문학, 윤리, 생물, 곤충학까지 종횡무진으로 넘나들었습니다. 그는 또 학자들과의 토론과 논쟁을 사양하지 않았고, 자기 이론을 논증하기 위하여 초청된 곳이면 사양하지 않고 달려가 강연하기를 반복하였습니다.

그의 사후에 그의 깊고 다양한 학문적인 성과 앞에서 세상 사람들은 누구나 놀라워했습니다. 그래서 그가 죽은 지 30여 년의 세월이 흘렀지만 지금도 그에 대한 세인들의 관심이 줄어들지 않습니다. 특히 학자들과 기업인들은 그가 자기 시간 안에서 어떻게 그런 많은 성과를 이룩해 낼 수 있었는지, 그를 시간 관리의 중요 텍스트로 삼고 있습니다.

그 사람이 바로 1890년에 러시아 상트페테르부르크에서 태어나서 페테르부르크 대학교 물리학 재료학부를 졸업하고, 대학교 조교수를 거쳐 레닌그라드 연방식물보호연구소에서 곤충학을 연구했으며, 키예프 생물연구소 생태부장, 울리야누브스크 교육대학의 동물학 부장을 지내며, 65세의 나이로 은퇴할 때까지 한시도 시간을 허비하지 않은 알렉산드로 알렉산드로비치 유비세프입니다.

사후에 사람들이 그의 업적을 더듬으면서 알아낸 것은, 그는 자기가 사용하는 시간을 꼼꼼히 기록했다는 것입니다. 그의 일기장에는 하루도 빠짐없이 그 하루 동안에 사용한 시간을 기록하고, 또 하루 총계를 계산해 두었습니다. 예를 들자면 이런 식입니다.

1964년 4월 7일
* 곤충분류학 : 알 수 없는 곤충그림 2점 그려둠－3시간 15분
어떤 곤충인지 조사－20분
* 추가업무 : 슬라바에게 편지－45분
* 사교업무 : 식물보호단체 회의－2시간 25분
* 휴식 : 쉬는 시간에 이고르에게 편지－10분
* 독서 : 『프리우다』지－10분
톨스토이의 『세바스토프 이야기』－1시간 25분
* 기본업무 : 6시간 45분

유비세프는 이렇게 자기가 쓴 시간의 하루 총계를 내고, 이어서 일년 통계를 내어 이를 꼼꼼하게 기록해 두었습니다. 그는 30세 때 시간을 기록하기 시작하여 죽을 때까지 50년 동안 계속하였습니다. 그는 자기 저서에도 언제 집필을 시작하여 언제 끝마쳤으며, 얼마나 시간을 사용했는지를 말미에 밝혀두었습니다. 그렇게 그는 사용한 시간과 남은 시간을 엄격하게 계산하며 삶으로써 누구도 따르지 못하는 엄청난 양의 학문적인 업적과 풍부한 삶을 이룩해 내었습니다.

성경을 읽어보면, 사람 생애의 시간이 '건강하면 70세' 라고 하는 기

록이 나옵니다. 인생이란 짧고 덧없다고 한탄하는 사람도 있지만, 생각해 보면, 하나님께서는 우리에게 결코 짧은 시간을 주신 게 아니었습니다. 다만 사람들이 그 시간을 덧없이 보냈을 뿐입니다. 주어진 시간을 성실하게 사용한다면 누구나 썩지 않는, 그리고 풍부한 보람을 이룩해 낼 수 있을 것입니다. 유비세프가 그것을 실증해 보여주었습니다.

새해, 1월입니다. 1년이라는 시간의 벽두에 자기의 시간 관리 상태를 한 번 챙겨보는 일은 누구에게나 매우 긴요한 일이라 생각됩니다. 주어진 1년을 또다시 덧없이 보냈다고 한탄하기 전에 말입니다.

하현달

떠오를 때는 지는 때를 생각하지 못했을 것이다.

어두운 먼 길을 혼자 깨어 걷는다는 게 무엇인지 몰랐을 것이다.

자주 수심 같은 구름에 제 몸 씻을수록 사위어 가는 것이라는 것을

몰랐을 것이다. 높이 떠올려진다는 게 얼마나 추운 것인지를

눈썹 하나로 남은 그 마멸된 그리움을

깜깜한 하늘에서 저 혼자 깨어 있는 슬픔을

생각하지 못했을 것이다

모두 깨어나는 새벽에 혼자 묻히는 절망을

동물원의 두루미
〈Sonu Amelia Kim 2007 / 4세〉

세상에는 사람이 많기도 합니다.
그 수많은 사람이 붐벼도 그 틈에서 나라는 존재는 혼자입니다.
누구도 이 운명에서 벗어나는 사람은 없습니다.
거기에 우리의 근원적인 고독이 있습니다.

경제라는 것

요즘은 세계의 경제 사정이 많이 어려워지고 있습니다. 어렵다는 말의 현상적인 근거는 두 가지로 나타납니다. 석유가격 상승과 부동산 경기 부진이 그것입니다. 지금 세계 정치인들이나 기업가들, 그리고 경제학자들이 이렇게 경기가 어려워지는 이유를 구구하게 말하지만, 그 상황을 되돌리는 것은 생각처럼 쉽지 않을 것입니다. 어쩌면 그것은 불가항력의 재난처럼 닥쳐오는 것이라 하겠습니다. 아무리 경제이론에 밝은 학자들이나 정치가들도 왜 이렇게 주기적으로 불황이 오는지를 잘 모른다고 합니다. 호경기와 불경기의 이유들은 항시 존재합니다. 그 때문에 경기가 달아오르기도 하고, 또 곤두박질치기도 합니다.

우리가 알아야 할 게 있다고 봅니다. 경제는 이론으로 파악하고 구조적으로 안정을 구축할 수 있는 대상이 아닙니다. 만일 그렇다면 경제를 획일적으로 조정이 가능한 통제사회가 더 잘 되겠지요. 그러나 경제는 통제사회일수록 더 악화됩니다. 공산사회가 무너지고, 독재정치가 결국 막다른 골목에 이른 현대 역사가 그것을 증명합니다.

경제 요인은 사람입니다. 사람들의 마음이 불신과 위기감으로 얼어붙기 시작하면 경제적인 위기가 옵니다. 아무리 돈이 많은 사람이라도 한바탕 돈을 쓰고, 호기를 부리고 나면, 그 다음에는 이래도 괜찮은지 걱정이 되고, 심리적인 압박감을 갖습니다. 그래서 일단 쓰임새를 멈추게 됩니다. 쉽게 말해서 이러한 사람의 심리가 호황과 불황을 오게 하는 요인이라 할 수 있습니다. 지금 세계인들은 우리가 가진 지구의 자원으로 이렇게 마구 쓰고, 호사를 누려도 되는가 하는 걱정에 휩싸여 있습니다. 지구의 모든 자연현상이 심상치 않기 때문입니다. 그래서 호황이었던 경제가 거품이 가시고, 또 부진해지기 시작하고 있습니다. 어떠한 정치가와 경제학자라 할지라도 이런 대중의 심리를 호락호락 조정할 수가 없는 것입니다. 그래서 경제는 곧 사람이라고 할 수 있습니다.

그동안 소위 선진국가의 사람들은 세계의 자원과 기술을 너무 독식해서 자기들만 잘 사는, 말하자면 분배가 편중된 채, 호의호식해 왔습니다. 하지만 이제는 못 살던 후진국가들도 더 이상 굶주리며 살지 않으려고 합니다. 같이 쓰고, 같이 누리자고 합니다. 그러나 세계가 지닌 자원이란 것이 그렇게 무한정으로 모든 국가의 사람들이 호화스럽게 살기에 넉넉한 것이 아니라는 데 문제가 있습니다. 그래서 사람들의 마음이, 특히 잘 살던 선진국 사람들의 마음이, 걱정에 휩싸여 있습니다. 그래서 경기가 부진해지고 있습니다.

공산주의가 무너지고 자본주의가 세계를 석권하면서 세계시장은 무한경쟁에 돌입하였습니다. 하지만 현대의 자본경쟁은 어느 국가는 망하고 어느 민족은 잘 사는 것으로 끝나지 않습니다. 한 나라의 경제적인 붕괴는 이웃나라의 경제적인 붕괴로 이어지고 결국 국제경제는 줄초상을 만나게 됩니다. 현대 자본주의가 쌓아 올린 경제구조라는 것이 거미줄처럼 얽혀 있어서, 어느 누구의, 어느 국가의 빗잔치로 끝나는 것이 아닙니다.

이제는 세계인들이 자본주의의 위험한 꿈에서 깨어날 때가 되었습니다. 석유 가격이 훨씬 더 올라야 한다고 말하는 학자도 있습니다. 흥청망청 살 때가 아닌 것입니다. 사람이 먼저 대책 없는 소비 욕망에서 벗어나야 경제는 현실성 위에 안정될 것입니다. 세계인들이 삶에서 겸손해질 때가 되었습니다.